SV

Ulf Erdmann Ziegler
Und jetzt du, Orlando!

Roman

Suhrkamp

Die Arbeit des Autors an diesem Buch wurde vom
Deutschen Literaturfonds e.V. gefördert.

Erste Auflage 2014
© Suhrkamp Verlag Berlin 2014
Satz: Greiner & Reichel, Köln
Druck: C.H.Beck, Nördlingen
Printed in Germany
ISBN 978-3-518-42449-0

Und jetzt du, Orlando !

Wer sterben soll, den kann keiner schützen.

Rolandslied

Prolog (Schattenseite)

Eine Straße entlanggehend, wählen die einen die Sonnenseite. Die Sonnenseite birgt das ganze Drama: blendende Reflexe, weiß gekörnte Flächen, ein Drunter und Drüber beweglicher und unbeweglicher Dinge, ein jedes unterlegt von einer körperlosen Schwärze, die man Schatten nennt. Fahrzeuge schießen urplötzlich aus dunklen Höhlen. Die auf dieser Seite unterwegs sind, freuen sich an Tausenden von tanzenden Blättern in einem großen Fenster. Sie bemerken nicht die Augenpaare, die ihnen aus dem Inneren einer Hotellobby folgen. Es ist ein Jahrmarkt des Schauens. Die Sonnenseite gilt ihnen als die ganze Welt. Eine, die für sie gemacht ist. Das da drüben, die Schattenseite, beachten sie nicht. Die sei es nicht wert, angeschaut zu werden. Das glauben sie wirklich. Dort drücken sich die Verlierer herum, da glitzert es nicht, in den Ecken sammelt sich Gerümpel.

Was sie nicht wissen oder nicht wissen wollen: Der auf der Schattenseite geht, kann die Dinge viel besser erkennen. Es gibt das grau Gerippte neben dem genoppten Schwarzen; eine Neigung im Bodenbelag, eine Fuge, einen Riss. Ganz leicht ist ein geschlossenes Tor von einem, das nur einen Spalt offen steht, zu unterscheiden. Der Weg, der hinter einem liegt, und der, der vor einem liegt, bilden eine Einheit, in der alles seinen Platz hat.

Das war die Seite Orlandos. Auf dieser Seite der Straße geht er in meiner Erinnerung. In Träumen. Für immer. Keine Rede davon, dass er am Leben nicht teilnahm. Nur, er bewegte sich auf der Schattenseite und mied die Sonnenseite, die Ungereimtheiten und Sensationen. Das ist alles. Und es stimmt, er galt als ein wenig melancholisch. Das ist gar nicht ungewöhnlich für Leute, die auf der Schattenseite gehen. Was er sich an Drama versagte, war ihm an Einsicht von Nutzen. Dachte ich. Glaubte ich. Solange er da war. So stellte ich ihn mir vor. So hätte ich ihn gern gehabt.

Ich hatte zunächst keine Ahnung, wo er herkam, aber das lag an mir, ich habe nicht gefragt. Ich fand sogar Gefallen an der Vorstellung, dass seine Herkunft etwas Geheimnisvolles habe. Es gab so viel, was ich ihm, und zwar unbedingt ihm, Orlando, und keinem anderen erzählen wollte. Nie hat jemand, zuvor oder danach, mir in dieser Weise zugehört. Wobei ich mich vielleicht nicht an alles erinnern kann, was ich gesagt habe damals, denn wir haben doch eine Menge getrunken, Bier am Anfang, dann Bier und einen Whisky, später nur noch Whisky, so dass ich ihn manchmal fragen musste, hatte ich schon erwähnt, Orlando …?, weil ich bereits an der Bar nicht mehr so genau wusste, ob ich etwas im Stillen gedacht oder es tatsächlich ausgesprochen hatte. Ich sah darin auch keinen bedeutenden Unterschied; nicht in dem Zustand. Ich hatte Orlando nicht nur erlaubt, dieses und jenes über mich zu erfahren. Irgendwann hätte ich zugeben müssen: Ja, Orlando, jetzt weißt du alles! Hätten wir mehr Zeit gehabt, es wäre so gekommen.

In den ersten drei oder vier Jahren, als er neu war bei Turnstyle Music, sah ich ihn selten. Die Firma hatte ihren Sitz in einem weißen siebenstöckigen Bürohaus auf High Holborn, unten das Rumpeln der U-Bahn und ganz London vor der Tür. Der Filmverleih dagegen war der ältere Betrieb, versteckt auf der Hinterseite mit einem Eingang von der Gasse her, Little Turnstile 29. Ein geprägtes Kupferschild: Turnstyle Movies Distribution. Der Name kam also von der Straße. Die Anekdote über das y im Firmennamen hatte ich mir nicht merken können, ob Finn drauf gekommen war, weil Stanley das y im Namen trägt, oder Stanley selbst. Das jedenfalls waren die beiden Gründer. Stanley hatte mit Finn den Verleih groß gemacht, zuerst mit vielen weißen Flecken auf der Landkarte des Filmverleihs und schließlich flächendeckend landesweit. Wir sind damals jeden Nachmittag dreimal zur Königlichen Post gegangen mit jeweils zwei Sackkarren, bis oben gestapelt die Filmkartons für den Versand. Nach einigen Jahren war Stanley, der das Ohr dafür hatte, auf die Idee mit den Musikrechten gekommen. So entstand Turnstyle Music, zwei Räume zur großen Straße hin, in jedem ein großer Schreibtisch. Jetzt kamen die Musikkollegen einmal die Woche zu uns herüber, wenn brandneue Kinofilme vorgeführt wurden. Vormittags. Einmal, kaum war der Nachspann durch, gab es ein Brainstorming über einen gerade geschauten Film, in dem Björk, die isländische Sängerin, eine blinde Mutter spielt. Wir plapperten alle drauflos. Auf diese Weise sammelten wir Stichworte für den Vertrieb, je origineller, desto besser. Und es war Stanley, der den Film wagnerianisch nannte. Plötzlich gafften mich alle an, der Deutsche sollte dazu etwas sagen. Aber bitte, ich war hier der Betriebswirt! Der Mann für die Zahlen. Woher sollte ich wissen, ob »wagnerianisch« richtig war? Oder falsch! Und da sagt dieser junge Typ von Turnstyle Music: Der Tod bei Wagner hat immer mit Rache zu tun. Das hat mich umgehauen, wie er seinem Boss widersprach, ganz beiläufig, schmunzelnd. Ich sah ihn gebannt an – aber das war es schon. Mehr kam nicht. Und ich dachte: Es liegt an diesem Gesicht. Dem glaubt man aufs Wort. Ich also total verblüfft, Kinnlade unten. Er sah mich an, auf eine besonnene Art, während die anderen lachten. Ja, das warst du. Das warst du, Orlando.

Credo

Sobald ich anfange, über Kunst zu reden, ich meine in Gesellschaft – und ich bin gern unter Leuten –, fängt meine Frau an zu lachen. Es stimmt, dass sie sich besser auskennt. Und das ist noch untertrieben. Es gehört zu ihrem Beruf, die Perlen im Haar einer Jungfrau zu enträtseln oder das Tier mit der roten Zunge in der Kreuzigungsszene. Solche Sachen. Jede Kunsthistorikerin ist eine Miss Marple der Ikonographie. Aber wahrscheinlich würde sie darüber schon wieder lachen und sagen, Ikonologie, mein Lieber, du lernst es nie.

Lernen ist nicht mein Ding, nie gewesen. Ich fasse nur auf, was mich brennend interessiert. Das meiste davon kam in der Schule nicht vor, Film zum Beispiel oder Buchhaltung, was zwar nicht ganz dasselbe ist, in meinem Beruf aber schon. Im Verleih muss man beides können, die guten Filme von den schlechten unterscheiden und trotzdem rechnen. Ein Prozent Jahresgewinn kann bedeuten, dass es ein Kino in zehn Jahren noch gibt, ein Prozent Verlust über zehn Jahre ist der sichere Tod. Da soll doch mal einer sagen, dafür brauche man kein Feingefühl. Ich weiß, welche Filme in Blackpool am Bahnhof laufen und welche mitten in Oxford mindestens am Freitag und Samstag ausverkauft sein werden. Meine Kollegen nennen mich »den preußischen General des Vertriebs«: britischer Humor.

Wahrscheinlich habe ich das von meinem Vater, der noch Latein und Griechisch gelernt hat, dieses Gefühl, dass die alten Sachen die haltbaren sind und die neueren gerade gut für fünfzehn Minuten. Ein Rest davon ist geblieben, aber das erkläre ich nur, wenn dafür noch Zeit bleibt, sonst komme ich nicht zur eigentlichen Geschichte. Ich war noch nicht einmal dreißig und ziemlich stolz, mitten in London zu wohnen. Dies musste sein, was auf Zigarettenplakaten, als ich ein Kind war, »die große, weite Welt« geheißen hatte. Letztes Jahr, o Schreck, war zwanzigstes Abiturtreffen, du weißt, was jetzt kommt – da säuselt mir ein Schulkamerad ins Ohr, auf Schwäbisch natürlich: Das Leben ist allemal komfortabel hier, sehr angenehm.

Genau davor war ich abgehauen. London nämlich ist ein ganz hartes Pflaster. Ich wohnte in einer der Gassen zur Themse runter, Hinterhof, und alles war damals matt und staubig südlich von High Holborn. Der Abgrund, der Dreck! Und mühsam war London, eine klappernde Metropolis mit heulenden Bussen, die nicht von der Stelle kamen; Victoria Station abgeriegelt, weil einer am Telefon mit einer Bombe gedroht hatte. Und am nächsten Tag das Gleiche von vorn. Fish & Chips an jeder Ecke, und so roch es auch. Ich hielt an meiner Behausung fest, aber die Liebesabenteuer waren flüchtig, sämtlich begonnen in einem Café zweihundert Meter nördlich vom Büro, wo die Sprachschulen angesiedelt sind, da konnte man den Küchenwecker drauf einstellen, wann es vorbei sein würde. Was mir irgendwie auch recht war, denn ich hatte keinen Plan, null. Seltsam, dass es nie mit einer Engländerin etwas wurde, noch nicht einmal mit Stella, der Cutterin, mit der ich mich in meinem ersten Winter so oft betrunken habe im Westend. Wir kamen einfach nicht an den Punkt, wo die Sehnsucht stärker ist als die Angst. Die Furcht vor dem Fremden, meine ich. Vor dem nackten Irrtum.

Ich war noch nicht einmal dreißig und schon das typische Opfer des eigenen Bildes im Spiegel. Uns hatten Soziologen das Etikett *young urban professionals* verpasst, im Unterschied zu was eigentlich, *old country slackers*? Die Arbeitgeber, die kleinen noch schlimmer als die großen, angeln sich Talente, um sie mit Haut und Haaren zu fressen. Sie zahlen ihre Gehälter, aber die Aufgaben wachsen. Jede Entdeckung, die man macht, jede Verantwortung, die man übernimmt, dehnt den Tag, die Woche, bedrängt am Ende den Jahreskalender. Wie empfänglich man ist für Lob, das kann er aber echt gut!, bis einem dämmert, dass gerade dies der Fluch ist. Sie selbst wollen ihre Schäflein ins Trockene bringen, sichere Anlagen, Freundin wird Frau, Rotary Club, aber die Arbeit will gemacht sein. So wird man immer einsamer, hohler. Nicht im Beruf, da wird man immer weiser. Es ist so, als wenn Arm und Bein auf die doppelte Stärke wachsen würden, aber nur rechts, während die linke Hälfte verkümmert. Die Seite, wo das Herz ist. Die Firma betreibt mutwillig deine Deformation, und du machst mit, du drehst dem Spiegel die stählerne Seite zu und ignorierst die andere.

Deshalb hatte ich mir angewöhnt, zu Vorträgen ins Courtauld Institute zu gehen, die fanden um sieben Uhr abends statt. Das war gut für mich, dann *musste* ich das Büro verlassen. Im Courtauld haben sie wunderschöne Gemälde – meine Frau würde jetzt fragen: Welche denn? Für mich aber kommt es nicht so drauf an, wer ein Bild gemalt hat und wie es heißt. Herrlich war es dort, es wurden Führungen gemacht, und junge Leute saßen am Boden und zeichneten nach uralten Originalen. Das Institut war mir lieber als zum Beispiel die Tate, obwohl die umsonst war. Als ich den Aushang sah, Bildungsreise nach Berlin, meldete ich mich am nächsten Tag telefonisch an, als vierzehnter Teilnehmer, Liste geschlossen.

Wir nahmen die U-Bahn nach Heathrow, eine Reise von der Länge einer Schulstunde, an deren Ende ich alle kannte. Die Gruppe bestand aus drei älteren Ehepaaren, fünf betagten Damen und drei jüngeren Frauen – Lydia, Suzanne und Şebnem. Suzanne als Leiterin der Gruppe. Die schlechte Nachricht: nur drei junge Frauen; die gute: kein Mann in meinem Alter. Denn mal ehrlich, es war nicht so, dass ich, ohne die

Gemälde des Preußischen Kulturbesitzes gesehen zu haben, nicht mehr leben konnte. Ich wollte eine Engländerin finden, heiraten meinetwegen, und meine frühe Prägung suggerierte mir, dass Frauen, die stundenlang Gemälde anschauen, geeignet seien. Allemal geeigneter als Frauen, die sich stundenlang die Fußnägel anpinseln. Moderne Frau mit antiker Wurzel, ungefähr so hatte ich mir das vorgestellt.

Gemälde im Hochformat haben eine gewisse Würde. Das fixe Querformat bleibt für mich immer Kino. So starrten wir in Berlin auf die Kleinteiligkeit Brueghels, die Figuren wie in Startposition für eine Animation, die dann enttäuschenderweise ausblieb. Vor anderen Bildern jedenfalls sah Suzanne viel besser aus. Ich meine, ich betrachtete nicht direkt die Bilder, die sie erklärte, sondern ich sah mir Suzanne vor den Bildern an. Sie trug unter einem einfachen Kleid einen weißen Kragen, ihr Haar hinten aufgesteckt, wie ein rehbrauner Helm um ihr blasses Gesicht, durch rotbläulich leuchtende Lippen belebt, um nicht zu sagen erweckt. Weil sie mit dem rechten Arm deutete, also Platz brauchte, stand sie immer im rechten Drittel eines Gemäldes. Wenn sie sich zum Bild drehte, sah es so aus, als würde sie da hineingehen, und wenn sie sich wieder umdrehte, stellte ich mir vor, würde sie dem Bild entsteigen. Bemerkenswert der Glanz ihrer Augen, wenn sie sich wieder zum Publikum wandte, den vierzehn anderen, die sich im Halbkreis um sie herum aufgestellt hatten. Da ich immer ganz hinten blieb, sah ich Dr. Williman vor den Leichen einer Schlacht oder Mrs. Ogilvy getaucht in das düstere Braun einer Sumpflandschaft.

Dahlem war ein gewaltiger Museumskomplex, den wir, soweit ich mich erinnern kann, über den Eingang eines Neubaus betreten hatten, alles voll mit Wikingerschiffen und mittelalterlichen Bronzen. Ganz hinten dann die wertvollen Gemälde in einem wilhelminischen Schloss verschanzt, die Parkettböden knarrend, das Licht von fast unerträglicher Milde. Die Zeit stand still. Şebnem war dunkler als wir alle, klein und wendig, mit schwarzen Augen. Für die Bühne hätte man sie mit wenigen Kunstgriffen zum Pagen gemacht, ach was – Mignon. Hätte Eric Rohmer sie entdeckt, du weißt, was ich meine. Die drei jungen Frauen auf dieser Reise waren verblüffend schlicht gekleidet, ganz im Gegensatz zur Schar der Rentner mit ihren unglaublichen Mustern, Pepita, Glencheck, Paisley; gepunktet, schottisch, Pop. Ein faszinierender Aufzug, der die blau uniformierten Aufpasser in Alarmstimmung versetzte. Die dachten, wir wollten die Gemälde übermalen. Oder aufessen. *Das* waren Preußen, im Unterschied zu mir. Ich konnte gar nicht genug davon bekommen, wie sich die Gruppe um Suzanne immer wieder neu aufstellte. Da guckte die Jungfrau Maria ziemlich dumm aus der Wäsche im Vergleich.

Wir vom Courtauld fühlten uns nicht als Touristen und waren auch keine. Wir nahmen uns zweieinhalb Tage Zeit, um alle Abteilungen anzusehen, die Italiener, Spanier, Franzosen und die Deutschen, dreizehntes bis achtzehntes Jahrhundert. Als die wirklichen Meister der Form waren mir immer die Holländer erschienen, mit dem Geschick, ihre Straßen und Häuser und Tische so herzurichten, als sollten sie gar nicht benutzt, sondern nur betrachtet werden. Sie hatten die Methode der Betrachtung geradezu gepachtet. Während man sich zuvor über alles hatte irgendwie einigen können, gingen die Meinungen über die Holländer und Flamen auseinander. Die Mehrheit, zu der auch ich gehörte, fand, dass eine makellos illuminierte häusliche Szene auf einem Boden, der als Schachbrettmuster dargestellt wurde, respektabel sei, mindestens. Dr. Williman, der Chirurg – inzwischen vertraulich Cy –, bezeichnete Bilder dieser Epoche als »im besten Fall possierlich«. Dagegen sei die italienische Renaissance »künstlerisch und philosophisch überlegen«. Suzanne hielt sich bedeckt. Sie stellte zwar die Meister und ihre Werkstätten vor, erklärte Perspektive und Symbolik, aber sie ließ die Gruppe reden. Lydia war ganz klar auf meiner Seite. Sie erklärte uns, dass die niederländische Häuslichkeit eine ganz neue »Weltsicht« bedeute, und es sei völlig falsch, in die Bilder Vermeers oder van Eycks calvinistische Beschränktheit oder gar Innerlichkeit hineinzudeuten. Die Darstellung des Häuslichen ziele auf die Aussöhnung von Glauben und Merkantilismus in einer bedrohlichen Lage – der Dauerkrieg mit Spanien – und sei insofern nicht weniger bedeutungsvoll als das italienische Krippentheater zwei Jahrhunderte zuvor. Das saß!

Am zweiten Nachmittag, es war schon dunkel, hatte man die Führung beendet und einen »individuellen Rundgang« vorgeschlagen. Was bedeutete, dass man in der Cafeteria saß, im Neubau neben den Wikingerschiffen. Ich selbst war in der labyrinthischen Gemäldegalerie geblieben und hatte dort einen Raum gesucht, der, das werde ich nie mehr vergessen, die Nummer 247 trug. Man musste einige Stufen hinabsteigen, um ihn zu betreten. Wie gesagt, waren es immer die Hochformate, die mich anzogen. Obwohl ich den *Amor* kannte oder von Reproduktionen zu kennen meinte, war der geflügelte Knabe, splitternackt auf einem Dachboden voller Gerümpel, sofort mein Lieblingsbild gewesen. Ich dachte, der schaut in einen Spiegel. Und der Spiegel, das bin ich! Natürlich hatte ich gehofft, mit dem Bild allein zu sein, aber dann stand Lydia davor, drall in ihren Bluejeans, mit leichtem S-Schwung, regungslos. Ich stellte mich zwei oder drei Meter hinter sie. Ich, sie, der Knabe. Der Knabe, sie und ich. Nach einer Weile sagte sie, aber ohne sich umzudrehen: Eine Überraschung, die niemals aufhört! Dass der Satz Slogan-Qualität hat, merkte ich allerdings erst, nachdem ich von unserer Begegnung vor dem *Amor* mehrmals erzählt hatte. Du kannst dich nicht mit Kollegen in einen Londoner Pub setzen und von einem Stillleben mit Trinkgefäßen und Früchten schwärmen, dann denken die, bei dir ist ein Schräubchen locker. Der Liebesbote aber, der nicht aufhört, einen zu überraschen – da verzichten sie glatt mal für zwei Minuten drauf, vom FC Arsenal zu schwafeln. Oder von Take That. Und so ist Lydias Bemerkung ins englische Kino gekommen, immer zum Abschluss unserer Trailer. Mit der Stimme von Stephen Fry.

Ich hatte mir für Berlin vorgenommen, auf keinen Fall mit irgendeiner das Bett zu teilen. Das ist viel leichter zu haben, als verheiratete Männer glauben. Mich aber hatte das gänzlich einsam gemacht, erst Rausch und dann Vakuum. Wer weiß, wo ich das aufgeschnappt hatte, dass Paare selbst herausfinden sollen, ob sie zueinander passen, bevor sie sich binden. Ich passte immer, wurde dann aber abgestoßen wie die Hülle einer Larve. Meine Rolle war offensichtlich, etwas Glücklicheres vorzubereiten: Amor als Verlierer.

An einem Sonntagnachmittag, ein Rest Winternebel überstrahlt von einer unsichtbaren Sonne, bewegte sich eine Taxikarawane von Dahlem nach Charlottenburg, wo Suzanne uns die jüngeren Franzosen zeigen wollte. Was sie auch tat. In kluger Voraussicht hatte sie sich ein cremefarbenes Kleid angezogen, darüber eine gehäkelte Jacke in Mauve mit perlmutternen Knöpfen. Sie hatte einen feinen Kopf, Suzanne, und die Farbe ihrer Lippen verband sich mit ihrer Stimme, einem Alt wie eine Glocke. Bei Watteau aber war sie mit ihrem Kunsthistorikerlatein am Ende. Sie wusste, was die Venus bedeutet und warum über einer bombastischen höfischen Szene Bübchen ohne Unterhosen fliegen. Auch wenn sie sich mit alldem schwertat. Suzanne, so viel war klar, verabscheute Dekadenz durch und durch.

Ich hielt mich weiterhin im Hintergrund, und dort geschah es, dass ich Şebnem zum ersten Mal aus der Nähe sah.

Und zwar von oben; sie war ziemlich klein. Sie musste ihren Kopf um fünfundvierzig Grad nach hinten neigen, um einem Durchschnittseuropäer in die Augen zu sehen. Das Haar tiefschwarz, ihr Gesicht rund, und dann diese Augen. Wahrscheinlich sehen Tausende von Frauen so aus in Istanbul oder Delhi oder Islamabad. Denkt man. Mit einem Mal konnte ich den Schleier abwerfen, der mich fixiert hatte auf die eigene Ethnie, die sommersprossige Schönheit. Augenbrauen hatte sie, Şebnem, jedes Haar wie einzeln getuscht. Der äußerste denkbare Aufwand der Schöpfung. Fast unmöglich, sie nicht zu streicheln.

Şebnem war für Watteau und gegen Suzanne. Leise sprach sie zu mir im Rücken der Gruppe. Sie war *für* das Spiel, das Leichte und das Rosarote. Sie sah zwar gezähmt aus und gestriegelt, das Tochterpferd eines Diplomaten, aber sie dachte wild. Sie las Nancy Friday, um in Erfahrung zu bringen, »wie sich Frauen fühlen«. Sie sagte, wenn das britische Fernsehen nur halb so interessant wäre wie die Briefe von Madame de Sévigné, wäre es gerettet. Auf dem Rückflug brachte sie mir bei, dass »Holzweg« ein Wort aus der Philosophie sei. Das war mir neu. Wir saßen nebeneinander, und ich ließ mich tiefer in den Sitz sinken, um mit ihr auf Augenhöhe zu sein. Es war ein Propellerflugzeug, das auf der Stelle zu stehen schien, bis es anfing, abzusacken und wieder nach oben zu springen. So schlecht wie mir war, konnte ich Şebnems Augen ertragen, sie waren gewissermaßen neutralisiert. Wenn der Magen ein Stein ist, stellt der Trieb sich tot, nicht wahr? Erst als wir in Heathrow am Gepäckband warteten, versunken in unser Gespräch, begriff ich, dass sie mit fünfundzwanzig Jahren längst verheiratet war. Und nach ein paar Tagen in London wurde mir klar: Ich hatte sie in mein Herz geschlossen. Alle drei. Suzanne war gebildet, Lydia klug, Şebnem ein Brunnen von Ideen. Suzanne war eher groß, aber vielleicht ein bisschen holzig. Lydias Üppigkeit musste nur enthüllt werden. Şebnem war winzig, aber in ihrer Winzigkeit wahrscheinlich perfekt. Stell dir vor, die Daten dieser drei in einen Computer gespeist, die Quersumme gezogen: ihrer Gehirne, ihrer Körper, ihrer Hautfarben; Alter, Herkunft, Temperament, Erfahrung, Geruch. Sogar ein Drittel verheiratet wäre kein Problem gewesen, wenn man an die anderen zwei Drittel dachte. Du siehst, ich war weit entfernt davon, mein Leben in die Hand zu nehmen.

Noch vor Ostern kam eine Einladung von Suzanne zu einem merkwürdigen Anlass, ich fürchte, es war die Pensionierung ihres Vaters. Am Rand einer Gemeinde nördlich von Cambridge besaßen ihre Eltern ein altes Bauernhaus, geschmackvoll umgebaut, sich öffnend zum Garten, der bestückt war mit Tischen, Stühlen, Grills und brennenden Fackeln. Man hatte das Fest auf den frühen Nachmittag gelegt und Glück gehabt, es war hell und warm. Es wimmelte von Kindern und liebreizenden Eltern mit idiotisch auf festlich gebürsteten Frisuren. Suzanne, stellte sich heraus, hatte nur eine Schwester, Gayle. Sie war etwas jünger und gelöster. Ganz selbstverständlich half sie dem Personal, das Buffet auf den Weg zu bringen. Im Laufe des Nachmittags lernten wir uns natürlich kennen.

Dann sind Sie der Holländer, sagte sie.

Ich bin Deutscher.

Ich meine per Neigung.

Die Gemälde, o ja, wenn Sie das meinen. Suzanne hatte also von mir erzählt.

Ein aufgeräumtes Haus, ein runder Spiegel über der offenen Feuerstelle, steiles, klares Licht, das durch die hölzernen Gitter hoher Fenster fällt, assoziierte Gayle. Sie beschrieb das Haus ihrer Eltern unter dem Vorwand eines niederländischen Gemäldes.

Finden Sie diese Neigung verachtenswert?

Eine in sich ruhende Mutter, ein blondes Kind, sagte Gayle, als hätte sie mich nicht gehört.

Besser als ein bärtiger Alter, der seinem Sohn das Messer an die Kehle setzt, sagte ich. Sie sah mich an, ohne etwas zu sagen, auf eine bohrende, fragende Weise. Sie sah sehr englisch aus. Da begriff ich, warum Suzanne mich eingeladen hatte.

Später am Nachmittag, ein Sprühregen hatte eingesetzt, und die meisten Gäste waren ins Haus geflohen, zeigte Gayle mir den Nutzgarten, die ersten Blüten; durch den Rhododendron zur offenen Wiese dahinter. Dort war eine hohe Schaukel mit zwei Sitzen aufgestellt. Wir trockneten die alten Bretter mit den Ärmeln. Dann begannen wir zu schwingen, keinesfalls synchron, über dem Garten ihrer Kindheit. Manchmal riefen wir uns etwas zu. Wir hatten Weißweingläser in der Hand. Bei Beginn der Dämmerung saß sie dann, mit einem Anflug von roten Bäckchen, auf dem Beifahrersitz meines Firmenwagens. Ich fuhr langsam nach Cambridge. Wir sprachen darüber, wie es ist, älter zu werden, und wir wussten beide, was gemeint war. Nebenbei erwähnte sie, sie sei Pharmazeutin, und ich sagte, dass ich in der Unterhaltungsindustrie mein Geld verdiene. Sie fand nichts Schlimmes daran. Als sie ausstieg, eine Gasse mit Kopfsteinpflaster und Gaslicht, blaue Stunde, drückte sie ihr Gesicht an meines und streichelte meinen Nacken wie den eines kleinen Jungen.

Ich fuhr dann noch im Ortskern herum, obwohl ich wusste, dass man da nicht durchkam. Warum, dachte ich, wohnen eigentlich in England die studierten Leute alle auf einem Fleck? Warum sehen die Universitäten aus wie Schlösser? Warum sagen englische Frauen alle fünf Minuten: Ich mache doch nur Spaß!? Ich war ein wenig angetrunken und ziemlich aufgewühlt. Jenseits der Ringstraße hielt ich in einer Zufahrt, die wahrscheinlich zum Klärwerk führte oder zu einer Kiesgrube.

Ich schlief auf dem Fahrersitz, nicht lange, aber ich zitterte, als ich wieder zu mir kam, die Scheiben beschlagen.

Es war ganz bestimmt nicht so, als hätte ich beim Links-fahren keine Routine gehabt. Die hatte ich. Beim Peugeot war selbstverständlich das Lenkrad auf der rechten Seite, ein Kombi mit Automatik, ganz leicht zu fahren. Du wirst es nicht glauben, aber genau in dem Moment, in dem ich kurz davor war, in England heimisch zu werden, lenkte ich das Auto vom Halteplatz aus auf die rechte Seite einer dunk-len, regennassen Landstraße. Die leicht hügelan ging. Viel-leicht fünf oder zehn Autolängen Fahrt, bevor ich korrigierte, also auf die andere Seite zog, als ich jenseits der Kuppe Licht sah. Der Schlag war ungeheuerlich. Sie hatte mich, also den 405er, ganz hinten erwischt, und durch den Aufprall war er in ihre Spur zurückgedreht. Ihr Wagen, ein fliederfarbener klei-ner Ford kurz vor der natürlichen Verschrottung, war mitten auf der Fahrbahn stehen geblieben, genau an der Trennlinie. Sobald wir beide wussten, dass niemand verletzt war, fingen wir an zu streiten. Dann schwiegen wir, während sie rauchte. Plötzlich deutete sie in den offenen Kofferraum und fragte: Die silbernen Dinger da, was ist das denn? Erst da merkte ich, was ich den ganzen Tag lang im Auto hatte liegen lassen. Es waren drei Rollen 35-Millimeter-Film in ihren runden Alu-dosen, die komplette Kopie eines Kinofilms noch vor seinem Start. *Das Grauen*, sagte ich. Und während sie den Filter ihrer Zigarette platt trat, fing sie an zu lachen, ich meine, derartig zu lachen, dass sogar mir auffiel, wie komisch meine Antwort gewesen war. Obwohl sie mir total auf die Nerven ging mit ihrem hässlichen Auto, dem Rauchen – mit der großen Brille sah sie aus wie eine Eule –, wurde mir schlagartig klar, dass der Unfall banal war, ein Witz verglichen mit dem, was plötzlich in der Luft lag. Wir waren wohl auch beide nicht mehr nüch-tern, und die Polizei gänzlich unwillkommen. Wir sahen uns

also die Autos an und schoben den Escort auf den Seitenstrei-
fen, nicht ganz leicht mit einem fast blockierten Vorderrad.
Der Peugeot sah auch schlimm aus. Die hintere Stoßstange
hing auf der Straße. Gelegentlich fuhren Autos vorbei, wurden langsamer, aber keines hielt an. Immerhin, der 405er ließ
sich starten. Wir nahmen die Stoßstange und hebelten sie gegen die Karosserie, bis die Verankerung nachgab. Meine rechte
Hand blutete, aber es gelang. Wir schoben die Stoßstange unter den Ford. Ich bot an, sie nach Cambridge zu fahren. Sie
sagte, sie wolle nach London. Ich merkte spitz an, das sei aber
die falsche Richtung. Und schon waren wir wieder am Streiten! Am Ende gab sie beleidigt nach, und wir fuhren in meine
Richtung weiter. An der nächsten Kreuzung zeigte sich, dass
sie recht hatte. Also drehte ich wieder um, eine Entschuldi-
gung murmelnd. Wir hielten an der nächsten Raststätte, Kaffee und Mineralwasser, und versuchten, einen klaren Kopf zu
bekommen.

Und das war deine Frau, sagte Orlando.

Ein Kaffee und ein Mineralwasser?, fragte der Wirt von
hinter dem Tresen. Es war unsere erste Verabredung in der
Museumstaverne, und ich hatte vielleicht zu laut gesprochen.

Ja, genau, nickte Orlando, aber nur, um den Wirt zu fop-
pen. Ich war noch grinsend dabei, den Kopf zu schütteln, als
das Mineralwasser kam. Aber das bezog der Wirt nicht auf
sich.

Ja, sagte ich. Das war Barbara.

* * *

Damals war London noch nicht, was es dann geworden ist.
Ja, die Docklands waren teils schon neu bebaut, aber noch
nicht verbunden mit der übrigen Stadt, ein Lego-UFO für
Leute, die mit Schlips ins Bett gehen und so auch wieder auf-

stehen. Als ich hier ankam, gab es noch dunkle Winkel und übersehene Stellen, die Häuser der City ächzten in den Fugen. Nicht, dass sich das alles geändert hätte, aber jetzt stehen die Makler vor der Tür, die dir erklären, deine Anderthalbzimmerwohnung mit Einfachfenstern und Linoleumboden wäre ein goldener Palast! Das hat alles seinen Preis, nicht wahr? Man kommt in die Hauptstadt des Königreichs, um seine Taschen und alles, was man erspart hat – falls man etwas erspart hat –, in die Taschen von Spekulanten zu entleeren. Wenn man nichts erspart hat, dann kann man ja einen Kredit aufnehmen, man reiht sich also ein bei den Spekulanten, indem die unausweichliche Wertsteigerung angeblich alles bezahlt. Klar, in Bloomsbury zu leben war schon lange teuer gewesen, und der kommerzielle Druck auf der Oxford Street unbeschreiblich. Es gab aber noch ganze Viertel ärmlicher Gassen, die Bordsteine abgewetzt und glänzend. Die Haustüren nicht ganz in ihren Rahmen, aufgequollen, dutzendfach übermalt, die Treppenhäuser düster, deren Brüstungen schlapp, die Stufen quietschend und ausgetreten. Ich fand das damals schon maßlos, dreihundert Pfund für eine Butze im Hinterhof, die mir allerdings den Vorteil bot, mitten in der Stadt zu sein und nur wenige Minuten vom Büro. Sie lag im vierten Stock, das Dach darüber war noch nicht ausgebaut, und so wohnte ich ganz oben, wo es hell war. Obwohl hell auch nicht das richtige Wort ist. Dunkel war's nicht, nicht direkt am Fenster. Auf der Straße lag Müll, ich meine, die Leute haben ihre Regale zerbrochen und Tischbeine eingetreten und das ganze Zeug auf die Straße gepackt, wo es wochenlang blieb, ganz anders als in Deutschland, mit den festgelegten Sperrmüllterminen, die sich die vormerken, die ihren Hausstand ausdünnen wollen, aber auch jene, die sich daran bedienen. An dem Tag wird alles, in Süddeutschland allemal, absolut ordentlich auf dem Gehweg aufgebaut, so dass auch Glas und Spiegel nicht zerbrechen. Am Kühlschrank hängt vorn ein Schild »Funktioniert noch!«, hinten ist das Kabel aufgerollt und zusammengeschnürt. So war das 1980, als ich Student im ersten Semester war. Wir haben fast alles, was wir brauchten, von der Straße geholt. Sogar den langen Ledermantel, den ich mich hier in den ersten Jahren nicht getraut habe zu tragen, weil ich dachte, das sieht nazimäßig aus. Am Tag bevor der Sperrmüll abgeholt wurde, musste man zeitig dran sein, nachmittags schon, wenn die Leute anfingen auszumisten, aber selbst am späten Abend war noch etwas übrig, ein Staubsauger, ein Fernseher, ein Besenschrank. Dann kam ich nach London, aber natürlich nicht mit einem Möbellaster. Hier lag jede Menge Müll auf der Straße, nur eben nichts, was noch tauglich war. Einmal wollte ich hinter dem Royal Court of Justice einen wackligen Stuhl mitnehmen und habe fast eine Anzeige bekommen, weil ich versucht hätte, die Behörde zu bestehlen. Alles musste man selbst kaufen. In Deutschland gab es längst Ikea, in England noch nicht. Damals einen Stuhl zu kaufen, dessen Beine nicht irgendwie auf antik gedrechselt waren, war nahezu unmöglich, gar nicht zu reden von geblümten Gardinen und gehäkelten Tischdecken und Stehlampen mit Schirmen, die aussahen, als hätte jemand im Ersten Weltkrieg eine Rinderblase über einen Draht gespannt und dann auf dem Dachboden vergessen – so etwas stand dann im Herbst 85 im Fenster des Leuchtengeschäfts auf High Holborn. Ein echter Hit.

Ich habe also im ersten halben Jahr sehr karg gelebt, mit einer Tasse und einem Löffel, einem Futon auf dem Boden und einer Glühlampe unter der Decke, die ich in eine leere Konservendose gehängt hatte, um es mir gemütlich zu machen. In einer Zeitschrift hatte ich Bilder von Wohnungen gesehen, die die Stadtguerilla soeben aufgegeben hatte, und so ähnlich sah es auch bei mir aus, ein Lager für vier Wochen, für drei Monate höchstens, das man ohne große Verluste würde zurücklassen können. Ich dachte damals wirklich, dass London eine Episode in meinem Leben bleiben würde, ein schräger Berufseinstieg, allemal gut zum Perfektionieren der lingua franca der Wirtschaftswelt. Ich hatte doch nicht Betriebswirtschaft studiert, um anderen Leuten zu helfen, Geld zu verdienen. Ich dachte daran, beim Aufbau einer Ökobank mitzumachen oder für Ärzte ohne Grenzen zu arbeiten. Es war Zufall, dass ich plötzlich in London war, oder das glaubte ich jedenfalls, und meine Bude war der Beweis, die tägliche Buße dafür, dass ich meinen altruistischen Absichten untreu geworden war, sobald sich die Chance geboten hatte. Nämlich sofort.

Dass ich in die Lage kam, mit sechsundzwanzig Jahren und nichts anderem als einem deutschen Hochschuldiplom in einen Filmverleih hineinzurutschen, der ganz England belieferte, hatte mit meinen Vorgängern in der Buchhaltung zu tun. Turnstyle Movies war mit Finn in der Hand eines ursprünglichen Eigentümers, aber rott wie ein Familienbetrieb in vierter Generation. Am Anfang hatten Finn und Stanley, Partner mit gleichen Rechten und Pflichten, alles selbst gemacht, die Akquise der Filme, die Verträge mit den Produzenten, die Absprachen mit den Kinoleuten, den Versand. Dann hatten sie einen Vertreter, später drei, die nur herumreisten und Kinos besuchten. Die Buchhaltung wurde professionalisiert. Das ging eine Weile gut. Bis der älteste Vertreter auf einer Dienstreise verunglückte. Das war für den zweiten ein Grund aufzuhören, und der dritte war so ein Typ, der während der Vorführung eines brandneuen Films draußen eine rauchen geht. Als auf Computer umgestellt wurde, kündigte der Buchhalter. Nach der Eingabe der Zahlen zeigte sich, dass Geld fehlte, nicht viel allerdings, und man konnte nichts beweisen. Der neue Buchhalter war ein honoriger Herr, der mit Mühe »Computer gelernt« hatte und seine Zeit bis zur Rente überbrücken musste. *French Connection* war der letzte Film, den er selbst im

Kino gesehen hatte – 1971! –, und er hatte ihm nicht einmal gefallen. Es sah also nicht gerade gut aus für Turnstyle insgesamt als einem von drei unabhängigen Verleihern, die England und Nordirland mit Autorenfilmen und Musikdokus versorgten. LMD war größer, teilweise auch schon dran an amerikanischen Filmen. Sirius war sehr viel kleiner, aber bei weitem besser aufgestellt im Dokumentarbereich. Wenn man damals den Mann auf der Straße gefragt hätte: Wer ist Stephen Frears? Nichts als Schulterzucken. Oder Kurosawa – eine Kampfsportart? Tarkowski – vielleicht der polnische Außenminister? Die besten Filmemacher der Welt waren praktisch Geheimtipps.

War Stanley schockiert, als er einmal die Gelegenheit hatte, mein spartanisches Zuhause zu besichtigen. Am Tag drauf fragte er mich, ob ich mein Apartment – so drückte er sich aus – als Location verleihen würde. Gleich am Abend kam er mit dem Ausstatter vorbei, und es hieß, dass ich alles so liegen lassen sollte, wie es gerade war, inklusive der Zahnbürste. Das muss man sich mal vorstellen, ein Film über einen Junkie, und sie suchten einen Drehort für den letzten Trip. Na klar, für den Goldenen Schuss. Und dafür war meine Wohnung bestens geeignet. Der Produzent wollte mich für zwei Tage in einem Dreisternehotel einquartieren, aber stattdessen bekam ich eine Einladung nach Islington von Finn und Betty. Dasselbe Haus wie heute, aber damals gehörte ihnen nur die Wohnung im Parterre. Die Söhne gingen schon in die Schule. Es war so schrecklich gewöhnlich da draußen, das bisschen Grün und das Kinderkreischen und die warmen Mahlzeiten. Aber genau das tat mir gut. Es fiel mir wie Schuppen von den Augen, wie sehr ich an England gerade die häusliche Seite mochte, den Übergang von der Küche zum Garten, diesen Hauch von Anarchie oder Nachlässigkeit, wie man's nimmt. Dass der Fernseher im Wohnzimmer stumm läuft und niemand hinguckt. Der Bildschirm als Lampion.

Als ich zurückkehrte in meinen Hinterhof, fand ich einen Entschuldigungsbrief vor, wegen des Zustands der Wohnung, und fünfhundert Pfund in bar. Man hatte ihr ein wenig Patina verpasst, Teespritzer auf der Tapete, und die kleine Küche, sowieso kein Hort der Reinlichkeit, hatten sie mit Fett und Rotwein und Eigelb in eine Hölle verwandelt, es fehlten nur noch die Kakerlaken. Als ich zu putzen anfing, fiel mir auf, wie flächendeckend die Ausstatter gearbeitet hatten, die Fensterrahmen, der eiserne Radiator, der Herd, alles penibel abgetönt und eingegraut. Sogar der Glühbirne, die nun wieder nackt war – der Konservendosenschirm blieb für immer verschwunden –, hatten sie eine Rußspur mitgegeben. Jedes Detail erschien mir plötzlich als Kulissenkunst. Ich war beeindruckt und habe dann alles so gelassen.

In der nächsten Woche traf ich denselben Produzenten bei einer Vorführung, ich glaube von *The Last of England* – lustig, oder? Der war irgendwie verstimmt. Ich fragte ihn, ob es mit dem Dreh in meiner Wohnung Probleme gegeben habe. Nein, überhaupt nicht, alles im Kasten, sogar den Arbeitslosen aus der Absteige gegenüber – ein immerfort grundlos grinsender Glatzkopf namens Jamie – hatten sie als Statisten verpflichten können. Aber meine Bleibe hätten sie doch zu sehr verwüstet. Vielleicht könne er da etwas für mich tun. Und so kam ich in das Depot von Etcetera, die damals zu den fünf größten Filmausstattern gehörten. Sie hatten für einen Erfolgsfilm, der im Viktorianischen Zeitalter spielte, die Kulissen gebaut und waren sich sicher, dass man die Möbel und die Accessoires nie wieder würde verwenden können. Ich dürfte sogar den Transporter leihen, und Profis würden mir helfen. Am Abend jenes Tages im August, kaum zu fassen, sah meine Butze aus wie das Schlafzimmer einer Villa in Mayfair, ein himmelblaues Bett mit Baldachin, ein Teetisch, dessen Beine Knickse andeuteten, und an der Wand hing ein Gemälde, das einen Terrier auf einer lichtdurchfluteten Terrasse Männchen machend zeigte, um den Hals eine blaue Schleife. Ein Regal mit Büchern, aus der Nähe besehen nur Attrappen mit goldenem Aufdruck. Die Wände hatten sie nicht neu gestrichen, sondern wiederum retouchiert, so dass sie noch mehr Patina hatten als ursprünglich, aber in Richtung Sepia. Ich schlief total fest in dieser Nacht, und als ich aufwachte, dachte ich, ich träume.

Natürlich hatte es in meiner Kindheit Kinos gegeben, und manche Spielkameraden gingen in Stuttgart am Sonntag Disneyfilme gucken. Wir sind auch einmal zu einer Matinee, die ganze Familie, da lief die Verfilmung des *Faust*. Wie auch immer, Kinos waren irgendwie anrüchig, da gab es Vitrinen mit Bildern von nackten Frauen. Wer gaffen wollte, hatte es kurz zu machen. *Her mit den kleinen Engländerinnen* – ich war dreizehn und durfte da noch nicht rein. Dass ich das möglicherweise wollte, hätte ich nicht einmal zu denken gewagt. Wenn jemand fragte, in so einem bestimmten Tonfall, du bist wohl im Kino gewesen?, dann wurde man puterrot. Ich ganz gewiss.

Im dritten Semester wechselte ich nach Mannheim – das Gegenteil von Stuttgart, in jeder Weise. Ausgerechnet die Fakultät der Betriebswirtschaft residierte dort in einem Schloss, aber das war nur so ein Detail. Der Ton in der Stadt war eher rau. Fürs erste Semester bin ich ins Wohnheim. Dann tauchten wie aus dem Nichts Bernd und Ulrich auf. Bernd war ein Soziologiestudent, der Betriebswirtschaft nebenbei lernte, also ein Superbrain. Ulrich studierte alle möglichen Sprachen querbeet. Sie wohnten im Bahnhofsviertel, und der Dritte war gerade ausgezogen. Das Zimmer war höher, als es lang oder breit war, und der Vormieter hatte ein Hochbett eingebaut, unter dem der Schreibtisch stand. All das kam mir vor wie ein unverdientes Geschenk. Fast aber hätte ich das Zimmer nicht bekommen, weil Bernd und Ulrich von mir wissen wollten, ob ich oft ins Kino gehe, und ich: Nein, nie. Der dumme Schwabe ist auch noch ehrlich! Dann fiel mir ein, dass mangelnde Flexibilität betriebswirtschaftlich nicht hoch angesehen ist, und ich dachte mir, das gilt für die Bewerbung um ein Zimmer vielleicht auch. Also schob ich schnell nach, dass ich auf jeden Fall gern mitkommen wollte, wenn es etwas Interessantes zu sehen gäbe, und das löste große Heiterkeit aus. Ich war derartig beschämt, dass sie mir schon aus Mitleid das Zimmer gaben, und gleich am Wochenende nahmen sie mich mit nach Heidelberg, wo im Gloria *The Wedding* lief und später am selben Tag *Nashville*, eine Robert-Altman-Werkschau muss das gewesen sein. Diesen Namen allerdings hatte ich noch nie gehört. Getrunken wurde in einer schmalen Jazz-Bar in der Unteren Straße mit vergilbten Zeitungsartikeln an den Wänden. Dort fand ich heraus, warum sie mich zu Altman mitgenommen hatten: Altman, Scorsese, Nichols, Schrader – und mit Einschränkungen Cronenberg – waren die einzigen lebenden Regisseure Nordamerikas, die sie für ganz Große hielten. Darüber stritten sie nicht, aber über alles andere lagen sie sich in den Haaren. Bernd war ein glühender Anhänger von Wenders, Hauff, Fassbinder, Schlöndorff, während Ulrich von der generellen Überlegenheit des französischen Kinos überzeugt war. *Week-end* hielt er für den besten Kinofilm, der je gedreht worden war. Es sei sehr unwahrscheinlich, dass irgendein Filmkunstwerk das jemals würde ändern können. Dafür hatte er einen Kriterienkatalog. Dennoch sahen sich die beiden, oder vielmehr wir drei, fast alles an, was neu war. Na ja, *Gib Gas – Ich will Spaß* haben wir ausgelassen. Wie sagte Bernd so schön: Nicht alles, was gedreht wird, ist auch Kino.

Das vierte Semester Betriebswirtschaft fiel so gut wie aus, und das Geld wurde knapp. Das lag am Kino und an den Trinkgelagen danach. Wir drei verstanden nicht viel vom Kochen, also aßen wir in den Studentenlokalen. Bernd und Ulrich führten, wie mir langsam klar wurde, am Beispiel von Filmen einen Krieg um Theorien, und es spornte sie an, einen Zuhörer zu haben. Meine Parteinahme war nicht erwünscht, zum Glück, denn Bernd und Ulrich waren geschulte Proseminaristen. Nach einem Jahr wusste ich mehr über Filme als über alles andere. Ich verdingte mich bei einer Autolackiererei, um mir das Leben eines täglichen Kinogängers leisten zu können. Dann merkte ich plötzlich, dass ich mich verrannt hatte, und zog aus. Bernd und Ulrich sprachen danach kein Wort mehr mit mir.

Der Rest der Zeit in Mannheim war trist im Vergleich, aber ich blieb beim Kino schon noch dran, meistens allein. Als ich auf einem Frauenfilmfestival Finn begegnete, hatte ich meine Diplomarbeit schon abgegeben. Gerade war *Die bleierne Zeit* vorgeführt worden, auch schon ein paar Jahre alt, aber nicht einmal untertitelt, und Finn hatte kaum etwas verstanden. Kein Wunder, welcher Engländer kennt sich schon bei deutschem Terrorismus aus. Diese deutsche Schwere, das Sich-verbohren in Schuld. Irgendwie kamen wir auf Carlos Saura zu sprechen, und ich machte ihm großen Eindruck, indem ich die These drosch, dass sich Filmemacher in nationalen Traditionen bewegten, die in der Malerei begründet seien. Ich verglich Margarethe von Trotta mit Dürer; Saura mit Velázquez; Antonioni mit Leonardo. Das war komplett von Ulrich übernommen, aber ich tat so, als käme ich in dem Moment grad drauf. Und Finn dachte natürlich: *Der* ist ja schlau.

Der nächste Film des Festivals war so ein Frauen-nehmen-Rache-an-Don-Juan-Film, irre brutal und borniert. Ich ging früher raus, und wer steht wieder im leeren Foyer herum? Finn. Er fragte mich, was ich mache, und ich sagte ihm, ich hätte gerade eine Facharbeit über Vorfinanzierung und Abrechnungsfragen geschrieben, und da war er plötzlich Feuer und Flamme, weil ich Betriebswirt war und dennoch etwas vom Film verstand. So ging das los. Ich habe mich nie irgendwo beworben.

Doch, bei Bernd und Ulrich, sagte jemand hinter mir. Denn gerade hatte ich mich zum Barmann gewandt, um ihm die Bestellung zuzurufen. Jetzt drehte ich mich auf dem Hocker um hundertachtzig Grad zurück und sah niemanden außer Orlando. Der grinste. War er es gewesen? Hatte er die beiden Namen Bernd und Ulrich gerade akzentfrei ausgesprochen? Der Wirt stellte das schäumend überlaufende Bier auf den Tresen und nahm die Banknoten in Empfang. Und ich beschloss, erst einmal so zu tun, als hätte ich Orlando das nicht sagen hören.

Ich habe das damals als ein schönes Entree gesehen, man kennt sich ein bisschen aus im Film. Tatsächlich war ich scharf darauf, bei einem Betrieb wie Turnstyle die Bilanzen zu checken. Dass Finn mir vertraute, schmeichelte mir ungemein. Ich fand eine Firma mit Problemen viel attraktiver als eine ohne, was natürlich meinen Hang zu Revisionen offenbarte, zur Reparatur erster Klasse. Schon als Autolackierer war ich ziemlich gut gewesen, und zwar als Spezialist für das Finish. Ist nicht neu, sieht aber so aus.

Die Studentenzeit hatte ich schrecklich gefunden, die Prüfungen, die weiten Wege und das Geld immer so knapp. Mir war das wie eine Parallelwelt vorgekommen – die eigentliche Welt ist hinter einem Gazevorhang nur in Schemen zu erkennen. Jede Bewegung, die du machst, wird hinter dem Vorhang von jemandem zeitgleich noch einmal ausgeführt: das echte Leben. Wenn man abends im Bett liegt, denkt man nicht, du hast etwas geschafft, man denkt, du hast dich wieder nicht richtig gewaschen. Steigerte man sich da rein, kam einem das vor wie eine Geschichte ohne Ende, ein grausames Märchen. Da stand ich dann vor dem Knusperhäuschen. Und zu meiner totalen Überraschung wurde ich eingelassen. Nur war es drinnen dann kein Knusperhäuschen, sondern eine gewaltige, dunkle Höhle. Ich wurde festgebunden, und zwar so, dass ich den Eingang nicht sehen konnte. Nur Schatten von Figuren … Platons Irokesenschnitt, zum Beispiel, sagte Orlando, der das Gleichnis sofort erkannt hatte. Und ich ganz verdattert: Hatte Platon einen Iroke…? So hatte Orlando seinen Spaß.

Aber im Ernst, sagte ich, die Verwandlung meiner Wohnung ins Viktorianische veränderte alles. Bis dahin hatte ich gedacht, der Kinofilm sei ein Produkt, ein solches Produkt, das elementar aus Dienstleistungen besteht. Die Leute, die beim Film arbeiten, hatte ich betrachtet … als Ingenieure, Kaufleute, Handwerker und Gaukler. Verwegene Spezialisten, die Geräusche nachahmen, so wie es auch in der Autofabrik eine Abteilung nur für den Klang gibt, des Motors, der Türen, der Blinker – weiß kaum jemand, ist aber wichtig. Nachdem nun Ken Loach in meiner Wohnung gedreht hatte … Und jedes Mal, wenn ich zurückkehrte, war ich in diesem Mädchenzimmer …

Orlando wartete, ob noch etwas käme. Aber ich hatte komplett den Faden verloren. Was hatte ich gerade sagen wollen? Das Kino, der Mythos, die Verwandlung, England, Kunst und Leben? Zum Teufel, war ich betrunken. Ich stierte vor mich hin, die Glocke wurde geläutet. Wir winkten, um noch ein Glas zu bestellen.

Du bist in Mannheim im Knusperhäuschen verschwunden und in London wieder rausgekommen.

Er hatte deutsch gesprochen, langsam und genau, mit einem Hauch von Dialekt, vielleicht, aber definitiv ohne Akzent. Knusperhäuschen! Wie mich das durchschüttelte, dieses eine Wort.

Ein Betrunkener, zwei Phasen weiter als ich, hatte sich zwischen uns an den Tresen gelehnt, die Augen starr, die Haare nach oben stehend, das Holzfällerhemd auf einer Seite in der

Hose, auf der anderen Seite hing es heraus. Hey du, lallte er Orlando ins Gesicht, du … wo bist du her?

Aus Hampstead, sagte Orlando ruhig.

Ey, Quatsch, Mann, … wo bist du geboren?

Hampstead, sagte Orlando.

Der Betrunkene gestikulierte mit einem Arm in der Luft. Hampstead Township oder was?

Noch an den Barhocker gelehnt, aber fast schon stehend, sah Orlando durch den Mann hindurch. Er kostete den Moment aus, in dem der andere noch glaubte, Orlando würde gleich antworten. Dann erst bemerkte der Betrunkene, dass die Sache nicht gezündet hatte, und drehte ab.

Orlando wandte sich mir zu, müde plötzlich. Hinter ihm der Pub, hundert Jahre alt, hundert Bilder an der Wand, eine langsame Drehung der Kamera. Kaum Farbe, Zeitlupe, stumm. Wir wussten nicht, ob lachen oder weinen. Wir schwiegen eine Weile, und dann gingen wir grußlos.

Ein Nieselregen umfing uns, eine schwarzgelbe Nacht, und das British Museum lag da wie ein im Eismeer gefangenes Schiff. Orlando lief einfach los, und ich versuchte, Schritt zu halten, als wäre ich sein Schutzengel und dürfte ihn nicht aus den Augen verlieren. Ich sah ihn an, wie er nach Worten suchte, mit der rechten Hand bisweilen greifend, als führe er einen Gehstock mit sich, und schließlich, aber da waren wir schon eine halbe Stunde unterwegs, fuhr er den rechten Arm aus wie ein Dirigent, der den Einsatz gibt, und fing im selben Moment an zu sprechen.

* * *

Aus der Sicht des Kleinkinds, das er gewesen war, zweite Hälfte der siebziger Jahre, hatten alle Frauen lange Beine, und die Gesichter der Männer waren mächtig durch ihre Mähnen und Bärte. Man pflegte nicht unbedingt in Betten zu schlafen, es reichten auch Matratzen, auf denen Erwachsene und Kinder nicht abgezählt werden mussten. Zu seinen frühen Erinnerungen gehörte eine schlafende Frau rechts von ihm und eine links; von der anderen Seite, an sie geschmiegt, jeweils ein Mann, alle atmend wie mit einer Lunge.

Trotz des Kommens und Gehens war so viel klar, dass seine Mutter Rachel hieß. Eine »Mama« war immer noch eine feste Größe, während alle möglichen Kinder zwischen null und zwanzig zu manchen Männern eine Weile lang »Papa« sagten. Sein Bruder Jason war es, der die Legende aufrechterhielt, er könne sich an ihren Vater erinnern, Mike, der sei der Papa und nicht dieser Robin. Robin, das sei für ihn irgendein rothaariger Schotte und fertig. In einer labyrinthischen Wohnung war Orlando auf der West View aufgewachsen, während Jason seine Kindheit in jenem Teil der Etage verbracht hatte, die East View genannt wurde, einer der wenigen Umstände, die keiner von beiden später bestritt. Man sah sich zum Essen in einer großen Runde in einer innen gelegenen Wohnküche.

Mit sechzehn hatte sie die Mutter auf ein Internat geschickt, zwei schwarze Jungen unter Weißen, die beide das gemeinsame Schuljahr nicht überstanden. Jason, weil er einen verfallenen Schuppen anzündete, und Orlando, weil er schöne Dinge seinen Kameraden aus den Taschen zog. Wieder in London, kam ihr Geburtstag, aber sie gratulierten einander nicht. Ein oder zwei Wochen lang, bevor eine neue Schule gefunden war, verbrachten sie wie Brüder, aber nur um festzustellen, wie fremd sie sich geworden waren. Die Storys über ihre Kindheit gingen weit auseinander. Erst in dieser Lage wurde Orlando restlos klar, dass er sich im Nachtlager der

West View an überhaupt keinen Mann erinnern konnte, der Afrikaner gewesen wäre. Er war bereits in der ersten Klasse, als plötzlich ein Mike auftauchte, offensichtlich ein früherer, in seinem Stolz verletzter Liebhaber der Mutter, vielleicht auch gefährlich, in dessen Zügen Orlando seine eigenen nicht wiederfand. So berichtete er es Jason nach dem siebzehnten Geburtstag. Daran sehe man, glaubte der Bruder, und sein Ton war durchaus drohend, dass Orlando seine Rasse verleugne. Genau dies waren seine Worte. Hier wäre die Gelegenheit gewesen, den Bruder etwas zu fragen, was er schon immer hatte wissen wollen, nämlich ob es Jason eigentlich etwas bedeute, deutlich dunkler zu sein. Das Risiko bedenkend, sparte Orlando die Frage auf für eine spätere Gelegenheit. Die aber nicht kam.

So wie seine eindrücklichste Erinnerung an die Mutter seinen Bruder nicht miteinschloss – er, Orlando, allein inmitten der Schlafenden –, so fehlte der Bruder auch in der einzigen Situation, die ihn mit diesem Mike verband. Der sogenannte Papa war, und der kleine Orlando mit ihm, an einem regnerischen Herbstabend bei Einbruch der Dunkelheit durch eine stählerne Tür in der Rückwand einer Halle eingelassen worden, lange Gänge im Neonlicht, offene und verschlossene Türen, und schließlich waren sie in einer weißgetünchten Kammer angekommen, ein Spiegel von Wand zu Wand mit einem Kranz leuchtender Glühbirnen. Orlando trug eine kleine Umhängetasche, in der sonst das Schulbrot aufbewahrt wurde. An diesem Abend aber hatte ihm der sogenannte Papa Mike, sich vor ihn hockend, tiefer Blick in die Augen, ein kleines, verschnürtes Paket hineingelegt, die Tasche verschlossen und an ihrem Lederriemen so gezogen, dass Orlando, sieben Jahre alt, sie nun hinten trug statt vorn wie sonst. Später standen sie am Bühnenrand und sahen den Musikern zu, die sehr laut probten. Unten in der Halle waren nur vier oder fünf Plätze besetzt. Die Sängerin, eine Göttin mit Afro auf hohen Schuhen, brach das Lied ab, als sie Orlando sah, oder eher Mike, den sie mit strahlendem Lächeln und einer Umarmung begrüßte. Als wüsste sie, was zu tun war – oder hatte er es ihr zugeflüstert? –, hockte nun sie sich, wie der Papa zuvor, vor den Jungen, um die Brottasche wieder nach vorn zu drehen. Das kleine Paket entnahm sie mit großer Freude. Später hatte Orlando mit diesem Mann, der alle Musiker persönlich zu kennen schien und der jedem erzählte, der Junge sei sein Sohn, noch einmal am Bühnenrand gestanden, hinter dem Vorhang, beide nun mit einem Plastikschild um den Hals wie andere, die auf der Bühne halfen und nicht zur Band gehörten. Die Musiker schienen sie nicht zu bemerken, während sie spielten, und wenn ein Lied zu Ende ging, brüllte und klatschte der ganze Saal, der nun zwar fast dunkel war, aber lückenlos besetzt, auch Leute stehend, bis schließlich die Sängerin dem Jungen winkte, der, von jenem Papa angestoßen, wie ein aufgezogenes Spielzeug in die Mitte der Bühne schoss, vor sich die Brottasche, die Sängerin jetzt mit ihrer rechten Hand in seinem Haar, während sie ins Mikrofon sprach, der Junge wäre direkt aus der Schule hierhergekommen. Orlando wollte gerade widersprechen, aber das Publikum applaudierte, so dass er nicht mehr wusste, ob das, was sie gesagt hatte, wörtlich gemeint war oder vielleicht ein Bühnenstück, in dem er den Jungen spielte, der aus der Schule kam. Nun fragte sie ihn nach seinem Namen und hielt ihm das Mikro vor den Mund, und als er ihn sagte, ging der Applaus, begleitet von schrillen Rufen, über in wilden Jubel, worauf Papa Mike ihn rückwärts am Lederband seiner Brottasche wieder hinter den Vorhang zog.

Während er das erzählte, das weiß ich noch, durchschritten wir Bloomsbury in Richtung des Bahnhofs Euston. Wollten wir verreisen? Wir standen an einer der großen Kreuzungen, Woburn und Tavistock wahrscheinlich. Nur einen Schritt vom Bordstein entfernt war ein eiserner Gullideckel, bestehend aus zwei Hälften, in den Asphalt eingelassen. Mit jedem Autoreifen, der darüberrollte, tat es einen kurzen, harten Schlag, als spielte jemand über Orlandos Bericht ein Schlagzeugsolo. Indem unsere Ampel auf Grün schaltete, war der Rhythmus plötzlich weg. Während wir über die Straße gingen, sah ich ihn prüfend an, als wäre er es gewesen, der aufgehört hatte zu spielen. Eine Weile gingen wir schweigend, dann folgte, einsetzend mit der charakteristischen Geste seines rechten Arms, der zweite Teil des Berichts.

Der Junge war hin und her gerissen, ob das Geschehen auf der Bühne eine Peinlichkeit gewesen war, eine Sensation oder möglicherweise eine Heldentat, und in seiner Unschlüssigkeit, wieder daheim, warf Orlando erwartungsvolle Blicke zu Papa Mike, der das Ereignis jedoch weder am gleichen Abend noch am nächsten Tag erwähnte. Dann war der falsche Papa weg, verschwunden wie nie dagewesen. So blieb die Frage, die der Junge in sich trug, unbeantwortet, was sein Auftritt mit der Brottasche bedeutet hatte. Ohne sich irgendjemandem anzuvertrauen, grübelte der Junge wochenlang, was ihm und seinem Namen vor so vielen Menschen widerfahren war, bis er eines Nachts, hochschreckend aus einem Traum, das Rätsel gelöst vor sich sah: Weil doch das Mikrofon ein *mike* war und »Papa« ein Mike war, war es ebendiese Verbindung, die auf das Ereignis zugeführt hatte, unausweichlich oder sogar automatisch, ohne dass ein Mensch es hätte verhindern können.

Wir lachten herzlich, während wir am Gordon Square diagonal über den Rasen gingen. Es war noch hell. Stell dir vor, Barbara hätte da oben in ihrem Dienstzimmer gesessen. Sie hätte zu uns heruntergeschaut, ihren Schirm genommen, wäre zu uns geflogen, und dort, auf dem akademischen Grün, hätte die Geschichte eine andere Wendung genommen, deine – und meine auch.

Die drei Zimmer der West View, setzte Orlando wieder ein, hätten sich einmal drei Erwachsene geteilt, dann vier oder fünf, und irgendwann – dritte Klasse, vermutlich – passte er gar nicht mehr ins Leben seiner Mutter und wurde in der East View untergebracht, mit seinem Bruder und einem anderen Jungen. Die East View, wo es mehr Platz gab, stand unter dem Einfluss Angelicas, die einen Musikclub besaß. Liefen die Geschäfte gut, nahm Angelica ein Bündel Scheine aus der Kasse und schmiss die Party. Wie aus dem Nichts zauberte sie ein Essen für fünfzehn Leute auf einen langen Holztisch, der schon hundert Jahre in einem Gasthof hinter sich hatte, und sie selbst trank, während aus einem Tonbandgerät progressiver Rock hervorsprudelte, Rotwein aus der Flasche. Die Kinder konnten dabei sein oder drüber wegschlafen, den Erwachsenen war es egal. Jason war längst daran gewöhnt, während Orlando sich zurücksehnte in den stilleren Teil der Wohnung. Schließlich hatte Mutter Rachel ein Einsehen, und in der West View wurde eines der Zimmer geräumt: sein erstes eigenes, mit neun Jahren. Aus dem bombastischen Zirkus, den der Alkohol entflammt, war er geflohen in die Gegenwelt der Schmalen und Nervösen, die an der Nadel hingen, auch wenn er nie eine zu sehen bekam. Gelegentlich gab es heftigen Streit im Nebenzimmer, wobei immer wieder »vom Kind« die Rede war. Er glaubte, dass seine Mutter schwanger war, bis ihm dämmerte, dass es um ihn selbst ging. Einmal von der Schule nach Hause kommend, fand er die Mama mit offenen Augen in einem schwarzen Kleid auf dem Bett liegend, nicht krank, nicht tot, aber auch nicht lebendig, und Angelica scheuchte ihn nicht weg, während sie Rachel in den nächsten Stunden zurückholte.

Es folgte ein Gespräch bis spät in die Nacht, das Orlando versuchte zu belauschen, aber alle sprachen ganz leise, und am nächsten Tag waren Rachel und Robin eingeschlossen im dritten Zimmer, das eine Tür zum Bad hatte, und auch dieses war von außen verschlossen. Alle Schlüssel hatte Angelica an sich genommen. Sie ging nicht mehr aus dem Haus. Jason und Orlando wurden mit handgeschriebenen Zettelchen einkaufen geschickt. Bald begann das Pochen an Wänden und Türen, Tage der gebrüllten Verzweiflung, übergehend in ein Wimmern, Tage, die Orlando versuchte aus seinem Gedächtnis zu tilgen. Was nicht möglich war. Danach, auch wenn es Jason nicht passte, sagte er zu Robin Papa, bis er erwachsen war.

Zwei leitende Angestellte von Turnstyle Music und Turnstyle Movies Distribution gehen zusammen einen trinken. Ist das verboten? Auf keinen Fall. Dennoch hatten wir uns nach der Wagnerepisode quasi augenzwinkernd verabredet. Das muss im April gewesen sein. Ich holte ihn nicht im Büro ab, sondern wir trafen uns in der Museumstaverne, ganz einfach, denn die war nah, und es gab keinen anderen Pub, der so hieß. So wie die Dutzenden von Königspubs, die Edwards, Williams und Richards, die man verwechseln kann. Wir hatten lange gearbeitet, so dass wir nach acht in der Kneipe gegenüber vom British Museum ankamen, ich zuerst und er kurz nach mir, und dann standen wir eine Weile an der Bar. Dieses war das dritte Treffen oder das vierte, die Tage schon lang, Mitte Mai vielleicht, und Orlando hatte gleich beim ersten Bier vorgeschlagen, dass wir weiterziehen sollten, ich dachte, das wird ein Pub Walk. Aber nein, wir passierten eine Menge prächtiger und nicht so prächtiger Pubs, ohne irgendwo einzukehren. Einer, ganz neumodisch, hatte ein großes Fenster nach vorn, und drinnen sah man auf drei Bildschirmen synchron den Flug über die nagelneue Millennium Bridge in Newcastle von einem Hubschrauber aus. Gegenüber dem Bahnhof blieben wir stehen, ein Monster in der Stadt, das uns den Weg versperrte. Ich sah Orlando an und dachte, mit neun Jahren durch die Hölle, wie merkwürdig, dass man so etwas nicht sieht. Vom Bahnhof Euston schallte eine Lautsprecheransage herüber, mit

Echo, die mein inneres Ohr so übersetzte: Ihre letzte große Reise, bitte Beeilung, der Zug wartet bereits auf Gleis 9 ¾.

Ich wäre links gegangen, in Richtung Regents Park, aber Orlando leitete mich nach rechts und bog dann in die Everholt Street ein. Wir steuerten zu auf Camden Town. Es war ein einziges Spektakel, wie weiter oben auf der High Street all die kleinen Läden schlossen, noch schnell Verpackungsmüll auf dem Fußweg gestapelt, die Lichter ausgemacht und der Fensterladen von außen über eine elektrische Steuerung verschlossen. Pakistanische Geschäftsleute in weißen Hemden, ihre Autos mit laufendem Motor halb auf dem Fußweg abgestellt, bereit, nach Hause in die Vororte zu fahren. Vor den Pubs, an denen wir vorbeigingen, bildeten sich Trauben von Leuten. Nicht wegen des Rauchens, das durfte man damals auch drinnen.

Ich hatte, aber das ist eine Berufskrankheit, schon meine innere Checklist erstellt. Erstens, hing Orlando an der Nadel? Eher nein. Er sah ganz gesund aus. Zweitens, wo waren diese Menschen, die ihm nahegestanden hatten, jetzt: eine Mutter, ein Stiefvater, ein Bruder? Mein Gefühl sagte mir, weit weg. Kein gemeinsamer Sonntagskaffee oder irgendetwas. Und drittens, wohnte er allein? War er zölibatär? Würde er mich gleich zu sich einladen, eine Gasse nahe der Bahn, die übliche, vernachlässigte Junggesellenküche mit der leeren Dose Ravioli vom Vortag? Vor der Eingangshalle der Hochbahn reichte Orlando mir plötzlich die Hand, dann tauchte er darin ab. Ich überquerte die Straße, um den Zug zu nehmen, der ostwärts fuhr. Vom Bahnsteig aus sah ich Orlando auf der anderen Seite stehen, vertieft in den *Independent*, genau unter der elektrischen Laterne, die aufgeschlagene Zeitung ein schwarzweißes Flirren und Flattern zwischen seinen Händen.

* * *

42

Es ist typisch für mittelständische Unternehmen, dass sie die Buchhaltung geringschätzen. Jeder, der mehr kann als das, was er können muss, wird bald auf einen anderen Posten geschoben, wird Vertriebsleiter, PR-Mann, Vorstand. Die Buchhaltung, denken die, läuft irgendwie von allein. Bei Turnstyle war das genauso – damals, Orlando, damals! Kaum hatte ich die Bilanzen im Griff, kamen sie mir mit der Organisation des Verleihs. Das war ursprünglich Stanleys Sache gewesen, und es lief okay, solange die drei Vertreter noch reisten. Jetzt war er gelangweilt von der wöchentlichen Aufgabe. Er hatte irgendetwas anderes vor, man wusste noch nicht, was – er vielleicht auch nicht. Auf jeden Fall fehlte der Zug in der Sache, und im Handumdrehen fädelte die Konkurrenz, nämlich LMD, Deals ein mit Titeln, die bis dahin an Turnstyle gegangen wären. Mittelgroße Produktionen. Letztlich war ich deshalb geholt worden: Die Umsätze gingen zurück. Als ich ein Jahr dabei war, hatte ich zumindest die Buchhaltung im Griff. Man darf das nicht aus dem Blick verlieren. Die Krise ist nicht erst da, wenn die Bank sich meldet. Im Gegenteil, dann ist es meist zu spät.

Niemals hätte ich mich auf die Organisation des Verleihs eingelassen, wenn es nicht bedeutet hätte, ganz England kennenzulernen. Darauf habe ich bestanden, dass ich das nicht vom Schreibtisch aus mache. Ich werde niemals Vertreter sein, aber ich fange wie ein Vertreter an, damit ich verstehe, wen man anheuern kann. Also am Montag nach Manchester, am Dienstag nach Sheffield und am Mittwoch nach Leeds. Es schien zwei Sorten von Kinobetreibern zu geben, die Idealisten und die anderen. Danach entschied sich meine Rolle. Für die einen war ich ein Kinofan, für die anderen ein Manager. Meine Hoffnung bestand darin, auf beide Seiten Einfluss zu nehmen. Ich wollte, dass die Idealisten mit ihren Programmkinos besser rechnen, und die Typen, denen die Multiplexe gehörten – das fing gerade an –, sollten sich bitte wieder angewöhnen, die Filme anzuschauen, die sie kauften. Nicht nur Vorgaben machen, wie: Ja, wenn der große Titel dabei ist, nehmen wir auch die zwei kleinen. Das war mein längerfristiges Vorhaben. Zunächst aber musste ich für Turnstyle einen Teil des Marktes zurückerobern.

Ich bin eingetaucht in die Welt des Kinos, so wie Leute es wirklich betreiben. Sagen wir, du kommst ins Nickelodeon in Liverpool, 1986 im Juni, und du triffst den Mann, der seit dreißig Jahren Kino macht. Er heißt Quincey Spencer, ist sechzig Jahre alt und hat mit dreißig Jahren angefangen. Das war also 56. Du hast keine Chance gegen den Mann, den Konsum von Zigaretten und Gin betreffend, das Gedächtnis für Verträge, die Verbundenheit mit seiner Stadt. Sein Bruder war der Lehrer von Ringo Starr in der Grundschule gewesen, stell dir das mal vor. Vor allem aber ist für ihn das Kino – sein Kino – nicht ein muffiger Saal mit durchgesessenen Sitzen und schwer vergilbten Wandbehängen, nein, für ihn ist dieser Saal die Summe seiner Erfahrungen. In seiner Vorstellung läuft dort alles zugleich, Hitchcock, Capra, Fellini. Nicht physisch, natürlich. Würde man alle Filme zur gleichen Zeit projizieren, wäre die Leinwand ja für das menschliche Auge weiß.

Quincey war nicht, wie ich, erst als Erwachsener Kinogänger geworden. Er war sechs, als ihn seine Mutter mitnahm ins damals soeben eröffnete Forum, ein herrliches Art-déco-Lichtspielhaus mit weit über tausend Sitzen. Dessen Erbauer hatten noch die Erfindung des Kinos miterlebt! Sein Studium in London hatte Quincey als Vorführer finanziert, erst im Odeon am Leicester Square, glaube ich, und später im Electric. Dann ist er zurück nach Liverpool und hat mit einem alten Schulkameraden das Forum gekauft, das Kino seiner Kindheit. Die siebziger Jahre waren schwierig, aber durch die amerikanischen Blockbuster Anfang der achtziger Jahre platzte das fast aus den Nähten. Da haben sie es losgeschlagen für einen Phantasiepreis. Von einem Bruchteil des Erlöses hat er ein angestaubtes, kleines Kino aus den Sechzigern übernommen, eben das Nickelodeon, und richtig Programm gemacht. Er hatte außerdem das Haus der Mutter geerbt, die Hälfte, genau genommen, und konnte machen, was er wollte. Eigentlich hätte er es sich leisten können, nur noch Straub-Huillet zu zeigen – dieses Theaterkino, weißt du, auf dem Festland war das damals Kult –, aber selbst als ich ihm den ersten Kaurismäki vorführte, war er völlig enerviert. Er dachte, ich wolle ihn veralbern, drei Sätze in zehn Minuten, das hielt er für verrückt, absolut nicht vermittelbar. Ein paar Filme später gehörte er zu denen, die Aki Kaurismäki verehrten, da hat er ihn sogar mit den Leningrad Cowboys eingeladen, Klamaukrock, eine ganze Band mit Elvistollen. Um live zu spielen, und ausgerechnet in Liverpool. Kam aber gut an. Letztes Jahr, als Quincey sein Kino dann doch schließen musste, hat er wochenlang *I Hired a Contract Killer* gezeigt. Den Film über einen entlassenen Buchhalter, der, lebensmüde, seinen eigenen Mörder bestellt. Der lief im Nickelodeon, und zwar bei fallendem Eintrittspreis, ein Pfund in der letzten Woche, und trotzdem kam keiner mehr. Einfach gar keiner. War das nun total witzig oder einfach nur noch bösartig?

Das schließt sich nicht aus, sagte Orlando.

Ich besuchte Reading, Southampton, Oxford und Luton von London aus, aber der Rest, das waren richtige Reisen. Die Nord-Nord-Reise, die Nord-West-Reise, die Reise zum Kap – sollte heißen nach Cornwall. Auf dem Weg lag natürlich Bristol, das auch sein Dreißiger-Jahre-Kino hatte, ebenfalls ein Odeon, und ein noch älteres, das Whiteladies auf der Whiteladies Road. Ungewöhnlich war dort der Gallery Filmclub, eine Kunstgewerbegalerie, in der am Freitag- und Samstagabend Filme auf eine weiße Wand projiziert wurden, der 16-Millimeter-Projektor einfach im Raum aufgestellt, wirklich laut, und es war immer voll. Das schien mir anfangs unbegreiflich, warum achtzig Menschen, ein Viertel davon Jugendliche, zusammenkommen, um sich zum Beispiel einen mehrstündigen Dokumentarfilm über irische Nomaden anzusehen, Kesselflicker, ein Handwerk, das – kannst du dir denken – noch eher zu den gefährdeten zählt als zum Beispiel das Vorführen von Kinofilmen.

Der Gallery Filmclub wurde von drei Leuten betrieben. Der eine gehörte zu einer Filmkooperative in London und pendelte; seine Frau betrieb die Galerie, die in der Stadt einzigartig war und ziemlich gut lief; und Anu war Fotografin. Ich weiß noch, wie ich sie am ersten Abend fragen wollte, wie sie denn nach England gekommen sei, und Stunden später hatte ich immer noch nicht gefragt. Anu war speziell. Sie war nicht groß, aber gelenkig und hielt sich immer sehr gerade. Die Wirkung war, logisch, dass man ihren Busen sehr schön sehen konnte, unterstützt durch den Umstand, dass sie hauchdünne BHs trug. Ihr Oberkörper war quasi ein Energiefeld. In ihrem Gesicht gab es etwas Ähnliches, sie hatte Schläfen, in denen sich das Licht des Tages fing, der blaue Himmel, die gelbe Beleuchtung, ja sogar das indirekte Licht vom projizierten Film. Diese illuminierten Schläfen machten ihre Augen heller, die eigentlich braun waren, rehbraun, wahrscheinlich nicht typisch finnisch, obwohl sie aus Oulu stammte. Ich meine, stammt.

Anu verdiente ihr Geld aber nicht mit der Fotografie, oder nur zu einem Teil. Sie arbeitete an der Mittelschule als Filmlehrerin. Damit war sie gewiss die einzige im Vereinigten Königreich. Man hatte in Bristol eine Spezialklasse für Legastheniker eingerichtet. Die mussten an bestimmen Unterrichtsfächern nicht teilnehmen und haben stattdessen andere Dinge gemacht. Zum Beispiel betrieben sie eine biologische Station mit allerlei Pflanzen und Tieren, die sie beobachteten.

Aber sie hatten eben auch den Film. Es waren zehn Schüler, nur Buben, und die saßen dann an einem ganz normalen
Schultag in der Aula und ließen sich *Früchte des Zorns* vorführen. Offenbar gab es ein gewisses Budget für Leihgebühren,
denn an unserem ersten Abend fragte mich Anu, ob sie einen
frühen Mike Leigh bei uns leihen könne. Ich hätte fast nein
gesagt, ich meine, wir haben gar keine Abteilung für solche
winzigen Geschäfte. Turnstyle ist doch keine Kinemathek. Ich
habe nach Luft geschnappt und gesagt, das machen wir. Bald
habe ich auch den Zusammenhang begriffen zwischen dem
Filmclub und den Buben, die nicht richtig lesen konnten,
aber was heißt schon Zusammenhang. Sie waren eben Gäste
des Filmclubs am Freitag und Samstag, zahlten übrigens auch,
brachten Mädchen mit und vermischten sich dort mit den Älteren, also Film-Ko-op-Freaks, Malern, Fotografen, Stadtver-
ordneten, Geschäftsleuten vom alternativen Ende. Das wäre
nicht passiert ohne Anu, der sie an den Lippen hingen, an den
Augen, an den Brüsten, bildlich gesprochen natürlich, und
daraus ist schier Unglaubliches gewachsen. Als hätten sie den
Film mit der Muttermilch eingesogen. Ich kann dir genau
sagen, wo sie heute sind, John, Stephen, Mickey, alle in Film,
Fotografie, Rockvideo, Werbung, Webdesign. Das lag an Anu
Pellinen, die so eine Art Medium war, eine Schleuse, die Verbindung von einer Ebene zur anderen.

In jenen Wochen bin ich mit Finn aneinandergeraten. Es
hätte nicht viel gefehlt und ich wäre bei Turnstyle gleich wieder rausgeflogen. Eigentlich war dieser Streit ein bisschen lä-
cherlich. Es ging los mit Bristol, weil ich an zwei Wochen-
enden nacheinander dorthin fuhr. Nicht als Dienstreise, das
habe ich mich nicht getraut, und das war auch gleich der erste
Fehler. Denn ich habe Filme mitgenommen aus unserem
Archiv, ohne sie dem Filmclub zu berechnen. Ohne im Büro
eine Notiz zu hinterlassen. Eine Gefälligkeit für Anu.

Der zweite Fehler war schon schwieriger zu erkennen, für mich damals. Eigentlich war es auch gar kein Fehler, sondern eine Änderung in meiner Haltung. Es musste passieren. Bis dahin hatte ich mir Filme als geschlossene Einheiten gedacht, vom Vorspann bis zum Abspann, unabänderlich. Ich dachte, das wird irgendwo von klugen Profis erdacht, und die anderen sehen sich das eben an. So hatte ich das wahrgenommen. Überhaupt ist das die Definition des Cineasten, dass er Filme wie Geschenke nimmt und trotzdem dafür bezahlt. Aber jetzt änderte sich das, durch Leute wie Quincey Spencer in Liverpool und den Filmclub in Bristol und Dutzende andere, die ich auf diesen Reisen traf. Sie alle hatten ihr Leben verknüpft mit dem Film. Mal mehr mit dem Film, dann wieder mehr mit dem Kino. Nehmen wir Robin Louis Gardner in London, der fünf Kinos besaß und die Hälfte der Gewinne in Produktionen steckte. Und das galt für die Ko-op eben auch. Jeden Tag dachten die darüber nach, was für Filme man machen konnte, zu welchem Zweck und mit welchen Mitteln. Insofern sahen sie den tatsächlichen Output mit kritischen Augen. Viele der Beobachtungen und Argumente kannte ich aus Mannheim. Allerdings hatten Bernd und Ulrich als Cineasten debattiert, als Schwärmer. Hier ging es nun um die Zukunft des britischen Films, und das hat mich gepackt wie ein Fieber. Es gab für mich plötzlich keinen Unterschied mehr, keine Distanz von der Schöpfung einer Idee bis zu dem Moment, wo sie wirklich wird – als Film. Nicht nur ein guter oder ein pfiffiger Film, sondern einer, der dein Leben umwälzt.

Es war wie eine Erweckung, und das hat Finn natürlich gespürt. Er aber wollte keinen ausgeflippten, verknallten, gesamtenglischen Kinospinner, der ihm beim Tee verrät, wo die Stoffe für Produktionen zu finden wären. Während Stanley meine Kontakte interessant fand und sich so seine Gedanken machte. Weil er tatsächlich in die Produktion wollte, wie wir heute wissen. Finn aber brauchte einen kühlen Betriebswirtschaftler, der ihm sagt, warum seine Firma gerade schlapp aussieht. Und ich wusste es sogar, hatte die analytischen Parameter drauf – war aber zu vernagelt wegen Bristol, um es anzupacken. Das war meine Begegnung mit der echten Welt des Films, wo die Verrückten mit den Eiskalten gemeinsame Sache machen. Und du musst immerzu scharfstellen, um sie nicht zu verwechseln. Das Äußere, Oxforder oder Turnschuhe, sagt gar nichts.

Orlando schnippte mit Daumen und Mittelfinger, und der Kellner stoppte für eine Sekunde an seinem Tisch, bis er merkte, dass er nicht gemeint war. Wie wir die Museumstaverne zu hassen begannen. Wie die älteren Männer Orlando angafften, auf die eine Weise oder die andere. Aber noch saßen wir da fest.

Für dich besteht die Welt aus Rätseln, sagte Orlando. Wenn du nicht rechnen könntest, müsstest du wahrscheinlich betteln gehen.

Rechnen, Orlando, von wegen! Das ist einfach. Lasst mich drei Tage in euer Büro, und ich verrate euch, ob nächstes Jahr Land unter ist oder ob ihr einen neuen Jaguar bestellen könnt. Natürlich kann ich Finn sagen, wie er investieren soll und was dann an Steuer zurückkommt. Aber mit den Tricks des Controlling ist keine Firma zu sanieren. Die Frage war die: Turnstyle, ein eingeführter Kinoverleih, fair, landesweit, bekannt für guten Geschmack, pendelt seit drei Jahren an der Verlustgrenze. Warum? Sicher, der Videoverleih war schon erfunden worden – leider nicht von mir –, aber die Kinos machten noch ganz gut Kasse. LMD, dem Konkurrenten, ging es richtig gut. Jetzt sag du mir, Orlando, was damals unser Problem war. Warum sind wir fast den Bach runtergegangen?

Wie du selbst schon verraten hast: Ihr hattet nicht mehr die richtigen Filme, sagte Orlando kühl.

Eben!, rief ich, als hätte er ein Rätsel gelöst. Und noch immer könnte ich mir auf die Schulter klopfen, dass ich das ausgesprochen habe. Im großen Büro, damals. Finn und Stanley waren beide da und der Rest der Mannschaft auch. Ich habe es ihnen ganz dick aufs Brot geschmiert.

Orlando grinste leicht abwesend.

Sie haben es nicht nur nicht geglaubt. Sie wollten es unbedingt nicht hören. Das musst du dir so vorstellen: Es wurde ganz still im Raum. Alle starrten auf Finn. Finn starrte mich an, und Stanley guckte aus dem Fenster, die schmale Gasse runter. Dann drehte er sich plötzlich zu mir um und sagte: Okay, Oliver, ein einziges Beispiel. Welcher Film ist uns entgangen, den wir unbedingt hätten haben müssen?

Orlando grübelte, kam aber nicht drauf. Kein Wunder, wo er doch damals noch ein Kind gewesen war.

Und ich: *Mein wunderbarer Waschsalon*! Orlando zuckte mit den Schultern, so dass sich mein Triumph von damals nicht, wie ich gehofft hatte, wiederholte. Oder er glaubte, loyal sein zu müssen gegenüber Stanley. Vielleicht, dachte ich, sollte ich doch vorsichtiger sein.

Wahrscheinlich, murmelte er so freundlich, wie er konnte, lagst du da gut im Trend. Stephen Frears ist heute einer von den ganz Großen, nicht wahr?

Einen Moment zögerte ich. Wo er das jetzt herhatte – die *ganz Großen*? Ich kam nicht drauf. Ja, rief ich, Frears ist einer der ganz Großen! Wollen wir eine Top-Liste machen?

Ja, klar, sagte Orlando und guckte in die Luft. Ich schämte mich ein bisschen, dass ich ihn mit dieser Bürogeschichte gelangweilt hatte. Dann dachte ich, wenn auch neblig, Brighton! Das müsste ich ihm erzählen. Meine Nummer zwei auf der Liste aller Wunder.

* * *

So richtig los ging es mit dem Auto. Der Unfall. Mit Barbara. Ihr Escort total im Eimer, und die Versicherung von Turnstyle, also vom 405er, dem Dienstwagen, hatte sechshundert Pfund rausgerückt, mehr als genug für die rostige Mühle, nur eben nicht für einen ordentlichen Ersatz. Barbara war das egal, sie hätte sich beim Autohändler an der Ausfallstraße einen Daihatsu besorgt oder so etwas. Es war unser zweites Telefongespräch nach dem Crash, und sie sagte, dass für sie ein Auto eben nur fahren müsse. Behaupten viele. Ich habe sie dann gefragt: Wenn wir nicht das Jahr 1987 schrieben, es wäre zweihundert Jahre früher, und dein Pferd wäre verunglückt, was würdest du als Ersatz verlangen – ein Pferd mit hängendem Bauch, stumpfem Schweif, die Vorderbeine zu kurz geraten? Traben tun sie alle, stimmt's? Okay, bei dem Budget wird es kein junges mehr sein, aber wenn du die Zeichnungen – sagen wir – von Géricault abgleichst, als wären es Annoncen, dann würdest du gewiss einen Unterschied sehen zwischen einem verbrauchten Ackergaul und einem springenden Rassepferd, oder? Worauf sie sagte, Géricault, 1787? Der kommt später.

Ich hatte keine große Ahnung von gebrauchten Autos, ja, ich hatte selbst nie ein eigenes Auto besessen. Der Peugeot war von Finn neu gekauft worden, und die Volvos, die später kamen, wurden geleast, auf mein Betreiben hin. Ich war also dabei, mit Leuten in Vororten zu telefonieren, die einen Rover, Jahrgang 72, loswerden wollten, Dinger, nach denen man sich heute die Finger leckt. Liebhaberfahrzeuge eben. Günstig hätte ich einen VW Golf haben können, vielleicht den ersten mit dem Lenkrad auf der rechten Seite, der jemals gebaut worden war. Da wurde mir klar, in was ich mich hineingeredet hatte. Ich wollte eine Frau, die ich kaum kannte, die schon durch ihre viel zu große Brille schlechten Geschmack bewies, die stinkende Filterzigaretten rauchte, die britisch war, urbritisch geradezu, in ein Auto meiner Wahl setzen, das erscheinen sollte als Auto ihrer Wahl, als Pferd aus dem Gemälde. Ein Golf kam auf keinen Fall in Frage, ein deutsches Auto. Sie hätte es genommen, aber das wäre ja so, als wäre ich Italiener und hätte ihr als Erstes ein Guccikleid geschenkt. Von wegen geschenkt, das war das andere Problem. Ich hätte mich sofort beteiligt, »unser Auto«, warum nicht, unsere Schnittstelle, nicht wahr – aber das kam überhaupt nicht in Frage, wir waren Fremde, noch. Sie fragte mich, was für mich das ideale kleine Auto sei – ich solle das Geldargument jetzt mal ruhen lassen, dass ich rechnen könne, habe sie schon verstanden –, einfach nur das ideale Auto für eine hoffentlich aufstrebende Akademikerin von fünfundzwanzig Jahren, und ich sagte, ein Austin Mini, worauf sie schon wieder einen ihrer Lachanfälle bekam.

Masculin Féminin, rief ich.

Und sie: Was ist das, die französische Friseurinnung?

Nein, ein Film von Godard.

Und darin fährt *sie* einen Mini?

Schön wär's! Darin sagt eine junge Frau, sie wolle so erfolgreich werden, dass sie sich einen Mini leisten könne.

Es wurde dann ein roter mit einem weißen Dach. Komische Dinger, niedrig und hart auf der Straße wie Sportwagen, aber der Fahrgastraum ein Pavillon. Ich hatte ihren bei Rentnern in Wembley aufgetan, ein Garagenwagen, dem man seine erste Dekade kaum ansah. Barbara war mit rausgekommen für eine Probefahrt. Kein Zweifel, dass sie glücklich damit war, und auf dem Rückweg hielt sie in Camden Town vor dem Golden Fleece, das dem Onkel einer Kommilitonin gehörte, und lud mich ein. Aus Dankbarkeit, wenn man so will, was ja auch wieder komisch war, wenn man bedenkt, dass ich nicht nur ihr Auto kaputt gefahren hatte – eine Sekunde früher, und ich wäre ihr Todesengel gewesen, frontal, finito. So ging das los.

Sie knabberte Gyros vom Metallstab und schaute mich an. Ohne die schreckliche Brille sah sie ganz anders aus. Ich sagte zu ihr, jetzt würde ich endlich begreifen, warum die Expressionisten in ihren Portraits Blau und Rot und Grün benutzt hätten, Inseln von Farben.

Barbara war – ich meine, ist – eine gewöhnliche Britin, aber eine ungewöhnliche Frau. Sie spricht ein helles, silbengetreues Englisch, in dem alle Wörter, die gebunden sein müssen, auch gebunden sind, wie nach Lehrbuch. Nie würde sie, um hip zu wirken, Vokale unrein machen und Konsonanten zischeln. So wie die Typen von der Slade School. Wenn sie einen Vortrag hält, klingt sie nicht anders als sonst, nur dass ihr Vokabular auf mal zehn gestellt ist, und wenn sie nicht Bilder an die Wand werfen würde, könnte keiner, der nicht vom Fach ist, ihr folgen. Nicht einmal ich. Im Alltag redet sie dann wieder völlig normal, jedes Kind versteht das. Mir kommt es so vor, dass die meisten Menschen schneller reden, als sie denken. Was man vor allem am Sprichwörtlichen merkt, wenn es unsinnig variiert wird oder einfach falsch angewandt. Barbara weiß am Ende des Satzes noch, wie sie ihn begonnen hat, und ich glaube, sie denkt sich sogar schon den Anfang des nächsten. Insofern war mir schnell klar, als ich ihr begegnete, wie sehr ich noch ein Fremder war. Man kann vieles üben, auch die Natürlichkeit des Tons, aber es kommt der Augenblick, in dem man schlagartig wieder zum Ausländer wird: Wenn plötzlich ein Polizist auftaucht. Ein Transvestit als Polizist, der dich nach dem Weg fragt. Ist mir schon passiert. Mitten in Islington. Kein Witz.

Der Mini, das Fleece, dann geschah zwei Wochen lang gar nichts, das heißt, ich war auf der Warschauer Filmwoche, und das zum ersten Mal. Damals flogen noch Finn und Stanley beide zu den großen Festivals, Seattle, Berlin, Cannes und Venedig, was wirtschaftlich Unsinn war, aber ich wollte sie schon deshalb nicht überreden, sich das aufzuteilen und die kleineren Festivals einzubeziehen, weil diese zu besuchen meine Aufgabe war – und die Gelegenheit, Anu wiederzusehen. Sie hatte inzwischen Geld vom British Council aufgetrieben, um die Kollektive der Filmemacher mit ihren Kollegen in aller Welt kurzzuschließen. Ihr Weg in die Festivaldiplomatie.

Warschau war extrem. Wir hatten noch nie zusammen ein Zimmer genommen, schon aus Abrechnungsgründen, aber Polen war noch oder wieder dicht, westfeindlich, was das Offiziöse betraf, und das Interhotel monströs teuer. Man musste immer ein Doppelzimmer bezahlen, auch wenn man allein anreiste. Das hätte also das letzte Mal sein sollen mit Anu, ein Abschied. In dieser Art.

Sie war fünf Jahre älter als ich und ungleich erfahrener. Unterricht in Kamasutra oder so ähnlich. Warschau roch übel, es wurde nicht gut gekocht. Anu hat für mich alles irgendwie ins Gegenteil verkehrt. Sie hat die Stadt von allem, was nicht gut war, befreit, gefiltert, und mit dieser Reinheit hat sie mich gefüttert.

She feeds you tea and oranges that come all the way from China –, Orlando sprach so, dass man Cohen singen hörte.

Und ich: Ja, genau das. Anu übrigens lebte in Bristol mit jemandem zusammen, das tut sie noch, und es wird auch so bleiben. Ich wäre nicht im Traum darauf gekommen, sie für mich haben zu wollen. Zusammen aber waren wir gute Spieler am Marktplatz des Kinos. Ich lenkte die Aufmerksamkeit, wo ich konnte, auf die Kooperative, und sie war ein sehr guter Filmscout. Wir gingen miteinander ins Bett wie andere Kokain sniffen. Es war nicht so sehr romantisch, aber es war aufregend. Du kennst doch diese Überblendung, Orlando, wenn hinter dem Körper einer Frau eine Stadt erscheint oder über das Bild der Stadt der Körper einer Frau projiziert wird. Das ist dann wie eine ganze Welt, die Welt ein Bonbon, du ziehst am Papier von beiden Seiten, und sie fällt dir entgegen. Verstehst du? Alles ist möglich, einfach alles.

Es war dann schon später Oktober, ich kopfüber in den Routinen und in London wie immer allein in meinem Bett; alles auf Anfang. Da meldete sich Barbara im Büro. Wir haben nur einige Sätze gewechselt über den Mini, aber mir standen die Haare zu Berge. Was hatte ich denn auf der Reise nach Berlin anderes gewollt, als eine Frau zu finden, die klug ist, empfindsam, etwas von Bildern versteht und möglichst auch noch britisch? Nun, hier war sie. Sie ließ nichts durchblicken, erst einmal, völlig neutral im Ton, aber nach zwei Minuten war zumindest klar, dass sie keinen Grund hatte anzurufen und auch keinen Vorwand. Wir hatten schon nach dem Autokauf im Mini vereinbart, uns beim Vornamen zu nennen. Nicht, dass ihr »Mister Hoelzle« nicht über die Lippen gekommen wäre. Kunsthistorikerinnen können fast alles aussprechen, jedenfalls, wenn es europäisch ist. Mir wurde ganz heiß, als sie mich beim Vornamen nannte, ein Fieberschub. Ich hatte zuvor nie gedacht, ich *müsse* Oliver heißen, ein Zufall, oder? Das änderte sich in diesem Augenblick.

Ich begriff, dass ich jemand war, der sich Dinge wünschte, die größer waren als er selbst. Sehr viel größer. Betriebswirtschaftlich bedeutet das den Gang an die Börse. Jedenfalls, Barbara am Telefon: Nachdem du mir ein britisches Klischee schmackhaft gemacht hast, mit welchem kann ich mich revanchieren?

Du hast mich ins Golden Fleece eingeladen.

Das ist griechisch.

Ja, wohin fährt man denn mit einem Mini?

Das fragt mich der Mann vom Film?

Ins Westend, kam mir in den Sinn. Zum Covent Garden. Dann fiel mir ein: Nach Brighton!

Das Erlebnis, an die Küste zu fahren. Ich kenne Leute in London, die müssen das machen, so wie Menschen in Tälern immer wieder ihre Berge besteigen. Da ist diese große, unbegreifliche See, unbegreiflich, weil wir sie nicht betrachten können. Man kann eine Welle beobachten, wie sie bricht, aber sag mal drei Sekunden später, wie sie gebrochen ist. Kommt tatsächlich eine Welle aus der Ferne, um sich zwei Meter vor deinen Füßen zu verabschieden? Und wie will man überhaupt »eine Welle« betrachten, ohne die nächste zu verpassen? Gar nicht zu reden von Wellen, die es nicht bis zum Schaumkamm bringen, sondern kurz vor dem Ereignis verschluckt werden. Es ist doch erstaunlich, dass Menschen daran nicht verrückt werden. Sie stellen sich an den Strand, bohren ihren Blick in die Brandung und werden immer seliger. Manche. Ich übrigens auch.

Das Meer war wahrscheinlich schon immer so, aber die Menschen nicht. Weder wollten sie am Strand stehen und auf den Knopf ihres Camcorders drücken, noch wollten sie baden oder gar in der Sonne liegen. Das ist alles quasi vorgestern erfunden worden. Delacroix hat noch gewusst, dass das Meer grausam ist, und es so auch gemalt. Courbet ebenfalls. Danach wurde das Meer umgedeutet, als wenn man ein Theater aufgibt und daraus ein Kino wird, das Bild einer Seelenlandschaft in Cinemascope.

Fährt man auf die Küste zu, sind die Dörfer hart und rau, dann kommen die gewöhnlichen Städtchen, die auf maritim machen, aber nur Durchfahrt sind. Danach, zum Wasser hin, dünnt es aus, grüne Wiesen, ein Schild am Wegesrand. Man erwartet am Meer keine aristokratischen Parks, keine Kathedralen, keine Ampelanlagen. Ein Strand fällt nachts in die Dunkelheit, er ist nicht beleuchtet wie eine Straße. Das schwarze Grollen, der Wind, der einem in die Lunge pfeift. Die See und die Einsamkeit. Eine sichere Nummer.

Aber dann Brighton. Brighton ist wahrscheinlich nur gebaut worden, um die See vergessen zu machen. Um zu beweisen, dass die See nicht gefährlich sei und unbegreiflich – Kulisse, mehr nicht. Da feiert sich unser Königshaus in einem Zuckerbäckerpalast. Da hat man für das Volk einen gigantischen Jahrmarkt installiert, und zwar über dem Wasser. Der Slum der armen Fischer und Netzflicker wurde ausgeräumt und in einen antiquarischen Trödelmarkt verwandelt. Was hat das denn mit der See zu tun, wenn du da eine Geige kaufen kannst, die vor hundert Jahren in Paris gebaut worden ist?

Zwei Tage mit Barbara, und ich hatte alles gesehen. Das ging nach dem Frühstück los und endete keineswegs nach dem Abendessen. Wenn man alles zusammenzählt, den Frühstücksraum, den Pier, North Laine, den königlichen Pavillon … dann hat sie hundert, hundertzwanzig Gespräche geführt, mit Personal und Händlern, mit Zufallsbekanntschaften, mit Kollegen, denen wir über den Weg liefen. Mal nur ein paar Sekunden, dann eine Viertelstunde lang: schwule Paare, gescheiterte Dichter, Zimmermädchen, Kunsthistorikerinnen auf Recherche, Antiquare und ein Hotelbesitzer – der im eigenen Hotel wohnte. Ich meine, in unserem. Die ganze englische Gesellschaft aufgereiht an einem Faden. Wir haben eine Strandwanderung gemacht, die wir abbrechen mussten, weil ein Filmteam den Weg versperrte. Und als wir beim Abschied am Grand Hotel vorbeifuhren, sagte sie, ich längst am Steuer des Mini, das haben sie ja wieder gut hingekriegt. Hingekriegt? Ja, nach dem Bombardement. Durch die Deutschen? Nein, durch die IRA.

Unsere Stuttgarter Schulklasse hat einmal einen Ausflug gemacht, zwei Ziele, und zwar das Straßburger Münster und den Europapark Rust. Rust ist so ein Vergnügungspark nach amerikanischem Muster. Zuerst also die Bildung und danach das Hau-drauf. Dort haben wir vor dem Tor – drei Jungen und ein Mädchen – den Lehrern gesagt, dass wir nicht mit reingehen würden. Mitten im badischen Nichts haben wir vier Stunden gewartet, bis die anderen wieder rauskamen. Wir waren Spielverderber und wollten es auch sein.

Ich musste lernen, dass die Briten das anders machen, dass sie nicht diesen rigiden Gegensatz pflegen von Ernst und Spaß. Jeder Kleinbürger hat diese Meise mit dem Tee zur rechten Zeit – spielt Royalty im eigenen Wohnzimmer –, und jeder Bursche aus dem Eliteinternat säuft sich zweimal im Jahr ins Koma. Ist dann also Subproletariat. Eine Standes- und Klassengesellschaft, ja, aber alle nehmen alles mit, so weit das Auge reicht, und wenn es ohne Terrorismus nicht geht, dann gehört der eben auch dazu, weil man in den Trümmern so schön helfen kann, höheres Pfadfindertum, wofür man sich dann wieder lobt vor laufender Kamera, die Verlässlichkeit, der Teamgeist, bla-bla.

Ich stellte mir das inzwischen so vor, dass Barbara zu heiraten bedeuten würde, ganz England zu heiraten. Die Ampel von Rot auf Grün: immer das volle Programm. Sie hatte sowieso nicht vor, sich im Elfenbeinturm einzurichten. Du bist als Engländer Aristokrat des Gedankens, aber spätestens vor dem Fernseher ist Schluss damit. Da zeigst du auf Agnetha Fältskog und rufst: Das Glitzerding ist ja abscheulich! Und die ganze Nation ruft dasselbe zur gleichen Zeit, negativ verliebt in das bescheuerte Kleid.

Brighton mit dem roten Mini mit dem weißen Dach. Und sie, Barbara. Die Frau, die sie war. Bei Bergman wäre sie Liv Ullmann gewesen, nicht Bibi Andersson. Der Typ mit den breiten Wangenknochen, blonder Flaum, fest, aber durchaus verletzlich. Alles sehr klar, nur das Weibliche an ihr irgendwie mysteriös. Sie war ziemlich schüchtern, wir mussten die Vorhänge zuziehen, obwohl wir Seeblick hatten. Die Möwen interessiert das doch nicht. Ich steuerte den Mini nach London rein und sah die Stadt wie zum ersten Mal. Die Show, das Falsche daran. Gerade das gefiel mir. Ein anderer Film.

* * *

Eine Weile lang war ich überzeugt, Orlando müsse das Kind eines Amerikaners und einer Deutschen sein. Dann fiel mir ein, dass die meisten Kinder schwarzer GIs in den fünfziger Jahren geboren worden waren, da fehlten also zwei Jahrzehnte. Oder war Orlando das Kind eines solchen Kindes?

Wie wäre es, wenn Günther Kaufmann sein Vater wäre, ein Schauspieler, der es mit Fassbinder in die internationale Liga geschafft hatte? Filmpremieren in Amsterdam, Paris, London. Diese Rachel sein Groupie, eine Hotelliebschaft von drei Tagen, schon war es passiert. Besuche in München: der niedliche Bub aus London wartend am Filmset von *Die Ehe der Maria Braun*, gehätschelt von der Schygulla. Es gab Stunden oder Tage, da war ich sicher, wo Orlando herkam. Der Sohn des Filmschauspieler-Lebemanns als junger Zampano bei Turnstyle Music – völlig logisch.

Allerdings hatte ich Kaufmann selbst nie gesehen. Ich kannte ihn nur aus Fassbinders Filmen. Sein Markenzeichen war, unvorsichtig in der Welt zu sein, ein großes Kind: der halb geöffnete Mund, jedes Lächeln schon ein Grinsen; die unbescholtene Gewissheit seiner Augen oder vielmehr seines Blicks. Dazu das plastische, münchnerische Bayrisch, das er in allen Rollen sprach. Man ahnte, dass Kaufmann keine leichte Kindheit gehabt hatte. Doch musste er sich, aus einer natürlichen Gabe heraus, gegen die Rolle des Kämpfers entschieden haben. Sein Charme war stärker. Nicht, dass man sich mit so einem anlegen würde, aber die physische Kraft blieb eine Reserve unterhalb der Schwelle der Drohung. Das wäre auf Orlando übergegangen, diese gewisse Unangreifbarkeit. Was bei

Kaufmann die Physis, zeigte sich bei Orlando als immense Aufgeräumtheit seines Geistes. Wenn Kaufmann sein Vater war, dann hatte er ihm gezeigt, wie man mit seiner eigenen Stärke leben kann, ohne sie auszustellen.

Damals, wir waren aus der Museumstaverne weggegangen bei Nieselregen, hatte Orlando sich als gewandter Sprecher des Deutschen entpuppt. Er suchte manchmal nach Vokabeln, aber es unterliefen ihm nur wenige Fehler. Die mühsamen, uhrwerkhaften Deklinationen, die nachgestellten Verben der Nebensätze, die Perfektform für die Vergangenheit, all das musste er früh in seinem Leben aufgesogen haben. Einmal, als er auf die Wiener zu sprechen kam, näherte er sich deren drolligem Theaterdeutsch an, dann fand er mühelos zurück in seinen eigenen gurgelnden Ton. Als wäre das gesprochene Wort ein Gipsabdruck des gedachten. Selbst sein Englisch hatte etwas davon, keine Kiekser, kein Stottern, keine Übertreibungen – ein einziger ruhiger Fluss. Ein Meister am Telefon war er. Sogar ich rief ihn gelegentlich an. Man brauchte ja fünf Minuten, um ins Nachbargebäude zu kommen, wo sein Büro lag, was aber nicht der Grund war. Der Grund war die Wirkung seiner Stimme. Mit ihm zu telefonieren versetzte einen in scherzhafte Leichtigkeit. Hatte man aufgelegt, glaubte man, die wichtigste Aufgabe des Tages soeben erledigt zu haben, und übrig blieb ein warmes Gefühl von Kameradschaft. Keine Frage, dies war das Geheimnis seines geschäftlichen Erfolgs: Man musste, um sich mit ihm zu einigen, nicht die Kräfte messen. Das jedenfalls war es, was die Leute am anderen Ende der Leitung glaubten. Sogar amerikanische Businessfalken gurrten bei ihm wie Tauben. Noch war Turnstyle Music eine Kommanditgesellschaft, ein Zwei-Mann-Management plus Teilzeitkräfte und Praktikanten. Orlando aber kaufte längst die Europarechte für Filmmusiken von Warner und MGM.

Niemand bei Turnstyle wusste, dass wir dabei waren, Freunde zu werden. Hatten wir uns in der Museumstaverne verabredet, verließen wir unsere Büros zwar fast gleichzeitig, aber jeder für sich auf seinem Zickzackweg. Dabei begegneten wir uns einmal auf High Holborn, Blicke austauschend wie Agenten. Meistens nahmen wir beide, etwas zeitversetzt oder auf unterschiedlichen Seiten, die Sicilian Avenue, eine kurze Stichstraße, diagonal zum Raster Bloomsburys gezogen. Die hatte man vor langer Zeit umgewandelt in eine Plaza, ein Bühnenbild mit falschen antiken Säulen, zu Turmbauten gestapelten Erkern und in Blei gefassten Fensterteichen, in deren Hunderten von Gläsern sich eine ähnliche Fassade von gegenüber flimmernd spiegelte – eine Art Bäderarchitektur als offene Shopping Mall, mehr Licht darin als anderswo. In das Erdgeschoss der massiven Bebauung, rhythmisiert von Säulen, waren schmale, aber hohe Läden eingelassen: schmiedeeiserne Schilder, farblich abgestimmte Baldachine, in dunkles Holz gefasste Schaufenstervitrinen. Schon der exotische Name machte den Besuch zu einer Reise. An einem Winterabend war ich dort vor einem Schaufenster stehen geblieben; nichts anderes zu sehen als Strümpfe und Socken, Socken und Strümpfe. Die Prunkexemplare waren nicht einfach im Profil ausgelegt, sondern auf halber Länge gefaltet, in der Form eines Wurfkeils. In hölzernen Kästen waren zwanzig oder mehr Socken nahezu senkrecht geschichtet. Ein Dutzend Strümpfe waren zu einem Zahn- oder Windrad drapiert, das Ganze fast schattenlos ausgeleuchtet und zusätzlich mit Spots aufgehellt. Und all diese Socken und Strümpfe waren nur für Männer gemacht, gestreift und gepunktet. Das beliebteste Muster aber stellten die Karos, gelbe Karos rot gerahmt oder rote Karos gelb gerahmt, und durch die Mitte der Karos lief ein weiterer Faden in Grau oder in Grau und Rot zugleich. Tagsüber lag das Geschäft eher unauffällig da, aber sobald es dunkel wurde, verwandelte sich das Schaufenster in eine kleine Sensation.

Ohne dass ich es gemerkt hatte, war Orlando aufgetaucht, mit der Andeutung eines Nickens grüßend. Im Licht des Schaufensters fiel mir auf, wie elegant er gekleidet war, mit einer weiß und braun gewürfelten, gefütterten Jacke, deren Teddykragen, steil aufgestellt, seinen Kopf rahmte, während er sich eine Zigarette anzündete. Die kleine, weiche Packung ließ er in der Brusttasche verschwinden. Er sah ins Schaufenster, mit einem geistesabwesenden Lächeln. Gerade wollte ich mich in Bewegung setzen in Richtung Bloomsbury, als Orlando mir ein Zeichen machte und mich am Ärmel in die andere Richtung zog. Offenbar hatte er von der Museumstaverne genug. Er marschierte zurück zu High Holborn und stieg die Treppen zur U-Bahn hinunter. Kaum waren wir in der Bahn – gewiegt und geschüttelt unter dem niedrigen gewölbten Dach inmitten von Feierabendpendlern –, fiel Orlando in eine Suada über Kneipenwirte, die er für gierig und abgestumpft hielt. Die Touristen kämen sowieso nur einmal, die Feierabendalkoholiker hätten ein schlechtes Gewissen, und am schlimmsten seien die Banker, allesamt Masochisten, die sich liebend gern misshandeln ließen, und die Wirte seien einfach das Gegenstück dazu, Berufssadisten. Was würden Wirte in Holland, Deutschland und Österreich schuften bis in die Nacht, aber nein, nicht in der Mitte Londons. Die Sperrstunde sei so etwas wie der Lebenshorizont des britischen Wirts, sein täglicher Triumph, dem Gast sein Glas zu entziehen, jeder Arbeitstag gipfelnd in diesem Moment des Peitscheschwingens. Der Triumph des Sadisten liege darin, auf der Seite des Gesetzes zu sein, ein kleiner Polizist in jedem Wirt, ein übler Rest anglikanischer Prohibition. Leute, die eng um uns herumstanden, lachten.

Fast alle Londoner Pubs bevorzugen die Ecklagen und altehrwürdige Namen; die Butzenscheiben, die dunklen Holztresen, die Zapfhähne mit ihren Messingverkleidungen. Einer wie der andere, denkt man. Erst mit Orlando fand ich heraus, dass jeder Pub so einsam ist wie ein Planet. Im Laufe eines Jahres gerieten wir an immer entlegenere Orte, vom Büro auf Holborn aus gesehen. Unsere letzte Station würde dann kein Pub mehr sein, sondern eine illegale Saufbude in einem aufgelassenen Gewerbegelände jenseits von Hackney Wick.

Geduckt in die Tube, entkamen wir rasend der Welt der Banker und der Steuerberater. Dort, in der Mitte Londons, war jedes Geschäft getarnt als reines Geschäft. Der Banker ging ein Sandwich kaufen, bezahlte, und an der Kasse saß die Immigrantin. Das war ihre Rolle, da zu sitzen und zu kassieren, und die Rolle des Bankers war, sie sogleich zu vergessen. Man musste nicht weiß sein, aber ein weißer Kragen war Pflicht, um zur Businesswelt zu gehören. Jeder trug seinen Stempel. Kein Zögern, kein Sichwundern, kein Spiel.

In Bethnal Green stieg Orlando aus, und ich folgte ihm. Am Ausgang der U-Bahn kauerten Bettler. Jemand im Rollstuhl wurde gerade durch die Tür eines Pubs gehoben, das Gefährt ausgestattet mit Fellen, Gepäckhaltern und einem Radio; die Gestalt darin hager, mit einem Strohhut auf dem Kopf im Dezember.

Und sofort wurden wir in den Blick genommen als das, was wir waren, ein gemischtes Duo. Der Wirt, mit starkem Kinn und Backenbart, mit Muscleshirt und einer Kompasstätowierung auf dem linken Oberarm, sah mir mit einem verstohlenen Lächeln in die Augen, als er das Bier auf den Tresen stellte. Er war das leibhaftige Antidiskriminierungsgesetz. Wer jemandem übelwollte, so viel war klar, bekam es mit ihm zu tun. Seine Augen strahlten nordisch blau.

Ein Wochenende in Bethnal Green, sagte ich.

Ach was, Wochenende!, antwortete Orlando, und damit hatten wir ins Deutsche gewechselt: Die Hälfte der Menschen in diesem Raum hat nicht einmal Arbeit. Ich sah mich um. Ein illustres Völkchen. Man rief sich Dinge zu in einer wüsten Kreuzung von Dialekten. Es wurde viel geraucht. So war das damals, im Salmon & Ball.

Na dann Prost!, rief ich, und wir stießen unsere schweren Gläser aneinander, als wären wir auf dem Oktoberfest. Eine Weile saßen wir schweigend beisammen und schauten in die Runde.

Gute Wahl, sagte ich irgendwann. Orlando nickte, mit halb geöffnetem Mund – wie Günther Kaufmann –, als wolle er gleich antworten. Stattdessen sang Elton John aus voller Kehle: I'm not the man they think I am at home, I am a rocket man …, und das Brausen des Synthesizers zog nach oben, wobei wir allesamt abhoben in den Weltraum.

* * *

Manche Dialekte trägt man wie Flecken auf der Haut, andere färben durch bis ins Blut. Es stimmt, dass Schwäbisch als besonders krass gilt, mit Konkurrenz nur noch vom Sächsischen. Schwäbische Zunge, schwäbische Stimmbänder, schwäbischer Gaumen. Allerdings hatte ich zwei Vorteile. Erstens ist meine Mutter keine Schwäbin, und mein Vater betreibt den Dialekt nur als seelisches Schaufenster, andeutungsweise, damit die Leute ihm besser zuhören. Zweitens: In der Mittelstufe des Gymnasiums kam ein rheinischer Junge in unsere Klasse, der nur ein Jahr blieb. Ich mochte ihn, aber er mochte das Schwäbische nicht. Also habe ich ihm einen Blankoscheck ausgestellt aufs Abgewöhnen. Nicht »i« sondern »ich«, nicht »net«, sondern »nicht«, nicht »'s hat g'räcknet«, sondern »Es hat geregnet«. So bin ich mein Schulhofschwäbisch wieder losgeworden.

Schon in meiner frühen Erinnerung war mein Vater Anhänger irgendeiner großen Sache, die ich nicht begriff. Ich wusste nur, dass sie von Bedeutung war für die Menschheit als ganze. Wir waren in der Minderheit, aber nur, weil noch nicht alle die Botschaft vernommen hatten. Sieben-Tags-Adventisten, stimmt's? Mormonen? Keineswegs. Mein Vater war Assistent an der Hochschule für Gestaltung. Das war das Bauhaus in Neuauflage nach dem Krieg. Noch wohnten wir in Ulm, wo ich auch geboren war. Die Hochschule aber – nämlich als Mekka der großen Sache – wurde geschlossen, einfach per Verfügung dichtgemacht, und wir zogen in das Gartenhaus eines Bauernhofs auf der Alb. Meine Mutter, als medizinisch-technische Assistentin in einer Kleinstadt, verdiente jetzt das Geld für uns alle. Ich war neun Jahre alt. Wir mussten uns an die neue Schule gewöhnen, meine Schwester und ich. Etwas war grandios schiefgelaufen. Mein Vater schloss sich ein und traktierte stundenlang die elektrische Schreibmaschine, jeder Buchstabe wie ein Hammerschlag. Ich wusste nicht, was er schrieb, ich weiß nur noch, wie er aus seiner Kammer kam, bleich und erschöpft.

Plötzlich, wie aus dem Nichts, begann eine neue Zeit. Offenbarung, Kapitel Eins: Wir waren errettet worden. Der Vater hatte einen Lehrstuhl in Stuttgart bekommen, wurde verbeamtet und machte sich Hoffnung, ein Haus in der Weißenhofsiedlung mieten zu können. Das Wort fiel mehrmals täglich. 1971 hat es dann geklappt, und wir zogen dorthin. Papa hätte wohl lieber den Scharoun gehabt, aber ein Schneck tat es dann auch.

Ich war in der sechsten Klasse und erst einmal sehr froh, denn wir waren jetzt richtige Stuttgarter, und ich würde die Schule nicht mehr wechseln müssen. Da war Platz, ein Zimmer für jedes Kind, und lichtreich waren sie tatsächlich, diese Häuser. Wohltaten sachgerechter Nutzung, ausgetüftelt bis in die Besenkammer. Eine Architektur, die sagt, nun musst du aber froh sein. Mein Vater war so froh, dass ihm das Haus manchmal lieber war als die Leute, die darin wohnten: Stühle von Bertoia, ungepolstert, die auf nackten Beinen ein Muster hinterließen wie das Gitterfenster eines Kerkers. Wir hatten kein Sofa, das war etwas für Spießer. Blumen oder Topfpflanzen in der Wohnung – niemals: Zivilisation ist drinnen, Natur ist draußen. Wenn wir Geschenke bekamen, das Pferd von Dalarna oder eine Maske aus Venedig, dann waren die nach drei Tagen einfach verschwunden, abgeräumt, weg. Und bitte Vorsicht mit dem Treppengeländer, das ist das Original! Nein, Olli, diese Lampe darf man nicht von Hand verstellen. Ja, du kannst deine Tasse vorsichtig auf dem gläsernen Tischchen abstellen, das ist von Eileen Gray, aber bitte keine Untersetzer. So ging das tagein, tagaus.

Geld war offenbar genug da. Das Museum des perfekten Familienlebens wuchs jährlich um ein oder zwei bedeutende Gegenstände, die selbstverständlich höchst funktional, aber faktisch kaum zu gebrauchen waren. Die Eltern meinten es gut mit uns: kein Fernseher, gab's einfach nicht. Wir also da drinnen, karg, unbeirrbar, das Modell eines besseren Lebens; und draußen die feindliche Welt der verkrachten Häuslebauer mit ihren weißen Gardinen, Geranien am Balkon, auf dem Dach die Fernsehantenne, Rollläden, und vor der auf antik getrimmten Haustür der gewienerte Mercedes. Mit unserer Sonderrolle hätte ich mich abgefunden, den künstlichen Stolz des Außenseiters kultiviert – ja, wir wohnen sehr speziell, aber wir wissen, was wir tun –, wenn es nicht diesen irrsinnigen Streit gegeben hätte um die Dartscheibe auf der Innenseite meiner Zimmertür. Ich, inzwischen dreizehn, führte den Streit mit meinem Vater und verlor. Er hat mich einfach kleingemacht. Als hätte ich in den Tempel gepisst.

Meine Schwester Merle hat sich das still angeguckt und ist später ausgebrochen. Erst Heavy Metal, die Haare schwarz gefärbt, einen Silberstab durch die linke Augenbraue. Diese unglaubliche Musik, diese Bilder, zuerst die Horrormasken und Runenschriften und dann, von einem Tag auf den anderen, das alles getauscht gegen die halb rasierten Köpfe der Punks, Entführer-Typo und so. Die Helvetica war bei uns Hausschrift, vom Klingelschild bis zur Einladung für den Kindergeburtstag, und dann das! Sie hat mit einem fetten Edding das Anarchiezeichen auf die weiße Tapete gesetzt, über ihrem Bett. Das war von der Offenbarung das zweite Kapitel und das letzte: Nicht alle gehen ein ins Himmelreich. Meine Mutter hatte immer so getan, als müsse man für all die Herrlichkeiten des *international style* unendlich dankbar sein. War die geschockt, als Merle sich mit fünfzehn Jahren in ein geladenes Ungeheuer verwandelte.

Im Halbrund des Tresens saßen wir auf der Rückseite, so dass wir einen guten Ausblick hatten auf die Kundschaft des Salmon & Ball. Während ich sprach, fixierte ich, ohne es recht zu merken, zwei schmale, bleiche Ladys mit schwarzen Haaren, die sich in einer Fensternische eingerichtet hatten. Orlando folgte meinem Blick und nickte fast unmerklich. Diese Ladys waren offenbar Teenpunks gewesen und einfach dabei geblieben, ein bescheidenes Leben als Verkäuferin oder Telefonistin, gelegentliche Wochenendexzesse in Nietenlederjacken.

Und ab nach London?, fragte Orlando. Ich verstand nicht gleich.

Merle, nein – davon hat sie nur geträumt. Noch hatte ich die Punks im Blick und dachte, wenn die Schwester es nach London geschafft hätte, wäre sie vielleicht damit zufrieden gewesen. Dann säße sie jetzt bei denen.

Euer Haus, resümierte Orlando, war ein schwäbischer Kokon im Schwäbischen. Der Calvinismus von Dissidenten.

Ich brütete eine Weile vor mich hin.

Und dann, spann er es weiter, ist die schmucklose Larve aus dem Kokon gekrochen und hat sich fliegend wiedergefunden, als Volkswirt mit viktorianischen Gelüsten.

Du bist witzig, Orlando, ja!, rief ich. Viktorianisch! Fliegend! Noch heute bin ich überzeugt, dass die Regeln der Betriebswirtschaft für alles gelten, für alles, was nicht Metaphysik ist. Oder andersherum: Metaphysik beginnt dort, wo die Betriebswirtschaft aufhört. Das ist nicht lustig! Ich meine doch nicht die gewöhnliche Kalkulation, Abschreibung und Bilanzen. Ich denke an eine Betriebswirtschaft nach dem Credo von Olaf Riemann.

Der kam nach Mannheim, als ich im fünften Semester war. Eine Honorarprofessur – ich glaubte damals, das wäre eine Professur gegen Honorar. Der war nicht einmal vierzig und bei der BASF auf dem Sprung in den Vorstand. Er kam für zwei Semester, und obwohl ich mit dem Kopf im Kino war, und dann noch die Schichten in der Autolackiererei, habe ich bei Riemann kein einziges Seminar verpasst.

Der Betriebswirtschaftler, hat er gesagt, muss entscheiden. Ja oder nein. Müller, erst ein Jahr im Controlling, entdeckt eine Lücke in den Bilanzen. Was tun? Die Finanzbehörde informieren? Den Vorgesetzten kontaktieren? Ersteres nein. Letzteres ja. Also wie kontaktieren – vergiss nicht, die Email gab es noch nicht, – ihn anrufen? Versuchen, ihn in der Kantine abzupassen? So oder so. Eins von beidem. Auf keinen Fall abwarten, wie es sich ergibt. Müller muss entscheiden.

Das Seminar wurde aufgeteilt, eine Ja-Gruppe und eine Nein-Gruppe – die Gruppen entstanden mit der Antwort auf die erste Frage –, und dann haben wir alle anderen Fragen, die sich ergaben, parallel durchgeprobt. Die Ergebnisse, zehn Entscheidungen später, gingen weit auseinander. Wie ein gigantischer Stammbaum. Die Message von Riemann war: Egal ob falsch oder richtig, man muss entscheiden. Nicht zu entscheiden ist betriebswirtschaftlich gesehen immer falsch.

Einmal kam ein ganz Schlauer, der hat gefragt, ob diese Vorgabe ein Ideal meine oder die Wirklichkeit. Riemann hat geantwortet, das müsse er selbst entscheiden. Der wurde ausgelacht. Hatte auch eine doofe Frisur und Pickel am Kinn. Ich habe mitgelacht, aber im gleichen Moment wurde mir klar, dass ein Ideal so etwas ist wie eine große Tüte. Da passt die Wirklichkeit rein.

Und was nicht in die Tüte passt, fragte Orlando, ist Metaphysik?

Ach du … du kannst noch nicht einmal Volks- und Betriebswirtschaft auseinanderhalten. Ist mir unbegreiflich, wie du das machst, auf *dem* Niveau mit Lizenzen zu handeln.

Aber Orlando ließ sich nicht provozieren. Oder nervös machen von der zu lauten Musik. Gerade waren wir inmitten einer Rod-Stewart-Ode an junge Türken. Wieso, sagte er, ich entscheide auch, was denn sonst? Wenn es sehr riskant ist, also teuer, frag ich Stanley. Der ist ein alter Hase.

Okay, sagte ich, vergiss die Metaphysik. Davon verstehe ich nichts, zugegeben. Ich bestehe nicht auf Begriffen. Aber auf Prinzipien. Er biss sich auf die Unterlippe, um das Grinsen zu unterdrücken.

Während ich ein weiteres Bier bekam, Orlando hatte seines noch nicht einmal zur Hälfte getrunken, schwante mir, dass ich schon einen sitzen hatte. Ein wenig zu fürchten begann ich mich vor Barbara, die mich regelmäßig mit dem Satz begrüßte, mein Lieber, du hast aber eine Fahne! Ich war so dumm gewesen, ihr das beizubringen – der einzige deutsche Satz, den sie wirklich konnte.

Okay, Orlando, – mein Kopf hatte eine Art Kurzschluss, und außerdem waren die Punkladys plötzlich weg, ohne dass ich sie hatte gehen sehen – ich bestehe nicht auf Begriffen. Ich wollte nur sagen …

Jetzt feixte er unverhohlen.

…, dass ich froh bin, in England zu sein. Dies ist das Land der Empirie. Marketing ist eine saubere Sache. Na ja, sauber ist vielleicht nicht das richtige Wort. Turnstyle Movies ist heute zweimal so groß wie damals, als ich anfing, gemessen am Jahresumsatz. Wir haben nebenbei rechtzeitig in Videorechte investiert und damit Verluste im Kinogeschäft aufgefangen. Wir haben nicht geschlafen.

Schon klar, sagte Orlando, dem das Geschwätz offensichtlich auf die Nerven ging. Und was ist mit der Schwester?

Turnstyle Music? Das musst du doch wissen!

Quatsch, mit *deiner* Schwester.

Merle, o Gott. Die ist in der zwölften Klasse abgehauen nach Berlin und hat zwei Jahre in einem besetzten Haus gelebt. Absolut das Kreuzberger Klischee. Ein Haus zu besetzen galt damals als Beruf. Betteln mit anderen Punks und Hunden am Eingang zur U-Bahn. Aber dann wurde im Haus gegenüber auf dem Dachboden eine Leiche gefunden, eine grausige Geschichte, ein Mädchen in ihrem Alter, in einer Plastikplane verschnürt und da drin verrottet. Wie sich bald herausstellte: eine junge Frau aus Schwaben wie sie. Da ist Merle zur Patentante nach Tempelhof gezogen, Haare wieder normal, kein Silberstab mehr in der Augenbraue. Mit zweiundzwanzig hat sie an der Abendschule das Abitur nachgemacht. Dann Pädagogik studiert. Jetzt leitet sie einen integrativen Kindergarten im Ruhrgebiet. Aber auf Schwäbisch.

Ein schmaler Mann mit verknittertem Gesicht und herausgewachsenen, dünnen Haaren wandte sich zu uns um, mit der papiernen Liebenswürdigkeit eines Büchermenschen: Darf ich mal fragen, welche Sprache Sie sprechen?

Jiddisch, antwortete Orlando, bevor ich es konnte. Der

Mann starrte ihn an, etwas erschreckt, beherrschte sich dann, nickte und wandte sich wieder ab.

Wir saßen noch eine Weile schweigend da und bewunderten die Artenvielfalt von Bethnal Green. Der Pub schien jetzt zu vibrieren und zu schwanken zugleich, aber das kam durch den Basslauf von *Billie Jean*. Shalom!, rief der Büchermensch, der sein Ale noch nicht einmal ausgetrunken hatte, als er aufbrach.

Jetzt verstehe ich, warum du Engländer geworden bist, sagte Orlando plötzlich.

Ich schaute ihm treudoof in die Augen: Nämlich warum?

Du hast es so entschieden!

Cineasten

Wir saßen erst wieder Anfang Februar zusammen, als die Tage länger wurden. Er streckte sein Pint so lange, dass ich schon fürchtete, er würde das Trinken gänzlich aufgeben. Als wir den Pub verließen, klappte er sein Portemonnaie auf, in dem ein Bündel Scheine sichtbar wurde. Er zog eine Zehnpfundnote heraus, die er einer Bettlerin am U-Bahn-Eingang in ihren Pappbecher steckte. Ihr Gesicht war blau und rot angelaufen. Sie sah ihn von unten an, schien aber nicht zu begreifen.

Über einem schwarzen Rollkragenpullover trug Orlando einen fließenden Wollmantel, dessen Rocksaum zum Fliegen neigte, so wie der Frack eines Dirigenten. Mit soliden Schuhen war er gut gerüstet für unsere Abendwanderungen. Ich dagegen sah ziemlich nach Büro aus, mit meinen Bügelfalten und Ledersohlen. Er lenkte mich über die große Kreuzung in Richtung Nordost, einige Male links und rechts. Er schien sich auszukennen in Bethnal Green. Die Straßen wurden stiller. Durch ein gewaltiges Eisentor erreichten wir einen Park, der, soweit man das sehen konnte, aus Dutzenden eigenwillig bepflanzter Beete bestand, niedriger und höher, hier und dort eine Büste in die Mitte gestellt. Das immergrüne Buschwerk triumphierte über alles, was gerade keine Saison hatte. Überraschend erreichten wir nach wenigen Minuten schon die Pforte auf der Rückseite, und erst jenseits einer stillen Straße, die wir überquerten, öffnete sich die große Anlage, weit und windig, der eigentliche Park. Wir folgten einem geschwungenen Sandweg, während wir herumliegende Äste niedertraten und über Pfützen sprangen. Orlando schwieg, bis wir das erreichten, was aus der Entfernung wie ein pompöser Brunnen aussah, aber keiner war, sondern eine Skulpturensäule, ein in die Höhe getriebener Bilderreigen, in dem sich rundherum verdächtige Putten eingenistet hatten, in aller Öffentlichkeit das Hohelied der Autoerotik singend. Dahinter weitete sich noch einmal die Parklandschaft. Wir folgten nun nicht mehr dem Sandweg, sondern schritten aus in die Tiefe des Geländes, unter unseren Schuhen nasses Gras, und Orlando übte den Rhythmus mit dem rechten Arm, bevor er die Sprache wiederfand.

Nach dem Rauswurf aus dem Internat war es die Wiedereinschulung in London gewesen, im laufenden Schuljahr, bei der die Jungen gefragt wurden, warum sie in die gleiche Klasse gingen, obwohl doch Jason ein Jahr älter sei. Die Mutter hätte mit ihnen im Direktorat erscheinen sollen, war aber nicht da. Die Jungen bestanden darauf, sie seien Zwillinge – schließlich hätten sie ihren Geburtstag auch immer am gleichen Tag gefeiert. Man legte ihnen ihre Karteikarten vor, und in der Tat, da stand es: Jason war am 29. Juni 1973 geboren, Orlando auf den Tag ein Jahr später. Was die Schule betraf, machte dies keinen Unterschied. Auch waren sie, das war korrekt registriert, zusammen eingeschult worden. Die beiden beschlossen, die Mutter nicht zur Rede zu stellen; so hatten die Brüder erst mal ein Geheimnis.

Es war Mai. Ihre Leistungen auf der kommunalen Schule waren sofort verheerend. Jason erntete Cannabis auf dem Balkon der East View und begann, es an Schulkameraden zu verkaufen. Er gewann ein Preisausschreiben bei Gillette: eine Reise nach Paris; er hatte erst kurz zuvor begonnen, sich zu rasieren. Erst jetzt fiel ihm auf, dass er nie, oder nie bewusst, England verlassen hatte, jedenfalls war er nie weiter als bis Schottland gekommen, und er hatte nicht einmal einen Reisepass. Den holte er vor seinem Geburtstag, laut Aktenlage sein achtzehnter, bei der Behörde ab und hielt ihn am Morgen des 29. Juni seiner Mutter unter die Nase. Die prüfte die

Einträge, würdigte das farbige Foto und schloss das Dokument. Jason öffnete es wieder. Als es kein Entkommen mehr gab, sagte ihm seine Mutter, wenn sie auch keine leiblichen Zwillinge seien, dann doch im Geiste. Warum er über sein Alter getäuscht worden sei, wollte Jason wissen. Niemand hat dich getäuscht, antwortete sie. Wir hatten damals, als ihr zur Welt kamt, eine ganz andere Vorstellung von Zeit. Später am Tag verlangte Jason von Orlando, für ihn Partei zu ergreifen: Deine Mama weicht aus, sagte Jason, als wäre sie nicht auch seine. Er war bekifft und wütend – was Orlando erst bewusstmachte, wie tief diese merkwürdige Sache Jason traf und wie viel geringer ihn selbst.

Wir waren inzwischen weitergelaufen in die Tiefe des Parks. Das Diesige war aufgebrochen, und hinter einem rasenden, weißen Wolkenbild erschien der Mond wie eine lädierte Münze. Orlando war stehen geblieben und versuchte, sein eigenes Antlitz in einer stillen Pfütze zu betrachten. Dann sah er mich erstaunt an, als wäre ich es gewesen, der die Geschichte unterbrochen hatte.

Jason brach bald die Schule ab und fuhr dann mit einem knallroten Moped, über dessen Hinterrad ein Thermokoffer montiert war, in der Innenstadt Londons Pizza aus. Plötzlich hatte er Geld, und zwar zu viel, aber weder in der East View noch in der West View hielt irgendjemand es für nötig, ihn zur Rede zu stellen. Täglich besuchte er eine Bingohalle und wusste sonst nicht viel mit sich anzufangen. Auch wenn er einen Joint rauchte, war er nicht in Einklang mit der Welt. Sein Geburtstagsgeschenk blieb ungeöffnet in Angelicas Wohnküche liegen. An einem Nachmittag, Orlando kam von der Schule nach Hause, fing Jason ihn ab, die Pupillen weit, die Arme in mühlradartiger Bewegung. Warum waren sie zu Zwillingen gemacht worden? Wer war ihr Vater? Hatten sie überhaupt denselben Vater, oder war der gemeinsame

Geburtstag erfunden worden, um ihnen das vorzugaukeln? Es war schon Anfang Juli, die beiden in der großen Wohnung allein. Orlando versuchte, seinen Bruder zu beruhigen, indem er behauptete, es wäre ihm egal, wer sein Vater sei, er kenne ihn sowieso nicht – erzielte aber bei Jason die gegenteilige Wirkung. Der begann, Boxbewegungen zu machen, tat so, als wäre es ein Spiel, holte aus, stoppte knapp ab, tänzelte, und als er dann doch zuschlug, war Orlando, der klar sah, schon zur Seite gesprungen, und Jason schnitt sich die Rechte in einem berstenden Wandspiegel blutig. Orlando verband die Hand, während der Bruder still weinte. In der folgenden Woche flog Jason nach Paris, wo er sich einen Fes zulegte. Plötzlich sah er aus wie ein Maghrebiner. Und er weinte nicht mehr.

Weil er Schwarz trug, sah ich Orlando wie einen Schattenriss, aus dem, als unwahrscheinliche leibliche Verlängerung, gestikulierend seine Hände auftauchten. Er war stehen geblieben, und indem ich auf ihn zuging, konnte ich sein Gesicht im Mondlicht erkennen; ein Schrecken in seinen Augen. Das alles mochte fast zehn Jahre her sein, für ihn war es Gegenwart. Kurz berührte ich ihn an beiden Schultern, jene Geste, die den Rahmen wiederherstellt. Und Mitzi …, flüsterte er und sah mich an. Ich grübelte, aber versuchte, mir nichts anmerken zu lassen. Wer war jetzt die noch gleich?

Orlando wandte sich ab und setzte den Weg fort, hinein in die Dunkelheit des scheinbar unendlichen Parks, in dem ich noch nie gewesen war. Angst hatte er offenbar nicht. Nicht vor der Schwärze des Victoria Parks im Februar.

Schließlich fragte Orlando Mitzi, warum die beiden Jungen in Hampstead wie Zwillinge behandelt worden waren. Sie – ach ja, die Großmutter – lächelte sanft und erklärte, dies habe sich früh so ergeben und sie, die Jungen, hätten diese Idee von klein auf gepflegt, Jason genau wie er selbst. Und sie habe immer gedacht, sie wüssten, dass sie nur am selben Tag

Geburtstag hätten, aber nicht im selben Jahr geboren waren. Am selben Tag auch nur deshalb, weil Jasons Geburt erst nach Mitternacht registriert worden sei. Ob sie denselben Vater hätten, fragte Orlando, und Mitzis Antwort war diese: Mein Junge, ich war doch nicht dabei. Deine Mutter ist uns so früh entglitten. So früh. [In der Woche darauf fand man Mitzi leblos in den geblümten Kissen ihres Biedermeiersofas, während die Windhunde im Jagdgemälde über ihr keinen Moment davon abließen, die Fährte zu wittern.]

Als Kind in Wien hatte Mitzi in eher ärmlichen Verhältnissen gelebt, der Bruder von den Eltern vergöttert, die Schwester aufgebaut zur guten Partie, und sie, die Jüngste, war irgendwie mitgelaufen, unbeachtet bis bedauert, ein Mädchen mit einem zu großen Mund und rötlichen Wuschelhaaren. Ihre erste Liebe scheiterte an ihrer Verzagtheit. Ihre zweite Liebe war ein Ingenieur namens Paul. Als die Verfolgung begann – Orlando schielte zu mir rüber, ob ich begriff –, war es Mitzi, die sich in die Schweiz rettete, dann noch einmal nach Wien zurückkehrte, um ihre Eltern zu holen. Die Eltern blieben in der Schweiz, während sie mit ihrem Technikus weiter floh nach London, wo das Bangen und Hoffen begann.

Mitzi und Paul, englisch verheiratet, aber noch keine Engländer, gründeten ein Unternehmen. Sie ließ sich zeigen, wie man webt, und entwarf Stoffe, in die Erinnerungen Mitteleuropas eingewirkt waren. Paul besorgte den Vertrieb, einen Teil zu Harrods, den anderen Teil als persönliche Lieferung an wohlhabende Damen, die es mit dem Bezahlen von Rechnungen allerdings nicht eilig hatten. Der Betrieb wanderte von der Wohnung in die Halle, eine kleine Manufaktur, überlebte aber das zweite Kriegsjahr nicht, als Luxus nicht mehr gefragt war. Nach dem Krieg wurde Rachel geboren. Inzwischen waren sie auch Briten geworden. Irgendwann meldete sich der Bruder aus Palästina, die wunderschöne Schwester blieb verschollen.

Ich dachte an die bleichen jungen Männer, die bei uns im Verleih arbeiteten, Damian, Jonathan und Geoff. Es war nicht lange her, da hätten sie fast verhindert, dass wir Roberto Benignis *Das Leben ist schön* ins Programm nahmen – sie fanden die Geschichte darüber, wie ein Kind das Lager überlebt, »unbeschreiblich langweilig«. In der Pause standen sie in der Teeküche von Turnstyle, mal wieder wetteifernd, welche Band den Beatles ebenbürtig wäre, Blur oder Oasis. Natürlich kannte keiner von ihnen Orlandos Geschichte.

Erst lange nach dem Krieg erfuhr Paul, dass er Erbe eines Grundstücks in Wien war. Das hatte sich ein expandierendes Textilunternehmen unter den Nagel gerissen und darauf gebaut. Paul und Mitzi machten sich auf nach Wien, nicht um dauerhaft zurückzukehren, sondern um die Grundstücksrechte gegen eine Unternehmensbeteiligung zu tauschen. Denn in der Textilbranche kannten sie sich aus. Aber es klappte nicht. Sie fühlten sich beargwöhnt, beglotzt, übel beleumdet: Die Juden aus dem Ausland wollen dem tüchtigen Österreicher sein Geld wegnehmen. Rachel, die Tochter, war zwölf. Das war 1959. Sie besuchte ein Jahr lang das Gymnasium dort. Als die drei wieder in London waren, weigerte sich Rachel von einem Tag auf den anderen, Deutsch zu sprechen. Sie ging sogar so weit zu behaupten, es nicht mehr zu verstehen. Sie trug grelle Strümpfe unter ihrem Schulrock und einen Pony, der ihr auf den Augenbrauen saß. Sie ließ sich nicht mehr ein auf die Immigranten von Hampstead, sie ging in der Mitte der Straße, sie grüßte die Freunde der Eltern nicht mehr. Mit fünfzehn begann sie, nach Central London zu fahren. Sie blieb über Nacht weg. Gezeter, Kämpfe, Seelenschlachten; der erste Herzinfarkt des Vaters. Wegen seiner verpatzten Geschäfte – das hat doch mit mir nichts zu tun, glaubte Rachel und sagte es auch. Der Großvater, verwitwet, folgte aus der Schweiz nach. Und hier kam Rachels Lebensprüfung. Sie blieb dabei, kein Deutsch zu sprechen, brachte aber dem Großvater in Jahresfrist passables Englisch bei. Mit siebzehn tauchte sie ab. Ihr Vater starb am zweiten Infarkt.

Und bald trifft sie Günther Kaufmann bei einer Kinopremiere, hoffte ich. Meine Ledersohlen schmatzten im Schmelzwasser des großen Rasens.

Noch regierte Labour in England. Orlando und Jason als Kinderbesucher im noblen Norden der Stadt, Zwillingsgeburtstage im Villengarten und Rodeln am Primrose Hill. Es war überhaupt nicht Mode, über seine Herkunft zu sprechen. Dann der Epochenwechsel, die Eiserne Lady in 10 Downing Street. Gerade führte England einen Blitzkrieg gegen Argentinien, als der Urgroßvater begann, sein Gedächtnis zu verlieren. Irgendwann konnte er sich nicht einmal erinnern, dass er Uhrmacher gewesen war. Sein Englisch verschwand zuerst, dann das Schweizerdeutsch. Es war jetzt der Sommer der Olympiade in Los Angeles, und Orlando verbrachte die gesamten Ferien im Haus in Hampstead. Am Ende dieses Sommers lag der Urgroßvater, von schottischen Wolldecken umhüllt, im Garten und dämmerte vor sich hin. Eine Frau kam zu Besuch, die er in einem lichten Moment als seine Enkeltochter erkannte. Er ist ein guter Bub, sagte der Urgroßvater. Ja, er ist ein guter Bub, antwortete Rachel. Den ganzen Sommer hatte Orlando mit Mitzi deutsch gesprochen, aber es war dieser Satz aus dem Mund der Mutter, der alles veränderte. Erst in diesem Moment sah er die Grammatik vor sich wie ein gewaltiges, logisches Gerüst, auf den Rasen der Villa gestellt: eine Sprache, in der er sich bewegen konnte.

Endlich wusste ich, woher sein Deutsch kam. Er hatte es sich nicht angeeignet, es war ihm zugewachsen. Schade eigentlich, dachte ich, um Günther Kaufmann. Der wäre bestimmt ein guter Vater gewesen. Oder jedenfalls besser als keiner.

An Orlandos Verwandlung hatte Jason keinen Anteil gehabt. In der Tat konnte sich Orlando nicht mehr erinnern, wo der Bruder in jenem Sommer geblieben war – Zeltlager? Mit Rachel und Robin in Schottland? In den folgenden Jahren gab sich Jason roh und unverständig, wenn der Bruder Deutsch sprach, was auch eines seiner Schulfächer wurde. Orlandos liebstes Buch, *Klick aus dem Spielzeugladen*, zog Angelica aus dem Küchenmüll. Und keiner wollte es gewesen sein.

Mitzi, jenseits der sechzig, interessierte sich nicht für die Streiks walisischer Bergleute oder die Privatisierung von Staatsbahnen. Sie schrieb ihre Memoiren. Einmal die Woche ging sie in die Parallelstraße zur Psychoanalyse. Was sie über sich in Erfahrung brachte, erzählte sie Orlando in weniger erwachsenen Worten. Er war der fliegende Botschafter zwischen der grellbunten Metropolis und der Vorstadtidylle von Hampstead. Er hätte gern die West View verlassen, aber er war nun mitten in der Pubertät. Immerhin brachte Robin ihm bei, wie man Gitarre spielt. Jason verpasste die Trauerfeier für die Großmutter und erschien erst am Grab, mit wildem Blick, als Orlando gerade Kurt Weills *Es regnet* sang. Was war das denn, zischelte er seinem Bruder ins Ohr, als sich die Versammlung von schwarz Bekleideten auflöste, ein Nazischlager?

Wohl am östlichen Ende des Parks angekommen, standen wir vor einem kleinen, muschelartigen Gebäude, und ich überlegte, was ich sagen sollte. Meine Schuhe waren vollkommen durchnässt, und ich spürte einen Stich in der Blase. Ich entschuldigte mich und lief zu einem großen, schwarzen Baum. Als ich zurückkam, sah ich Orlando nicht mehr. Während ich mich langsam im Kreis drehte, hörte ich aus der Dunkelheit des Alkovens ein unterdrücktes Lachen. Er trat aus dieser Muschel wie ein Fabelwesen. Fehlte nur noch, dass er nach meinen Wünschen fragte.

Still betrachteten wir die Häuserreihe, die den großen Rasen auf der Rückseite abschloss. Die Artigkeit Englands. Die allgegenwärtige Puppenstube. Post and Telegraph stand über einem der vor die Wohnhäuser gerückten Geschäfte geschrieben. Orlando zeigte auf – was war das? – ein Fenster ... verwegen funkelnd, übernatürlich. Es stellte sich heraus, dass dies eine Aussparung in der Bebauung war, die den winzigen Ausschnitt einer aufgebockten Schnellstraße dahinter freigab. Beleuchtete Autos, die als gelbe Schemen durchs Bild rasten.

Wir fanden den Durchgang zur Fußgängerbrücke, die sich als Serpentine nach oben wand. Von dort sah man, auf der anderen Seite der Stadtautobahn, ein kompaktes, nur hie und da beleuchtetes Gewerbeviertel, durchsetzt von pechschwarzen Betriebshöfen. O doch, man konnte etwas erkennen: gestapelte Autoteile. In größerer Entfernung eine Art Eisberg, auch wenn das kaum sein konnte, eine steile Erhebung von Kristallen. Wir entschieden uns, nicht umzukehren. Stattdessen nahmen wir eine der Gassen, eine Diagonale, von löchrigen Backsteinmauern gerahmt, niemand unterwegs außer uns. Schon bald würden wir das kleine Viertel, wie wir es von oben gesehen hatten, durchschritten haben. Links lag, wie eine Attrappe, der erleuchtete Haltebahnhof der S-Bahn und, nun nicht mehr weit, der unheimliche, weißliche Berg, den wir im Licht eines Flutscheinwerfers als Halde tausender Kühlschränke erkannten. Von irgendwo erreichte uns ein elektrischer Bass. Entweder probte im Gewerbehof eine Band, oder es war im hintersten Winkel Londons ein Musikclub verborgen. Wir standen da und lauschten. Es mischte sich ein anderes Geräusch dazu, ein Schlagzeuger mit seinem Besen, erst vorsichtig, dann lauter. Dies aber war, wie wir bald merkten, der Zug aus Stratford, jetzt schon zu sehen hoch über dem Brachland, mit seinen melancholischen Augen geschwind sich nähernd. Orlando nickte mir zu, und wir rannten in die Station, über unseren Köpfen donnerte der Zug, schon im Bremsen begriffen. Orlando setzte über die Barriere, ich tat mich etwas schwerer und folgte ihm die Treppen aufwärts mit einigem Abstand. Er stand oben schon in der piependen Tür, die er mit Gewalt offen hielt, bis ich, die Schuhe schwer wie getränkte Schwämme, in den Waggon gesprungen war.

* * *

Das Winterende war anstrengend gewesen, vier Tage bei den Filmfestspielen in Berlin – »allein« – und anschließend zwei Wochen Programmsitzungen, manchmal drei Filme am Stück, so wie an diesem Freitag im März. Einer der Filme hatte unserem jungen Texter nicht gefallen. Dass Maurice persönliche Ansichten zu Kinofilmen hatte, war völlig neu, sonst hatte er forsch drauflosgetextet und immer etwas Brauchbares geliefert. Jetzt kostete mich sein Gerede den halben Nachmittag. Zwischen sechs und sieben rief ich Barbara an, um zu sagen, dass es später werden würde. Als ich gegen neun so weit war, mein Büro zu verlassen, probierte ich auf gut Glück bei Turnstyle Music Orlandos Nummer, der zu meiner großen Überraschung nach dem ersten Rufton am Hörer war. Er hatte inzwischen herausgefunden, dass es in den Industrielagern von Hackney Wick tatsächlich einen Club gab, mit einem Lineup aller möglicher Fusionbands bis zwei Uhr morgens. Wir trafen uns vor dem Strumpfladen in der Sicilian Avenue und nahmen im Univiertel einen nördlich fahrenden Bus bis zur Hochbahn in Camden. An der Station Highbury & Islington kam die Ansage, der Zug fahre an diesem Abend und auch am nächsten Tag wegen Wartungsarbeiten in Hackney nur bis zur Station Dalston Kingsland. Wir einigten uns, den Ersatzbus zu nehmen, aber als wir aus der Bahnstation heraustraten und kein Bus zu sehen war, verwarfen wir den Plan mit dem Club, kreuzten Kingsland Road – auf der anderen Seite stanken die Reste vom Tagesmarkt aus den Gullis – und schritten eine Weile schweigend durch die Vorortstraßen, die gleich hinter der Geschäftsstraße versteckt lagen. Sie waren alle gebogen, teils fast unmerklich, um sich dann auszuwachsen zu Schleifen, in denen man rasch die Orientierung verlor. Es waren Straßen, die selten länger waren als einige hundert Meter, angelegt zu Beginn des zwanzigsten Jahrhunderts. Den Haustyp hatte man für die Familien von Handwerkern und Kaufleuten entworfen, mit einem etwas kurz geratenen Vorgarten. Jedes Haus hatte zwei Etagen und zwei Eingangstüren. Eine größere, mit einer stattlichen Steintreppe, führte damals zu den repräsentativen Räumen des Hauses im Hochparterre, während im Kellerbau darunter Angestellte des Hauses ihr armseliges Leben fristeten. Das Wohnzimmer mit dem Erker nach vorn hatte man pompös »reception« getauft. Ein schmaler Eingang, zurückversetzt, führte zum Küchentrakt, der ebenerdig lag und bis in den Garten reichte. Über das innen liegende Treppenhaus erreichte man die niedrigeren Schlafzimmer, die oben lagen. So hatte man zu König Edwards Zeiten das Haus für eine Familie gebaut.

Ahnend, dass nach der Expedition in den Victoria Park noch weitere folgen könnten, hatte ich mir im Büro ein Paar solider Schuhe bereitgestellt. Was, wenn ich mit anderen Schuhen nach Hause kam, schon fast eine Erklärung verlangte. Die Riten des Häuslichen, angesiedelt zwischen Zwang und Nachlässigkeit. Barbara war der Ansicht, dass das Haus den Charakter der Bewohner präge. Obwohl auch wir anfangs dachten, in einer Siedlung aus dem edwardischen oder dem viktorianischen Zeitalter zu wohnen wäre für eine junge Londoner Familie quasi unvermeidlich, war es nicht so gekommen. Die Bank war bereit mitzuziehen, aber wir konnten uns einfach nicht entscheiden. Kein Monat verging, ohne dass ein

Makler hinwarf. Mit Leuten wie uns wollten die nichts zu tun haben.

Als wir angefangen hatten zu suchen, war ein Haus mit Garten bereits rares Eigentum geworden. Weil die Familien kleiner wurden, war man darauf verfallen, das Haus in oben und unten zu teilen. Dabei schien unten, wegen der Raumhöhe und des Gartens, die bessere Wahl zu sein. Aber wie kam man überhaupt nach oben, wenn die Etagen getrennte Wohnungen wurden? Nun, man hat das Treppenhaus völlig umgebaut und mit der repräsentativen Eingangstür verbunden. Diese gehörte jetzt also den Bewohnern der oberen Etage, die – wenn auch hinter der Holzverkleidung nicht sichtbar – mitten durch die Wohnung der Familie darunter polterten. In ganz London! Überhaupt waren diese Häuser nicht mit der Massivität gebaut, die man braucht, wenn man zwei Parteien unterbringen will. Das sahen die Makler natürlich anders.

Die Häuser mit den zwei Eingängen stehen nicht einmal für sich, sondern sind als Doppelhäuser errichtet worden, links und rechts, symmetrisch, also vier Türen für vier Wohnungen heute, und schau, selbst das Doppelhaus ist mit dem folgenden durch ein Gartenmäuerchen verbunden, so dass sich ein kompletter Straßenriegel ergibt, ein Wohnblock eigentlich, der aber, um eine heitere Note hineinzubringen, im Bogen geführt worden ist. Hinter jedem Häuserbogen verbergen sich – deshalb ist London eine derartig wuchernde Flächenstadt – die schmalen Gärten, die aber lang sind, achtzig oder hundert nebeneinander. Orlando zeigte hinter die Häuserzeile und fuhr mit der Hand den Bogen nach. Um zu sagen, dass er verstanden hatte.

Dass die Häuser privatisiert worden waren, sah man an den Farben der Fassaden, die genau auf der Mittellinie eines Doppelhauses wechselten, Altrosa zu Himbeerrosa, die unfreiwillige Op-Art des englischen Individualismus. Wir sahen ein erleuchtetes Fenster, einen Raum, der einst die »reception« gewesen war, aber spärlich möbliert, keine Bilder an den Wänden, all das überstrahlt von einer nackten Glühbirne. Und Orlando raunte: Das sieht aber schwer nach Unglück aus.

Wir kamen irgendwann zurück zur Kingsland Road, unsicher, ob wir uns jetzt nördlich oder südlich der Bahnstation befanden. Orlandos Versuch, von einer gebückten Person Auskunft zu bekommen, führte zu keinem Ergebnis. Wir ließen zwei riesige, rote, nur spärlich besetzte Busse passieren, überquerten die Straße und stachen, da wir ohnehin keine Pläne hatten, ins gegenüberliegende Viertel. Hier war die Londoner Gartenstadt zu spät gekommen; es sah eher aus wie die Innenstadt von Melbourne. Dann drehten wir, unserer Intuition folgend, doch nördlich ab und fanden an der Ecke der Balls Point Road – und damit wussten wir auch wieder, wo wir waren – einen grün gestrichenen Pub mit Fenstern zu beiden Straßen hin. Er war voll besetzt, also unwiderstehlich.

Wir tauchten ab in einem kleinen Vestibül, am Boden eine Intarsienarbeit aus winzigen Kacheln. Wir wussten, dass der eingelassene Schriftzug *The Duke of Wellington* bedeuten sollte, auch wenn ein weggeworfenes Papier den Schmuckbuchstaben »W« verdeckte. Orlando zeigte darauf, mit seiner linken Hand, während er mit der rechten den roten Vorhang teilte. Es war kaum ein Reinkommen. Der Tresen in der Mitte des Raums war monströs. So blieb auf der fensterabgewandten Seite nur noch ein Korridor, in dem Vierertische hintereinander aufgestellt waren. Wir drängten durch den Pulk, der sich stehend am Tresen versammelte, wobei uns schon wieder Leute mit Gläsern in der Hand entgegenkamen, ein Gesellschaftsspiel, Anrempeln inbegriffen, so lernte man sich kennen. Es roch nach Wollmänteln, Zigaretten und Bier. Quer durch den Saal verlief eine komplizierte Holzarchitektur aus Fensterchen und Bögen, in die unterhalb der Decke Milchglas eingesetzt war. Also betrat man den hinteren Teil des Pubs durch Tore, die aus geschnitzten Säulen bestanden – dahinter hätte man eine Laube vermutet. Orlando hatte sich am Tresen in der zweiten Reihe aufgestellt, was nah genug war, um brüllend zu ordern, aber er, der nie wirklich laut wurde, musste seine Bestellung zweimal wiederholen, und auch dann musste der Barmann noch raten. Ich drängte voran durch das Gewühl, hinweg unter dem eigentümlichen Bogen aus Holz und Glas. Der Tresen, lang und in einem gestreckten Oval ausgelegt wie eine Pferderennbahn, reichte überraschenderweise durch die Holzarchitektur in den hinteren Teil des Pubs, wobei auf dieser Seite nicht bedient wurde, der Andrang also geringer war. Zwar mussten wir stehen, kein Barhocker frei, aber immerhin ein Platz am Tresen. Ganz schön voll hier! jauchzte Orlando, zwei Pints in einer Hand, und ich muss zugeben, dass mir ein Schauer über den Rücken lief. Er trug meine Sprache bei sich, wie andere Münzen klimpernd in der Hosentasche tragen.

Du kennst doch Maurice?, fragte ich.

Orlando machte eine suchende Handbewegung: Das ist doch euer Textindianer?

Ja, genau der.

Maurice war ein kindergesichtiger Student, der mit seiner Diplomarbeit haderte und sich bei Turnstyle etwas nebenbei verdiente, indem er für jeden neuen Film die Synopsis verfasste plus einen Slogan. Sein Talent, sich schriftlich auszudrücken, war beachtlich und stand im Widerspruch zu seinem zögerlichen Auftreten und seiner gewundenen Art, Fragen zu stellen. Er hatte bisher für jeden Film einen Zugang gefunden, über die Darsteller, die Figuren oder eine Schlüsselszene. Oder er beschrieb mit einem Satz eine Kleinstadt und beließ es, die Handlung betreffend, bei einer seltsamen Aufzählung von Koinzidenzen. Nie übernahm er vorbereitete Formulierungen der Produzenten. Als er uns für ein halbes Jahr verließ, um sein Diplom abzuschließen – was ihm nicht gelang –, versuchten Finn und ich, die Texte selbst zu schreiben. Am Ende waren sie immer zu kurz oder zu lang, zu fad oder zu drastisch. Glücklicherweise meldete sich Maurice zurück. An diesem Nachmittag allerdings hatte er einen Text vorgelegt, der seltsam ungenau wirkte, fahrig, und Maurice und ich waren in eine Debatte geraten darüber, warum dieser Titel für den landesweiten Verleih eingekauft worden war: Der floppt doch sowieso!

Es war ein elegischer Film über einen stolzen, nicht mehr ganz jungen Mann, der in eine Lebenskrise gerät, als seine Schwester heiratet. Seit ihrer Jugend waren sie verstrickt gewesen in eine inzestuöse Beziehung, die sie oft beendet und ebenso oft wieder begonnen hatten, und die Verheiratung war nicht nur die endgültige Absage an diese Vorgeschichte, sondern warf auch die Frage auf, ob die Braut diese als Geheimnis würde bewahren können. Oder ob der Bräutigam so weise war, dass man es ihm nicht einmal beichten musste. Es war nicht ernsthaft meine Absicht gewesen, Maurice' Meinung zur Frage des Einkaufs einzuholen, dafür war er nicht zuständig. Außerdem wusste er sehr genau oder noch besser als alle anderen, dass es immer möglich war, auch holprige Tragödien und schiefe Melodramen ans große Publikum zu bringen, wenn die Hauptrollen prominent besetzt waren (was in unserem Fall zutraf), man die Geschichte elegant verpackte und den Spruch dazu fand. Noch nie hatte Maurice versagt. Dieses Mal aber war sein Entwurf zu sperrig – ein Publikumskiller. Finn bot Maurice an, ihm den Film noch einmal vorzuführen, was dieser entschieden von sich wies. Lieber wolle er den Auftrag zurückgeben. Das hatte uns gespalten in diese, die Maurice entlasten wollten, eine Ausnahme muss es doch geben dürfen, und solche, die glaubten, dies sei der Anfang vom Ende, Genius perdu. Mein Vorschlag war, sein Honorar einfach zu verdreifachen. Man hätte eine halbe Werbeagentur beschäftigen müssen, um ihn zu ersetzen. Noch aber war ich mit ihm verstrickt in die leidige Debatte, ob man diesen Film überhaupt in den Vertrieb nehmen sollte oder nicht. Mich verwirrte seine Koketterie.

Inzest!, rief Orlando. Und schon begann das Rätselraten: Wie heißt noch mal jener Film, der in einer französischen Mittelstadt spielt, in der Hochbourgeoisie. Ja, wie hieß der doch gleich? Der jüngste von drei Brüdern, mitten in der Pubertät, muss wegen einer Herzschwäche zu Hause bleiben, was die Abhängigkeit von seiner sehr jungen Mutter verstärkt. Von den Brüdern in ein Bordell geschleppt, hält er sich, der ohnehin zur Selbstüberschätzung neigt, für einen erwachsenen Mann, was sich fatal am Abend eines 14. Juli zeigt, ein großes Landhotel, als er seine von ihrem Liebhaber verlassene Mutter tröstet und dabei mit ihr in einen inzestuösen Liebesakt gerät. Truffaut, sagte ich, Malle, sagte Orlando, und natürlich war es Malle, weil die ganze Sache sich am Ende in Lachen auflöst, das hätte Truffaut sich nicht getraut. Es sei doch erstaunlich, sagte Orlando, dass wir, die wir das Kino lieben, immer Filme miteinander vergleichen, die Szene des einen Films führe zur Szene des nächsten, während der Vergleich in der Gattung der Werbetexte, wie Maurice sie schreiben müsse, nicht vorgesehen sei. Jeder Film werde angekündigt, als hätte er keine Vorläufer, kein Umfeld – wie vom Himmel gefallen.

Wir also stehend am ruhigeren Ende des perfekt geschwungenen Tresens, irgendwie im Abseits und doch mit der besten Aussicht auf den Schankraum, der noch voller aussah, als er war, weil sich das Geschehen dort in den großen Fensterscheiben verdoppelte. Auf unserer Seite hatten wir keine Laube vorgefunden, sondern im Gegenteil ein veritables Hinterzimmer, ein wohnliches Refugium mit bodennahem Kamin, der tatsächlich in Betrieb war, niedrige Sessel auf der einen Seite und ein Sofa auf der anderen.

Orlandos Gesicht wirkte aus der Ferne wie geschnitzt, aber aus der Nähe betrachtet traten die feinen Züge hervor. Ein Gesicht, in dem alles lebendig war. Noch sah man darin den Jungen, die Unbefangenheit, das Unberechenbare. Wenn die Augen Verachtung sagen, wird der Mund ein Flunsch, und wenn die Augen Bewunderung sagen, ist der Mund schon zum Kuss geformt. Später werden die Funktionen unter Kontrolle gebracht, man warnt mit den Augen, aber lässt den Mund nichts verraten. Plötzlich sehen die anderen in einer Nase Charakter und in den Brauen Entschlossenheit. Dann, um die Mitte des Lebens, liest man in kleinsten Falten den starken Willen oder das große Scheitern. Orlandos Physiognomie war eine Passage, noch Junge und doch schon Mann. Ich sortierte die Gesichter um uns herum und fand, dass manche für die Vergangenheit standen, die Tradition und die Nostalgie; andere für die Zukunft und die Tat. Orlando war genau in der Mitte, ein Vertreter der Gegenwart.

Dies mochte der Grund dafür sein, dass ich ihm und nur ihm Dinge erzählte, die mir kurz zuvor wenig bedeutsam erschienen waren. Bis dahin hatte ich, was mich umtrieb, mit Barbara geteilt. Das meiste jedenfalls. Ihre Einfälle waren einfach bewundernswert. Die Frau mit der idiotischen Brille und dem hässlichen fliederfarbenen Ford hatte sich in wenigen Monaten verwandelt in eine kosmopolitische Lady, irgendwie lüstern und streng, ausschweifend und introvertiert zugleich. Ich hatte von vornherein geglaubt, und es war längst Gewissheit geworden, dass ihre Welt größer sei als die meine, ihre Methoden weiter reichten, ihre Gedanken kühn waren, so dass alles, was mich betraf, da hineinpasste oder jedenfalls nicht darüber hinausragte. Ich fühlte mich wie das Herzstück ihres Reichs, so wie London ein Teil Englands ist, aber nicht andersherum.

Und alle Londoner Familien, die irgendwie Kredite bedienen können, landen am Ende im umgebauten edwardischen Haus, links oder rechts, oben oder unten. Ob man das vermeiden konnte? Kinderlose zogen in die todschicken Betonburgen am Barbican; Künstler kauften verfallende Gewerbebauten und machten Lofts daraus. Wir haben nur drei Stationen gebraucht bis zum Haus in Finsbury, das allein steht und glücklicherweise nicht umgebaut werden musste, um zwei Familien zu beherbergen. Nicht groß, unser Erdgeschoss, aber kein Kompromiss. Das haben wir mit dem Fahrrad entdeckt und ohne Makler, ein Leerstand, die Eigentümer mussten erst einmal gefunden werden. Sogar der Abriss war einmal geplant gewesen. Die schwierigste Zeit war die in Clapham, südlich der Themse, eine extrem hellhörige Wohnung in gelbem Klinker, als Kathy noch klein war. Ganz am Anfang, wir waren noch zu zweit – also gleich nach Brighton –, hatte sich ein herrliches Provisorium ergeben, als die Rumpelbude bei mir gegenüber geräumt wurde. Den grinsenden Jamie hatte man rausgesetzt; auch typisch, Armut und Drogen werden abgeschoben in die öde Vorstadt, und das akademische Prekariat zieht ein. Barbara in diesem Fall. Erst einmal musste sie kleine Brötchen backen, Lehraufträge, pendelnd zuerst nach Norwich und später nach Warwick, mit dem Abendzug zurück. Jamies Bude, einmal gestrichen, wurde ihre Studierstube, und der Rest fand bei mir statt, ein Mädchenzimmer aus dem neunzehnten Jahrhundert, mit diesen hochartifiziellen Flecken und Spuren, die die Ausstatter in der zweiten Runde hinterlassen hatten, alles süßlich und ein bisschen surreal. Wenn ich bedenke, wie schnell Barbara schwanger wurde, könnte ich fast glauben, es hätte damit etwas zu tun gehabt. Orlando nickte geistesabwesend. Sie akzeptiert kein Scheitern, niemals!, rief ich. Wenn etwas nicht klappt, dann lässt sie es nicht sein, sondern beginnt zusätzlich etwas Neues. Ein 50-Stunden-Beruf und drei ehrenamtliche Positionen, das ist noch lange kein Grund, bei einer neuerlichen Anfrage gleich nein zu sagen. Möchte sie vielleicht ins Kuratorium der National Portrait Gallery? Würde sie ein Mädchencollege in Texas beraten, wie es seine Kunstsammlung fortführen soll? Könnte sie eine Woche in Amsterdam einschieben, um mit Studenten über Tiere auf Bildern zu sprechen? Diese Beschreibung Barbaras, dachte ich, würde mir lustig geraten, aber stattdessen spürte ich einen Schub von schlechtem Gewissen und Traurigkeit, und ich ließ mein Bier stehen, was sonst nie vorkam. Bald brachen wir auf.

Der Taxifahrer fuhr im Zickzack durch Highbury, das in seiner Wohlanständigkeit vor sich hin schlummerte. Wir kamen am Finsbury Park raus und bogen dann von Norden her in die Wohngegend ein, Altbauten, die zwischen dem Sportkomplex im Osten und den Hochhäusern im Westen stehengeblieben waren. Ich bat den Fahrer, nicht in die Sackgasse hineinzufahren, worauf er halb wendete und die Straße abriegelnd stehen blieb, unter uns das Wummern und Schnaufen des Motors. Die kurze Sackgasse endete an einer Mauer. Rechts waren weiße viktorianische Apartmenthäuser aufgereiht wie Sahneschnitten, während auf der linken Seite eine Lücke geblieben oder durch den deutschen Luftkrieg verursacht war, so dass ein Haus, das letzte, direkt an der Mauer allein stand. Es wirkte wie die kleine Ausgabe eines Lagerhauses in Brooklyn. Unten, wo wir wohnten, brannte noch Licht, und trotz des schlechten Gewissens freute ich mich, nach Hause zu kommen.

Ich verabschiedete mich von Orlando und sah dem Morristaxi hinterher, wie es unsere Straße hinunterkroch, ein schwarzer Mistkäfer im Gestrüpp der Stadt, und mir kam die

Idee, als das Fahrzeug in die große Avenue südlich einbog, dass Orlando vielleicht in Taxis lebte. Die ganze Nacht würde er in London unterwegs sein, um am Morgen vor dem Büro wieder auszusteigen.

Wenig später, als ich neben Barbara lag, erzählte ich ihr von den Schwierigkeiten unseres Texters. Sie lag auf dem Rücken, unter sich ein großes, seidenglänzendes Kissen, und stellte gelegentlich Fragen zum Film, zu Haupt- und Nebenfiguren, Schauplätzen, Dialogen. Dann wollte sie wissen, was Maurice dazu geschrieben hatte, und ich gab es ihr nahezu wörtlich wieder.

Was fehlt, sagte Barbara, ist das Wort Passion. Dann löschte sie das Licht. Ich griff nach ihr im Dunkeln, während sie sich zu mir drehte, wobei ich ihr wehtat. Ich zog meine Hand zurück.

Passion, wiederholte ich, ins Dunkel des Zimmers. Von ihr kam so etwas wie ein Grunzen. Sie war wohl schon eingeschlafen.

* * *

Lange Zeit habe ich geglaubt, Kunsthistoriker müssten besonders gut organisiert sein. Sie haben Künstlernamen parat wie ein wandelndes Lexikon, aber auch die Zeittafel und die Landkarte, so dass du, wenn du fragst, wie verhält sich zum Beispiel Michelangelo zu Tizian, auf jeden Fall eine Antwort bekommst: Dieser war früher als jener; es gibt einen Schüler, der ging vom einen zum anderen; bei der Arbeit am Soundso-Fresko sind sich die Meister möglicherweise begegnet. Praktischerweise waren die meisten Florentiner, manche aber auch Römer; hier wird jemand abgeworben nach Padua, dort flüchtet einer nach Venedig. Ganze Schulen wandern aus. Auch kennen die Kunsthistoriker die Sammler, die Fürsten, Bischöfe und Kaufleute, als wären sie quasi dabei gewesen, während im Palazzo Dingsda das Portrait des Soundso aufgehängt wurde. Wenn du dann fragst, wo das Portrait heute zu sehen ist, heißt es: in der Villa Borghese, im Louvre, oder – und spätestens da wird es doch verwunderlich – es habe bis 1942 in Kassel gehangen und sei danach verschollen. Während es eben noch so schien, als hätten sie das Portrait mit eigenen Augen gesehen, zeigt sich jetzt, dass das nicht sein kann – denn Barbara, zum Beispiel, ist überhaupt erst zwanzig Jahre später zur Welt gekommen!

Hört man ihnen länger zu, kommen sie dir vor wie die Bewohnerinnen einer Zeichnung von Escher. Was sie aber niemals zugeben würden. Sie beharren auf der Stimmigkeit der Perspektive, auf der individuellen Einsicht in den ganz großen Zusammenhang. Trifft sich ein Experte für den Farbhandel in der Renaissance mit einer intimen Kennerin süddeutscher Holzskulpturen, dann tun sie so, als erforschten sie Mars und Jupiter. Die Planeten, meine ich. Dieselbe Kategorie. Sie halten gern Vorträge, entweder, weil sie glauben, dass das allgemeine Publikum ohne ihre Hinweise eigentlich nichts erkennen könne, oder, was mein Verdacht ist, um ihre Kollegen zu beeindrucken. Okay, dann geht es also los mit folgendem Bild, man sieht es als Dia projiziert, sieben Figuren, nur eine davon weiblich, und zwar mit Schleier – warum? Also zurück zur biblischen Geschichte, ihren weltlichen Varianten, zu der speziellen Konstellation von Auftraggeber und Maler, wobei der Maler nicht allein war, sondern ein gigantisches Atelier mit einer Unzahl von Assistenten unterhielt. Damit hätte er auch einen Film drehen können.

Nach zwanzig Minuten fragst du dich: Was ist eigentlich mit dem Schleier? Wobei du sicher sein kannst: Die Rednerin hat ihn nicht vergessen. Forschend kommt sie zu dem Ergebnis, dass der Schleier dort motivisch nicht hingehört und der weiblichen Figur, der einzigen auf dem Gemälde – inzwischen hat sie einen Namen: Maria Magdalena – mit großer Wahrscheinlichkeit erst später hinzugefügt worden ist. Man muss die Vortragende definitiv beneiden um ihre Erkenntnis, und würde man gefragt – wird man aber nicht –, müsste man eingestehen, dass man die Frage vom Anfang niemals hätte beantworten können. Was man auf all diesen Dias gesehen hat, war allerdings sehr unterhaltsam, die irresten Ruinen, Pluderhosen, Frisuren, Lanzen, rosarote Wundmale. Die Vortragende aber scheint das alles nicht bemerkt zu haben, oder sie denkt, das muss jemand anders erklären, morgen, am nächsten Kongresstag oder in hundert Jahren. Sie ist ja nur dabei, die Frage zu klären, ob Maria Magdalena mit Schleier darzustellen letztlich in Ordnung war, und kommt zu dem Schluss: Nein, da war ein Dogma im Spiel.

Wenn Leute sich in den Film vergraben – wie Bernd und Ulrich in Mannheim –, dann gelten sie als *film buffs*, aber hat man schon einmal von *painting buffs* gehört? Die Geschichte der Malerei ist älter, gewiss. Was diese Leute interessiert, ich meine Barbara und die anderen, beginnt um 1300. Der Film musste also noch sechshundert Jahre auf seine Erfindung warten. Aber ist er deshalb leichter zu verstehen? Was meinst du, Orlando – ist er deshalb dümmer? Wenn ein Kunsthistoriker mir demonstrieren will, warum das Kino halbseiden sei, dann kommt er mir garantiert mit *E. T.* oder *Krieg der Sterne*, und ich sage dann, das ist bei euch nicht besser – guck dir doch mal die Ölschinken der Nazarener an oder Malerei unter Stalin.

Barbara hatte keine Lust auf diese Debatte. Sehr schlau war sie da, hat eine Weile lang Filmtheorie gelesen, Kracauer, Deleuze, Mulvay, so oberschlaues Zeug, auf das ich absolut keine Lust hatte. Findest du auf dem Filmregal eines Museumsbuchladens, neuerdings. Das hatte sie in wenigen Wochen abgehakt. Und ohne dass ich es bemerkte, war sie, die Schwangere, in einer neuen Recherche, die mit Namen zu tun hatte. Hunderte von Namen. Ach so, es geht um den Namen unseres Kindes! Jetzt verstehe ich. Um Himmels willen. Die ganze Mythologie hat sie abgesucht. Was da alles auf der Liste stand: Daphne, Penelope, Ophelia, Antigone, und rein vom Klang her hätte ich mit Ophelia gar kein Problem gehabt, gefällt mir sogar, aber wirklich, Orlando, würdest du deine Tochter nach einer Wasserleiche benennen?

Alle diese Figuren haben die irresten Implikationen. Sollte unser Mädchen etwa Judith heißen, nach einer Frau, deren größte Lebensleistung es war, den Kopf eines Mannes mit einem Schwert abgetrennt zu haben? Ich habe Barbara dann auf die Musen gelenkt, Berthe Morisot und Jeanne Hébuterne, echte Frauen mit wirklichen Geschichten, aber »wirklich« zählt bei ihr nicht, alles hat eine Narration – der wir folgen oder von der wir abweichen –, »praktisch« lässt sie gelten, »amtlich«, »archivalisch«, »indexikalisch« auch. Habe ich nie begriffen, was das heißen soll, »indexikalisch«. Aber all das hilft sowieso nichts, wenn du einen Namen suchst für ein noch ungeborenes Baby, und das hat sie schließlich auch eingesehen.

Plötzlich war da dieses Kind. Nicht plötzlich in dem Sinn, dass man nicht damit hätte rechnen können, aber doch überraschend, dieses nicht zu leugnende Dritte, feucht und laut, diese aufgerissenen Augen, die nichts sehen oder jedenfalls nicht *uns* – Aha, meine Eltern! –, keine Spur davon. Und sofort kommt eine Distanz auf, ein Abstand oder Abgrund, der die Eltern trennt. Man sieht sich nicht mehr mit der gleichen Geduld an oder dem gleichen Interesse, so als wäre der neue Leib das Abbild der Mutter und das Abbild des Vaters und die Vorlagen hätten sich entmaterialisiert.

Die Namensfrage war aufgeschoben, genau wie alles andere auch. Wir hatten kein Zimmer mit Goldsternchen auf Dunkelblau tapeziert oder auch nur einen Kinderwagen gekauft. Aus einer gewissen Skepsis, vielleicht. Was, wenn es schiefgeht, und dann stehst du da mit den Symbolen, doppelt verlassen. Oder weil wir das Gefühl hatten, dass es noch ein bisschen früh sei für ein Leben als Familie. Wir haben die Schwangerschaft zu ignorieren versucht oder mindestens an den Routinen festgehalten. Wir wollten auch nicht wissen, ob es ein Junge würde oder ein Mädchen, weil wir es gut fanden, die Sache neutral zu halten, kein Dafür oder Dagegen, nichts, was einem später leidtun konnte, oder anders gesagt, haben wir versucht, eine gewisse Ehrfurcht vor dem Schicksal zu bewahren. Eine Woche vor der Geburt, die Assistenzärztin: Wenn sie dann auf der Welt ist ... Da wussten wir's, und es wäre Unsinn gewesen, so zu tun, als hätten wir das nicht gehört. Also war die Liste der Jungennamen überflüssig geworden – Orpheus, Ulysses, Moses –, und die Mädchenliste musste bearbeitet werden. Und jetzt wird's kurios – weil doch Barbara »die Wirklichkeit« für eine Suggestion hält. Wir also machen einen Besuch bei ihrer Schwester in Carlisle, und da treffen wir auf eine Freundin oder Kollegin mit einem Mädchen von sechs oder sieben Jahren, ein umgängliches, wendiges Kind mit kastanienbraunem Haar und Bernsteinaugen, das Kathy gerufen wurde. Es stellte sich heraus, dass es Katherine Amelia hieß, Katherine Amelia Wheeler, und ich hatte sofort den Verdacht, dass Barbara sich am liebsten den ganzen Namen geschnappt hätte, so wie Vordergrund, Mittelgrund und Hintergrund, das komplette Bild. Zwei Tage lang, aber dafür mache ich die Umstände der Hochschwangerschaft verantwortlich, hatte sie sich auf Katherine Abigail eingeschossen, und ich war nahe dran zuzustimmen, wegen der Katherine, denn nichts war mir lieber als ein gewöhnlicher englischer Name, es hätte auch Emma oder Maud sein können. Vierundzwanzig Stunden vor der Geburt war sie dann bei Katherine Alkmene Hoelzle – die Endungen fand sie unwiderstehlich –, und ich habe einfach ja gesagt, weil ich dachte, wenn sie Kathy heißt, wird sie ein ganz gewöhnliches Kind, eins, das in der Schule Dreien bekommt und Freundinnen hat. Wenn sie später mal nach der Herkunft ihres zweiten Namens fragt, kann ich immer noch sagen: Ein Spleen deiner Mutter, mach ein A. draus oder vergiss es. Aber es kommt nie so, wie man denkt, Orlando.

Wir hätten sie auch Klytämnestra, Evangeline oder Gwynneth nennen können, sie hätte ihren Namen immer mit Würde getragen. Ich meine, so wie ein Mädchen ein Kleid trägt. Der Kampf um den Namen gehört zur Geschichte der Eltern. Nennen wir es einen Krieg. Die Namensfindung bezeichnet den Waffenstillstand. Der Kampf um den Namen ist wie ein Prolog bei geschlossenem Vorhang, und wenn er sich öffnet, reißt etwas entzwei. Das Schauspiel selbst, das Leben des Kindes, ist ein spannendes Stück, aber es wird aufgeführt um den Preis, dass wir nicht mehr dieselben sind, verhext in Mutter und Vater. Wir sehen noch nicht einmal dasselbe Stück, ich sehe eine Komödie, und Barbara sieht ein Drama – so ungefähr.

Begeistert von meiner eigenen Rede, ließ ich meinen Blick schweifen über all diese Leute, trinkend und rauchend, und in dem Moment war ich überzeugt, ich spräche nicht für mich, für uns, sondern für die Menschheit überhaupt, die sich versammelt hatte im Duke of Wellington, die jungen Wirte im Oval des Tresens als die Offiziere des Schiffs … Orlando stieß mich an, ganz vorsichtig … wobei das äußerste Ende des Tresens unser Stammplatz geworden war mit der vollen Aussicht auf das Geschehen, und in unserem Rücken die überschaubare Szene des Hinterzimmers. Ich war völlig verloren in meinen Gedanken, und Orlando sah mir puttenhaft in die Augen, ohne jedes Urteil. Noch suchte ich nach den passenden Worten, um dies für ihn auszudeuten: der Pub als Arche, die kurz davor war, in See zu stechen, ein Gedanke, den ich nachtragen wollte zum Babythema.

Eine minimale Bewegung Orlandos brachte mich dann doch dazu, den Kopf zu drehen. Auf dem Sofa, beim Kamin, küssten sich zwei junge Männer leidenschaftlich. Nun begann ich die anderen Leute im Lokal zu betrachten, am Tresen, an den Tischen, und plötzlich sah ich, dass Männer geschminkt waren und Frauen an der Bar standen wie Kerle. Wie blind ich war! Der Mann, der die Bilder liebt, versteht nichts von der Welt. Orlando beugte sich zu mir herüber und tat so, als habe er meine Verwirrung nicht bemerkt: Ich glaube, ich weiß, was du meinst. Manchmal wünscht man sich die alte Zeit zurück.

* * *

Nicht, dass ich das Fahren auf der Gegenspur generell empfehlen würde, um eine Frau fürs Leben kennenzulernen. In Deutschland wäre das gewiss schiefgegangen. Da steht man schweigend am Unfallort, bis die Polizei kommt, die man dann nach Strich und Faden belügt. Dies aber war eine ganz andere Nummer, schwarzer Humor, Monty Python, so viel hatte ich schon begriffen, und Barbara sah auch danach aus.

Suzanne hatte mir durchaus gefallen, Gayle erst recht, das Haus mit dem großen Gartengrundstück als perfekte Kulisse. Barbara war in jeder Weise das Gegenteil, denn erstens hatte ich sie nicht gesucht. Zweitens fehlte das süße Element der Verkupplung. Und drittens waren da keine Eltern. Natürlich hatte sie Eltern, irgendwie und irgendwo, aber sie kam nicht darauf, wie sagt man, mich ihnen vorzustellen. Lange nicht. Und ich, meinerseits, hatte nicht die geringste Absicht, mit ihr nach Stuttgart zu fliegen. Amor schießt seinen Pfeil auf eine einsame, freistehende Gestalt. Man muss frei sein, wenn man lieben will. Und der Anfang ist so schön, man möchte ihn immer von neuem erzählen.

Suzanne rief erst an, nachdem ich mit Barbara in Brighton gewesen war. Sie war natürlich ahnungslos, meine Suzanne, und heiter. Erst als sie merkte, wie ich auf unverbindlich machte, wurde sie etwas bestimmter: Ein wenig schmerzt es meine Schwester Gayle schon, von dir gar nichts mehr zu hören. Am Abend desselben Tages traf ich Barbara, und sie erwähnte eine Schwester. Ich ganz routinemäßig, wie heißt sie denn? Und sie sagt, auf so eine vorsichtige Art, als wenn sie den Namen vielleicht nicht aussprechen wollte: Gayle.

Vor meinem geistigen Auge tauchte ein Komplott auf, eine Verwicklung oder Verschwörung, Barbara die dritte Schwester, der Unfall kein Unfall und so weiter. Ich weiß nicht, wie lange ich daran geglaubt habe, vielleicht fünf Sekunden oder zwei Minuten, aber die Vorstellung war so stark, dass danach ein Schatten davon blieb. Für eine Weile jedenfalls. Barbaras Schwester Gayle war übrigens damals Biologiestudentin, was ja nicht dasselbe ist wie Pharmazeutin, der Beruf von Suzannes Schwester Gayle. Und trotzdem, ich musste mich zwingen, nicht zu denken, dass Barbara aus diesem Haus kam, diesem perfekten, alten Haus nördlich von Cambridge, wo sie mich irgendwann »einführen« würde, Suzanne und Gayle höhnisch grinsend im Hintergrund. Ich musste mir immer wieder sagen, nein, es ist nur eine Parallele, eine Koinzidenz, zwei Kunsthistorikerinnen eben, deren Schwestern den gleichen Namen tragen, Gayle, und keine Kunsthistorikerinnen sind, und bei dem einen Geschwisterpaar hatte ich mich für eine Gayle interessiert und bei dem anderen kannte ich sie noch gar nicht.

Barbara stand ganz für sich allein, das heißt, sie hatte eine Liebschaft schleifen lassen, nicht beendet, das Verhältnis mit einem Grübler namens Guy, deutlich älter als sie, der sich selbst scherzhaft als »Guy-Ersatz« bezeichnete, was er, wie sich dann zeigte, tatsächlich auch war. Barbara und ich, wir waren ohne Vorbedingungen nach Brighton gefahren. Brighton war die Stadt, in die man mit dem Mini fährt. Und wenn Barbara auch anfangs schüchtern war – hatte ich das nicht schon erwähnt? –, so wusste sie doch genau, was sie tat. Man nimmt zusammen ein Zimmer, zum ersten Mal, und genau das ist gemeint, nach dem ersten Mal kommt das zweite Mal, und zurückdrehen lässt sich das nicht, nie mehr.

Bis dahin war ich ein Herumtreiber gewesen, wobei ich den Zufall nicht gesucht habe, das nicht, er hat sich eher an meine Fersen geheftet. Sagen wir, ich war verfügbar. Ich sah brav und sauber aus, kam nicht aus irgendeiner Problemgruppe, und ich habe jede dieser Frauen verehrt. Für das, was sie unterschied, wenn man das so sagen darf. Die argentinische Katholikin, durchtränkt mit Schuldgefühlen – ein schwarzes Loch. Licky aus den Highlands, bei der ich immer an diese Dylanzeile denken musste: … but she breaks just like a little girl. Und Anu war letztendlich die Brücke, die Verbindung zwischen den flüchtigen Liebschaften am Anfang und später Barbara. Es ist wahr, ich habe sie gegenüber Barbara lange nicht erwähnt. Anu hat mir das Wesentliche gezeigt: Man *macht es* nicht, man lässt es geschehen.

Ich weiß, was du meinst, sagte Orlando, und ich erschrak ein bisschen, seine Stimme zu hören. So wie der Klang einer Glocke einen erschauern lässt und Dinge denken, die zuvor verborgen waren. Der Klang der Wahrheit, nicht unbedingt schön, aber er dringt bis ins Mark. So war das, als ich Orlandos Stimme vernahm, im Dröhnen meiner Rede, und er fügte hinzu: Wenn man aufhört, man selbst zu sein.

Ja, rief ich, Orlando, genau so! Man hört auf, man selbst zu sein.

Das Bier hatten wir aufgegeben. Wir tranken jetzt Whisky, einander gegenübersitzend im Duke, im Hauptraum dieses Mal, auf der Straßenseite. Andere Gäste hatten sich die noch freien Stühle an unserem Tisch genommen. Die Mäntel all der Leute atmend, das gleichzeitige Sprechen ein gewaltiges Raunen mit überraschenden Pausen und schrillen Obertönen. Duke of Ellington, so hatte Orlando den Pub umgetauft. Ich sah ihm jetzt ins Gesicht, als wollte ich sagen, ich verstehe, warum. Die Klarinetten, Posaunen und Trompeten – in Synkopen, immer voran. Orlandos Gesicht war nicht eines der Tageslaunen und Stimmungen. Er behielt immer dieses Blinzeln.

Die absolute Horrorstory hat mir mal eine alternde Filmkritikerin erzählt, sturzbetrunken natürlich und wütend auf einen etwas verunglückten Liebesfilm und dessen junge Darsteller. Mit vierzig angelte sie sich einen klugen Mann, der dabei war, seine Ehefrau zu verlassen, mit der er zuvor aus der Tschechoslowakei geflohen war. Die Flüchtlinge hatten Fuß gefasst in der Cinecittà, sie als Kostümbildnerin und er als Autor von Drehbüchern. Wie das so ist: Was andere romantisch finden, zusammen durch die Hölle zu gehen, erweist sich irgendwann als Fessel, und das Leben im Westen beginnt von vorn. Der Drehbuchautor, der gewitzte Prager, begegnet also der jüngeren Kritikerin. Es beginnt eine große Affäre. Und irgendwann passiert es, sie treiben es miteinander, und er flüstert in seiner Wollust: Olina. So hieß aber nicht sie, die Liebhaberin, sondern seine tschechische Frau.

Damit war es dann wohl vorbei, sagte Orlando.

Nein, überhaupt nicht. Es war eher so: Sie begriff, wie groß die Sache gewesen war. Dass man diesen Mann vielleicht dazu bringen kann, seine Ehe zu beenden, aber nur, wenn man eine zweite Olina ist! Wäre! So habe ich das damals verstanden.

Orlando sah mich an, als hätte ich gesagt: Die Erde ist doch eine Scheibe.

In archaischen Gesellschaften und wo es die Pille nicht gibt, werden die Paare von Stammesältesten oder Familienpatriarchen kombiniert. Insofern ist die Frau tatsächlich dem Mann bestimmt, allerdings nur als Trägerin einer genetischen Funktion plus garantierter Reinheit. Wenn sie einen anderen Schwanz in sich reinlässt, wird sie gesteinigt. Zum Beispiel. Sie ist nichts anderes als ein Gefäß, ein Vehikel, um das Patriarchat voranzubringen. Sieh dich um auf den Straßen der großen Städte, Paris, London, Berlin – der Mann läuft vorneweg und die Frau mit Kopftuch hinterher. Das ist kein Zufall. Sie ist zwar seine Frau, aber nicht die Frau seiner Wahl. Es könnte gut eine andere sein, wenn die Patriarchen ihm nicht eine Jasmin, sondern eine Ayşe zugedacht hätten. Im Prinzip ist das egal, solange sie nur den Ehemann an sich ranlässt und alsbald einen Sohn gebiert. Er hat überhaupt keinen Grund, ihren Namen zu flüstern, während er in ihr drin ist.

Die Verwechslungsgefahr wäre aber geringer, wandte Orlando ein.

Auf jeden Fall. Ich glaube aber, dass die Olina-Geschichte universell ist. Wir, in Gesellschaften, die es erlauben, Liebesbeziehungen frei zu wählen, machen eben Erfahrungen, und die tragen wir mit uns herum. Es stimmt, dass man im Bett eine Sprache schnell lernt, aber es bleibt immer die Sprache dessen, von dem man sie gelernt hat.

Du sprichst Finnisch?, fragte Orlando.

Diese Bemerkung wischte ich mit einer Handbewegung beiseite. War ich nicht gerade dabei, den Urgrund der Menschheit auszuloten, und dazu am eigenen, unwiderlegbaren Beispiel? Ich also weiter: Was sie für mich war, habe ich nicht verloren, als ich Barbara traf. Bei Anu habe ich aufgehört, ein Junge zu sein. Die Möglichkeit, von sich abzusehen. Die Begierde wie ein Panzer. Wenn der von einem abfällt. Ich war also bereit für Barbara, der ich ja nicht zugewiesen war. Keiner hat vorhergesagt oder uns bestätigt, dass wir füreinander bestimmt waren. Das mussten wir selbst erkennen. Und genau das ist es, was ich meine, Orlando, man tut etwas ganz Normales und wird dennoch ein anderer; man schlüpft in eine andere Existenz, und wenn es einem bewusst wird, kommen einem die Tränen.

Making love and crying, sagte Orlando, ohne die Stimme zu senken. Eine Frau, die nahe unserem Tischchen stand, drehte den Kopf nach ihm um. Er tat so, als bemerkte er es nicht.

Schließlich bin ich Protestant, sagte ich. Calvinist, wenn es nach dir geht. Ja, meine Eltern waren modern, modern in dem Sinne, dass sie an das Bessere glaubten und das bessere Leben war auch gleich das schönere. Ich weiß nicht, ob sie gesagt haben, ein Junge weint nicht. Wahrscheinlich eher nicht. Das kam dann im Kindergarten. Der schwäbische Kindergarten mit seinem süßlichen Singsang und seinem scharfen Reglement. Mädchen und Jungen weinen, krakeelen, raufen sich, und dann werden sie sortiert wie Kolben und Zylinder. Die Jungen wollen mit zehn Jahren nicht mehr singen; die Mädchen schämen sich mit vierzehn ihrer Zeichnungen. Was weggenommen wird, schlechtgemacht, ist vielleicht prägender als das, was dazukommt. Horror, wenn du merkst, dass du schwul bist, weil du dann deine ganze Agenda umdrehen musst, von fast allem gilt das Gegenteil. Aber noch schwieriger ist es, wenn du es *nicht* bist, denn es gibt kein Modell für das, was man erreichen kann – wenn man nicht als Kopie enden will, als Typ vom Fließband der Zeugung. Ich glaube, dass viele Männer bestimmte Frauen heiraten, weil sie bestimmte weibliche Qualitäten sonst vermissen würden – aber vermissen wie eine Zutat, ein Accessoire. Wenn du eine gemütliche Familie willst, kaufst du dir einen Golden Retriever. Deshalb bist du aber nicht der Hund, du hast ihn nur, und so *haben* sich auch die Ehepartner, er als Variante des eigenen Vaters und sie als Variante der eigenen Mutter, mit diversen Zutaten, und wenn das Kind kommt, nennen sie sich gegenseitig Mama und Papa.

Ach ja?, fragte Orlando.

Ich meine, es ist doch bemerkenswert, wie ich an diesen Punkt gekommen bin, ich als Betriebswirt, der davon überzeugt ist, dass jedermanns Leben dargestellt werden kann in Bilanzen, Gewinn und Verlust. Aber wie ist es mit dem Weinen? Es kam auch nicht gleich, nicht in Brighton, sondern nach einer Woche vielleicht oder sogar zwei. Ich könnte nicht einmal sagen, wer damit angefangen hat, obwohl ich glaube, dass ich es war und es dann auf sie überging, falls das der richtige Ausdruck ist. Sicher bin ich mir nur darin: Es gehört dazu, dass die Liebenden sich spüren und sehen zugleich. Nicht, weil dann Mann und Frau eins zu eins wären, sondern weil es plötzlich möglich ist, sich vorzustellen, was der andere erlebt – hoch zwei, hoch vier. Das Entscheidende, der entscheidende Moment ist natürlich der, in dem man das noch spürt, also die Auslöschung der Rolle in der Lust oder die Lust an der Auslöschung der Rolle, bevor man wieder zu Bewusstsein kommt. Bewusstsein mehr oder weniger. Und es geht nicht darum, ob man weinen kann – das ist eine soziale Debatte, ob ein Mann das kann oder darf oder lieber lässt –, sondern ob man *muss*.

Sie weint, weil er weint, resümierte Orlando. Seine Stimme war so weit weg, dass ich das Gefühl hatte, ich würde die Worte von seinen Lippen ablesen, überwältigt von der Vorstellung, es komme nur einmal im Leben vor, dass man wirklich weint, und nur einmal, dass man darüber spricht.

Sie weint, weil er weint. Aber warum weint er? Genau das wird sich Barbara gefragt haben. Wenig später fiel mir auf, dass sie Aufsätze zur Beweinung Christi gesammelt hatte. Da ging es natürlich um die Lamentatio, um die Pietà, um die weinenden Frauen Maria und Maria Magdalena, für mich überhaupt kein Grund, an uns zu denken. Was hatte ich zu tun mit diesem Opfertod, rein gar nichts! Wie ich überhaupt nicht geneigt war, meine Tränen und ihre irgendwie einzuordnen, und fast hätte ich das zu Orlando so gesagt. Das macht auch der Whisky, dass dieses Glashaus um einen wächst.

Aber ich konnte mich nun deutlich erinnern. Es war zweimal passiert. Das erste Mal noch im Zimmer ihres Wohnheims bei Tag: ein Stahlbett, Bücherborde, die sich bogen, ein grau melierter Läufer aus Baumwolle, eine schwere Stehlampe englischer Machart, aber ausgeschaltet, und die Vorhänge zu, man sah nicht viel. Was sie aber sah, war, dass ich weinte, und ich sah ebenfalls eine Träne auf ihrer Wange, die allerdings meine war; riesig und gläsern im Halbdunkel.

Das zweite Mal, noch in derselben Woche, in meiner Butze, in der Ferne der Lärm der großen Straßen. Ich hatte ja nicht einmal Gardinen da oben, Jalousien sowieso nicht, aber das Bett, dieses große, himmelblau und sonnenblumengelb dekorierte Bett hatte Vorhänge. Die waren an den Bettpfosten festgezurrt, aber Barbara löste sie rundum und zog sie zu. Es war ein bisschen wie in einem Zelt, nur ohne den Gummigeruch. Von wegen Gummi, nichts. Es hatte etwas von einem Fest der Kreatürlichkeit, von einem Kult um die gemeinsame Bestimmung. Sie war sehr fest, damals – was spielte sie, Badminton? –, und wir lagen verschlungen, noch irgendwie bekleidet, in Erwartung. Es war Abend, und während wir da lagen, wanderte das Mondlicht über den Dielenboden, was ich nur ahnte, weil die Vorhänge des Bettes vorgezogen waren. Dann aber war es, als sauge sich ein Spot am Vorhang fest, ein metallisches Licht, das drinnen einen schattenlosen Lichtraum hervorbrachte, und ich sah zum ersten Mal ihre Erregung. In den Augen, meine ich. Der Rest ging dann ziemlich schnell, kennst du das, wenn der Slip zu einem Ring wird, der quasi am Körper der Frau herunterläuft wie an einem großen Finger? Der Mond hielt natürlich nicht an in seiner Bahn wegen uns, und das schattenlose Licht in diesem Mädchenbett wurde schwächer, warmtonig, zeichnete Konturen, es zog uns noch enger zusammen, machte uns zu einer Figur, als wären wir in Zinn gegossen, und dann kamen die Tränen, wie zuvor, nämlich in genau jenem Augenblick, in dem das Bewusstsein wiederkehrt, die geöffnete Schleuse der Wortlosigkeit. Nur weinten wir dieses Mal gleichzeitig; sie und ich. Wir versuchten überhaupt nicht, das zu verbergen oder zu vertuschen. Es fühlte sich an wie der Beginn von etwas absolut Neuem, ohne die geringste Ahnung davon, dass sich das nie mehr wiederholen würde. Nie.

Orlando hatte sich zurückgelehnt, seine Augen waren nicht mehr ganz klar. Jetzt fehlte uns die verhasste Sperrstunde – im Duke wurde getrunken bis in die Nacht. Ich sah junge Männer bemüht unauffällig ins Hinterzimmer schlendern und im Gang vor den Toiletten abtauchen, hinter einem schwarzen Vorhang. Ich dachte, wenn wir zu jener Welt gehörten, wäre Orlando der, den jeder nehmen würde, während ich, mit einundvierzig Jahren, schon etwas zu bieten haben müsste, um an einen Jungen heranzukommen, ein Loft in Chelsea oder Tickets nach Thailand. Orlando, benebelt grinsend, schien meine Gedanken zu erraten.

Die Mystik ist ja die Esoterik des Mittelalters, sagte er. Je radikaler Religionen sind in ihren Vorstellungen, mit ihren Hierarchien, desto deutlicher hinterlassen sie Spuren auch im Weltlichen. Das formt.

Ich sah ihn also an, einen selbstbewussten Mann Mitte oder Ende zwanzig, die Denkerstirn in Falten, keine Bewegung zu viel, und ich fragte mich, ob ich etwas an ihm übersehen hätte. Das ist auch der Whisky, dass man glaubt, man schaue durch bis zum Kern. Aber dann dachte ich: Nein, dies ist eine schöne, dunkle Reise. Ich werde nicht anfangen zu raten, Kreuzchen machen, und zu einem Schluss kommen erst recht nicht. Das bist eben du, Orlando, du bist jüdisch, verbildet, elegant, schwul, einsam, all das. Oder all das nicht. Nein, ich werde dich sein lassen, was du sein willst. Ich werde rausgehen in die Nacht und den Himmel betrachten, der dunkel sein wird, keine Zeichen, nichts. Ich werde mir etwas herausschneiden aus diesem Himmel und es unter dem Arm nach Hause tragen, weil es mir gefällt. Ein schwarzes Bild.

* * *

Ich habe erst einmal herausfinden müssen, dass ich selbst wenig Interesse an Geld habe und an Gütern des gehobenen Lebens fast keines. Mit Kathy zu Selfridges, um schneeweiße Fummel von DKNY zu betatschen, um Himmels willen, und dann auch noch fünfundzwanzig Pfund berappen für ein T-Shirt, wenn ein Mädchen zwölf oder dreizehn ist? Da bin ich ganz der Schwabe. Aber lasse mir das nicht anmerken. Obwohl es mir zuwider ist, gebe ich trotzdem nach: eine Investition in ein Stimmungshoch, das die ganze Familie erfassen kann.

Was mich so sehr beflügelte und am Laufen hielt, war der Umstand, dass Turnstyle Movies die Flaute überwunden hatte. Wir hatten mehr als nur das verlorene Terrain wettgemacht. Beim unabhängigen Film waren wir die Nummer zwei im Königreich, LMD schon dicht auf den Fersen. Sirius, mit seinem Fächer voller Dokus, blieb klein und fein, da drin sind die natürlich besser, und das Publikum dafür ist sehr beständig. Dreimal im Jahr luden wir zwei Dutzend Kinobesitzer oder -programmchefs nach London ein, um ihnen die neuesten Filme zu zeigen, inklusive Verköstigung und Vier-Sterne-

Hotel. Die Einladungen kamen fast genauso teuer, wie Vertreter herumzuschicken, aber es war direkt und freundschaftlich. Und dieses Modell hatte ich erfunden, wenn ich das mal anmerken darf. Auch fuhren wir selbst raus zu Sneak Previews, die wir über das ganze Land verteilten, mit Foyerparty oder Künstlertalk oder beidem, Michael Winterbottom in Leeds, Mike Leigh in London, Polanski in Belfast. Das war anfangs schwer zu lancieren, weil die Kinoleute sagten, Sneak Preview mit Künstlertalk geht nicht, Promis muss man namentlich ankündigen. Im Gegenteil, ein Riesenerfolg, wie sich bald zeigte. Finn hatte sich das in Dänemark oder Schweden abgeschaut. Stanley aber war ein ziemlicher Holzkopf, als die große Stunde des britischen Kinos schlug. Er behauptete tatsächlich, es sei formal zu roh und ideologisch überzogen, und da war er gewiss nicht der Einzige. Das mögen Geschäftsleute gar nicht, wenn sie als gierig dargestellt werden und sozial verblödet. Die Kritik an einer Mediengesellschaft, der das industrielle und gewerbliche Fundament gerade wegrutscht, der Anti-Thatcherismus, der nach Thatcher erst so richtig Standard geworden ist, das war eben die Formel. Der Triumph der kleinen Helden – ein Abo für die Ewigkeit. Es gibt Millionen von Zuschauern, die mit Billy Elliot tanzen möchten, weil ihnen dann der Abschied vom kohleschwarzen England weniger schwerfällt. Aber die Begeisterung machte bei sentimentalen Stoffen nicht halt. Meine Güte, die Leute haben bei Greenaway Schlange gestanden, das wäre ja so, als würden sie in Deutschland die Buchläden stürmen, wenn ein neuer Botho Strauß erscheint.

Irgendwie auch schade: Frankreich und Deutschland spielten keine große Rolle mehr, nicht Mitte der neunziger Jahre, nicht in England. Aber aus Italien war Nanni Moretti dazugekommen, Wong Kar-Wai aus Hongkong. Nicht zu vergessen Almodóvar, auch der hatte inzwischen die Formel für das große Publikum gefunden. Aber *ich* war es gewesen, der vorhergesagt hatte: Britisches Kino wird Blockbuster. Richtig groß. Im Programmkino allemal. Selbst in den Cinecenters sah es gut aus, die ersten Wochen im B-Kino, dann im C-Kino spätabends und auch nachmittags – ich weiß, das klingt wie ein schlechter Witz. Aber besser ging es nicht. *Independence Day*, *Forrest Gump* und *The Big Lebowski* hielten die A-Kinos besetzt, rappelvoll das erste Wochenende, und da werden die Statistiken erstellt. Die Branchendienste sind drauf fixiert, das nehmen die für bare Münze, und die Großimporteure wedeln mit diesen Zahlen bei der Bank herum, damit ihnen der Dispo nicht gekürzt wird. Okay, das waren eben die Umsätze der Erstspielkinos. Dann aber bekam Mike Leigh einen weiteren Lauf durch die Schrabbelkinos von Dover bis Derry, und nach drei Monaten spielten wir beim Umsatz schon in der gleichen Liga. Rechnete man die Vermarktung auf dem Kontinent dazu, wo wir schon damals für englische Independents die Rechte hatten, dann kippte das Bild. Wir nahmen nicht ganz so viel ein, aber wir gaben auch längst nicht so viel aus.

Geld reinholen fällt mir leicht, wenn es mit mir nichts zu tun hat. Herrlich, Kolumnen von Tausendern zu addieren. Wenn es mal geklappt hat, kann man sich das nicht mehr vorstellen, aber es war richtig viel Arbeit, *Billy Elliot* groß zu machen. Der Widerstand gegen Debüts, den man beharrlich überwinden muss. Alles harmlos aber gegen unseren Maurice. Der war über den Inzestfilm immer reizbarer geworden, besonders, als ich ihm Barbaras Vorschlag nahelegte, das Wort »Passion« zu verwenden. Er sprach nur noch in halben Sätzen, schnaufte, als hätten wir ihm ein Unrecht angetan. Vielleicht war er doch ausgebrannt, und wir würden ihn ziehen lassen müssen. Er kam an einem Januarabend spät rein, als ich allein über den Abrechnungen saß. Er erklärte mir, dass er diesen Film hasse, das ganze Getue, schließlich seien die Schauspieler keine Geschwister, und richtig bumsen würden sie ja auch nicht, was ich natürlich nicht gelten ließ. Im Spielfilm wird immer alles gespielt, aber dadurch ist es nicht weniger wahrhaftig. Maurice war rot angelaufen und rief, ich sei der Geldfuzzi und hätte von Filmen überhaupt keine Ahnung, das sei ihm gleich zu Anfang aufgefallen. Ich provozierte ihn, er habe recht, zudem sei ich ein deutscher Spion, entschlossen, Englands geistige Verfassung zu ruinieren, bis Maurice einen Pokal nahm, einen von meinen zwei Dutzend Verbandspokalen, und diesen durch meine Bürotür warf. Die hat so ein hölzernes Gitterwerk mit acht Aussparungen und darin acht ziselierte Glasscheiben, Vorkriegshandwerk, sehr schön. Was du eben dazubekommst, wenn du in einer Hintergasse mietest. Ich nahm einen anderen Pokal und warf ihn hinterher. Irgendwo hatte ich einmal gelesen, dass man damit Vandalen schockieren kann. Genauso war es auch. Maurice sackte aufs Sofa und gestand mir winselnd, dass er als Siebzehnjähriger einige Male mit seiner Schwester geschlafen hatte, die ein Jahr jünger war und nun schon lange nicht mehr mit ihm sprach. Er hatte wirklich enorme Schwierigkeiten mit Mädchen. Ich erzählte ihm, dass das alles nicht so schlimm wäre, und strich ihm sogar übers Haar wie einem kleinen Jungen. Am nächsten Tag brachte er mir den Text zum Film – vier Sätze, wie gestanzt, deren letzter das Wort »Passion« enthielt. Er nahm das dreifache Honorar, wie wir es ihm angeboten hatten, und wollte davon die Scheiben bezahlen, die schon ersetzt waren (wenn auch durch erbärmliche Nachahmungen), aber ich lehnte ab und empfahl ihm dringend, sich psychologischen Beistand zu holen. Was er dann auch tat.

Mir scheint, sagte Orlando – der sich gerade eine Camel ohne Filter angesteckt hatte –, die Welt ist so eine Art Fleischwolf. Egal was man oben reintut, unten kommt immer ein Woody Allen raus.

You're talking about Woody Allen?, versuchte es ein junger Mann vom anderen Ende des Tisches. Der Name war das Einzige, was er verstanden hatte. Aber Orlando blinzelte nur freundlich.

Unsere Ausflüge zur Museumstaverne in Bloomsbury und später zum Salmon & Ball in Bethnal Green waren meist auf einen Freitagabend gefallen, nach Feierabend. Inzwischen durfte es auch ein Sonnabend sein. Natürlich hatte Barbara gestichelt, ich solle diesen Orlando mal mit nach Hause bringen, und warum nicht: Kathy würde ihn supertoll finden, und ich würde alle verwirren, indem ich Kathy fragen würde, ob sie nicht einen zusätzlichen Patenonkel brauchen könnte ... Das tagträumte ich beim zweiten Pint, während ich durch die Schaufenster des Duke dem städtischen Treiben zusah, Leute, die draußen saßen, das war irgendwie auch neu, trotz des Verkehrslärms, der Busse von und nach Islington, die im Fünfminutentakt vorbeifuhren.

Es ist doch merkwürdig, sagte ich, und Orlando sah mich erstaunt an, dass Kathy zwei Paten mitbekommen hat, nämlich Gayle, Barbaras Schwester, und Reyner Koenhoven, einen Schöngeist vom Warburg Institute, mit dem Barbara einst studiert hatte. Denn was war eigentlich mit mir, dass ich keinen Paten beisteuern konnte? Einen schwäbischen Paten wollte ich nicht. Ein englischer fiel mir nicht ein, aber warum – weil ich keine englischen Freunde hatte? Finn hätte ich damals fragen können, aber ich wollte keine solche Verbindung mit meinem Boss. Orlando nickte beiläufig. Suzanne wäre wundervoll gewesen, aber kam natürlich nicht in Frage, nach dem Debakel mit ihrer Schwester. Ich dachte sogar an Şebnem, aber war sie überhaupt Christin, und war das wiederum Bedingung? Ungünstig auch, dass mich der Augenkontakt mit ihr, ob ich wollte oder nicht, total heiß machte. Außerdem wusste ich nicht einmal, wo ich sie hätte erreichen können. Also blieben ungefähr zweihundert Allerweltsbekanntschaften und eine Handvoll Verflossene aus dem Kinoimperium. Ich habe mich dann überwunden und eines Abends eine Fotografin in Bristol namens Anu erwähnt …, eine kluge Finnin, die könne ich mir gut als Patin für Kathy vorstellen. Das kam Barbara natürlich komisch vor. Wer ist das denn nun? Sie war ziemlich entsetzt über die plötzliche Erwähnung einer Fremden, die mir offensichtlich nahestand. Bei der ersten Gelegenheit habe ich diesen Vorschlag selbst verworfen und war hinterher ziemlich erleichtert, weil Barbara nun immerhin wusste, dass es eine Anu *gab*. Irgendwann hätte sie es ohnehin gemerkt.

Orlando bei uns zu Haus: Darf ich rauchen? Oh, wenn Sie vielleicht darauf verzichten könnten. Möchtest du Zucker zum Kaffee, Orlando? In welcher Klasse bist du denn jetzt, Kathy? Und hinterher würde Barbara sagen: Warum hast du nie erwähnt, dass er schwarz ist? Und ich würde sagen: Man sieht, was man sehen möchte.

Dann doch lieber ein paar Gläser Scotch im Duke of Ellington, wo wir an einem großen Tisch saßen, den wir zwangsläufig mit einer Gruppe teilten, die gerade angefangen hatte, Berufe zu raten. Wie mit denen die Pferde durchgingen, als Orlando dran war: Banker, Designer, Saxophonist, wahrscheinlich hätten sie es noch mit Model probiert, wenn er dafür nicht ein bisschen zu klein gewesen wäre. Orlando ließ das alles an sich abtropfen und sagte, music copyrights manager, mit der überraschenden Wirkung, dass niemand wissen wollte, was das sei. Schon war das Spiel vorbei.

In dreizehn Jahren hatte ich gewiss nicht verlernt, Deutsch zu sprechen, aber es war mir immer seltsamer vorgekommen, fern und starr wie Latein. Barbara hatte, als sie schwanger war, vorgeschlagen, das Kind zweisprachig zu erziehen, und ich hatte gesagt, wenn du das Deutsch übernehmen willst, gern. Übel, oder? Als Kathy im ersten Lebensjahr war, merkte ich, dass ich kaum englische Schlaflieder kannte. Manche amerikanischen Wiegenlieder via Pete Seeger oder Tom Paxton, vielleicht, aber das deutsche *Heidschi Bumbeidschi* – also was heißt schon Deutsch? – oder *Guten Abend, gute Nacht* war mir näher. Denn wenn man sein Kind in den Schlaf singen will, darf man sich selbst dabei nicht anstrengen. Als sie drei oder vier war, konnte sie *Hoppe hoppe Reiter* ohne jeden Akzent, obwohl ich nicht glaube, dass sie wusste, was ein Rabe ist. Damals hatte sie, wie viele Kinder, eine Blechstimme, so als wäre im Kind noch einmal ein Kind verborgen, das aus ihm spricht. Das ging erst weg, als sie eingeschult wurde. Kathy war ein rundes Baby mit großen, eher zu weit auseinanderliegenden Augen gewesen, kaum als Mädchen zu erkennen, bis sie zwei war und urplötzlich schmaler wurde, so dass wir uns Sorgen machten, und mit vier war sie nicht mehr graubraun und gelockt, sondern fast blond: In einer Adventsdarbietung ihres Kindergartens spielte sie den Engel der Verkündigung. Mit acht oder neun zeigte sich, dass sie eine ziemlich gute Singstimme hatte und vor allem ein gutes Gehör, präziser als Barbaras oder meins. Sie war dann bleich, strohblond, und überhaupt, in diesem Alter gefallen mir die Mädchen am besten, sie können sehr schnell laufen, weit springen, reden mit jedem, und *wie* sie reden: perfekte Grammatik bis in die letzten Winkel. Aber noch keine Fremdwörter. Einerseits perfekt, andererseits nicht erwachsen, so eben gerade ein Anschein dessen, was sie später …

Vorschein, sagte Orlando mit einem gütigen Gesichtsausdruck und wiederholte es, weil ich nicht zu hören schien: Ein Vorschein. Ich fragte mich, wie er es schaffte, meine Gedanken zu lesen.

Okay, Vorschein, ein Vorschein dessen, was aus ihr später einmal werden würde, also das, was sie heute ist, ein Mädchen schon mit ein bisschen Brust und mit Geheimnissen und manchmal auch ziemlich launisch, abgewandt, die Schultern so komisch vorgezogen. Obwohl sie immer noch behende ist und, sofern ihr keine Laus über die Leber läuft, locker und witzig. Ich hoffe, das geht nicht weg. Zumal ihre Eltern auch nicht mehr so sonnig sind, wie sie es einmal waren. Und ich finde es richtig, sie nicht deutschsprachig erzogen zu haben, denn das Deutsche ist bei mir das Tor zum Schwäbischen. Nicht der Dialekt, sondern die Haltung – dieser ganze Zwang und der Ehrgeiz und die Selbstgeißelung. Nicht, dass es das in England nicht gäbe, aber nicht in mir. Was bin ich im Englischen?

Ein Technokrat mit Herz, sagte Orlando. Ich war so verdattert, dass ich mir am Tisch eine Filterzigarette lieh, so ein Edelding mit Golfplatzparfüm. Da ich nie Raucher gewesen war, musste ich mich zwingen einzuatmen, und die Folge war ein heftiger, innerer Schub, als hätte man seinen ersten Herzschlag verpasst und würde ihn jetzt nachholen, einundvierzig Jahre später. Es wurde gerade dunkel, aber ich hatte nicht zu Abend gegessen. Inzwischen war ich ziemlich betrunken. Orlando saß da wie aus Wachs und ließ sich seinen Triumph nicht anmerken.

Der Mittelstand liebt seine Kinder, Orlando, zu sehr vielleicht. Sie mögen verschlagen sein, diebisch, beschränkt, in unseren Augen sind sie hochbegabte Knuddeltiere. Ich habe Kathy immer gemocht und es ihr bisweilen gezeigt, indem ich sie, wenn sie das suchte, ganz fest in meine Arme geschlossen habe. Ansonsten habe ich zu viel Brimborium immer vermieden und ihr auch nicht bei jeder Gelegenheit in die Ohren gesäuselt, sie sei großartig oder fantastisch. Was fast alle Eltern machen. Man muss sie nicht jeden Tag in die Arme nehmen, glaube ich, aber einmal in der Woche oder zweimal im Monat. Das ist bis heute so, sie ist mein Kind, auch wenn sie keins mehr ist. Ich werde auf jeden Fall merken, wenn sie das nicht mehr will. Das wird kommen wie aus dem Nichts. Barbara scheint kein Auge für das Ritual zu haben, oder es findet einfach in ihrer Abwesenheit statt. Sie jedenfalls denkt, Barbara denkt, ich sei ein bisschen distanziert. Das hat sie mir aber nicht wegen Kathy vorgeworfen. Es ging um Gayle, ihre Schwester Gayle, die übrigens gar nicht mehr am Leben ist.

Orlandos Augen wurden in der Dämmerung schwarz.

Barbara hat immer ihren Beruf gehabt, aber in den ersten Jahren war sie dennoch für Kathy da. Es ist mir ein Rätsel geblieben, wie sie das geschafft hat, über Gemälde und die conditio humana nachzudenken, bei all dem Gesabber und Holzklötzchenwerfen. Jedenfalls hat sie nichts geopfert, soweit ich weiß, es gibt nichts, was sie hätte tun oder werden können ohne Kathy oder wenn ich zum Beispiel, um sie zu entlasten, Turnstyle Movies hingeworfen hätte. Dann säßen wir heute immer noch zu dritt in einer Mietwohnung in Clapham. Da wäre jetzt nichts mit Haus und Garten. Na ja, Parterrewohnung mit Gärtchen. Aber Eltern verhalten sich zum Kind nicht symmetrisch. Ich habe beobachtet, wie Barbara in den letzten Jahren ein Band mit Kathy geknüpft hat, etwas, das sehr wohl impliziert, dass Kathy, das Mädchen, irgendwann eine Frau sein wird, und Frauen sich in einer Weise nahe sind, wie das über den Geschlechtergraben hinweg nicht möglich ist. Nicht möglich wäre. Denn ich glaube ja gar nicht daran. Wenn man nun Barbara fragen würde: Bist du als Mutter einem Mädchen per se näher als sein Vater?, würde sie auch nicht ohne weiteres zustimmen, theoretisch nicht, aber was Kathy betrifft, hat sie diese Karte dennoch gespielt, sie war omnipräsent und ist es noch in Kathys Leben. Obwohl das auch übertrieben ist. An drei Tagen in der Woche ist Kathy sogar Schlüsselkind. Aber doch, Barbara hat kein Gespür für die Sicherheit dieses Menschen, dieses Menschen und gar nicht unbedingt des Kindes, denn ich denke, dass diese Dinge – ob man sich letztendlich fürchtet – von vornherein da sind oder eben nicht. Und auch bleiben werden. Barbara glaubt, es könnte ihr etwas Schlimmes zustoßen, wobei das ewige Beispiel ein Mädchen aus Carlisle ist, das sich mit vierzehn Jahren an die Landstraße stellte, um das Meer zu sehen, und eine halbe Stunde später tot war, jämmerlich erwürgt und im nächsten Wäldchen weggeworfen. Also muss Kathy besonders geschützt werden, dass sie auf keinen Fall einen Schluck aus einem Weinglas nimmt, kein Lehrer ungerecht zu ihr ist, und sie nichts im Fernsehen sieht, wofür sie zu jung ist. Alles Maßnahmen, die meiner Meinung nach kein Mädchen davon abhalten können, sich später an eine Landstraße zu stellen und zu seinem Mörder ins Auto zu steigen. Aber Barbara hört in dem, was Kathy berichtet, selbst wenn es völlig harmlos ist, immer auch die Gefahr, und sie telefoniert hinter ihrem Rücken und berät sich mit den Müttern anderer Kinder, während sie gleichzeitig von Kathy verlangt, absolut ehrlich zu sein, woran ich sowieso nicht glaube. Ich glaube, jeder Mensch lügt jeden Tag und hat zudem ein Recht darauf. Barbara kontrolliert Kathy und will gleichzeitig ihre beste Freundin sein, und wenn das noch gut gelaufen ist oder wenigstens nicht besonders auffiel, bis sie zehn war, gibt es jetzt Signale des Rückzugs. Kathy verbringt ihre Nachmittage bei einer proletarischen, aber irgendwie auch künstlerischen Familie; vier Kinder, und der einzige Junge, Chris, ist in ihrer Klasse. Mit dem schließt sie sich in seinem Zimmer ein, wobei dieses Zimmer, soweit ich das gehört habe, winzig ist, tapeziert – du ahnst es nicht – mit Barbieplakaten. Sie verbringen Stunden mit einem Puppenhaus, das sie mit Dutzenden von selbstgebastelten Gegenständen bestücken, immer wieder von vorn. Die Eltern finden nichts dabei, und Barbara hätte das niemals erfahren, hätte sie nicht eine der älteren Schwestern von diesem Chris im Supermarkt getroffen und in ein Gespräch verwickelt. Darin ist Barbara absolute Expertin. Wäre sie Privatdetektivin geworden, hätten wir jetzt ein Penthouse in South Kensington.

Es gibt eine gewisse Ähnlichkeit in den Stimmen von Jungen und Mädchen. Ich meine nicht beim Singen, da ist eine Verwechslung unwahrscheinlich. Aber beim Sprechen. Denn die Tonhöhe ist fast gleich, bevor die Pubertät einsetzt. Auch kann man nicht sagen: Jungenstimmen sind oft rau und die von Mädchen nicht, im Gegenteil, es gibt Mädchen –

Linda Blair!, rief Orlando.

Eben – den Teufel im Leib! Ja, es gibt so etwas wie die allgemeine Stimme, die sich vielleicht innerhalb eines Vierteljahres ändern kann, und die Wochenstimme, die mit der physischen Konstitution zu tun hat, und dann all diese Schwankungen, Stimmen, mehr im Plural als im Singular, die aus einer Person herausbrechen. Zwei Wochen lang, Kathy war gerade zwölf geworden, gab es bei uns Krieg wegen der Smith – die Familie von diesem Chris –, und plötzlich höre ich dieses Schrille in ihrer Stimme. Nur für eine Silbe oder einen einzigen Vokal, ein Kreischen, das einem die Haare zu Berge stehen lässt. Man denkt, es wäre Einbildung, und im nächsten Satz ist es wieder da.

Ich habe nichts zu Barbara gesagt darüber, sie nicht gefragt, ob sie das hört. Es wäre sinnlos gewesen, weil ich ja Barbaras Aufmerksamkeit, ihre Überaufmerksamkeit gerade vom Kind weglenken wollte. Aber hätte ich nach einem Beweis gesucht, dann wäre er dies gewesen, die Stimme. Fast hatte Kathy etwas eingebüßt, nämlich –

Das Urvertrauen, sagte Orlando.

Ja, das Urvertrauen! Ein Vertrauen, das so basal ist, man weiß gar nicht, von wem es ausgeht. Ich hatte immer gedacht, es liege im Kind selbst. Vom allerersten Moment an war für mich klar, dieses Kind würde kein Rohr im Wind sein. Gewiss, man würde sie füttern, aufrecht stellen und ihr irgendwann zeigen, dass jenseits des Fensters eine ganze Welt liegt, aber das wären nur begleitende Maßnahmen. Ich dachte nie, man müsse sie formen. Wie soll das auch gehen? Eltern wollen ja gar nicht dasselbe. Der eine zieht von der einen Seite, der andere von der anderen, und was kommt dabei heraus: zwei schöne Hälften? Geschwister gleichen viel aus, aber was, wenn keine da sind? Das Gefühl habe ich oft gehabt bei Einzelkindern, es gibt da einen Riss, eine Wunde, nur mit Mühe geklammert, durch Liebe und Erfolg, zum Beispiel. Das wollte ich nun gerade nicht, dass Barbara an dem Kind von der einen Seite zerrt und ich von der anderen. Aber sollte ich Barbara den Kurs einfach überlassen? Also habe ich beschlossen, moralisch und seelisch keinen Druck auf Kathy auszuüben, auch nicht bei Dingen, die mir am liebsten sind – Freiheit, zum Beispiel, oder Bilder im Hochformat oder saubere Bilanzen. Während ich allerdings versucht habe, auf Barbara Einfluss zu nehmen, ihr entschieden widersprochen habe, um genau zu sein, was zu diesem täglichen Streit geführt hat, unterdrückt zwar, halblaut, aber genau in der Zeit erschien das Fremde in Kathys Stimme. Und als das nicht mehr zu hören war, dachte ich, es ist nicht weg – sie hat es verschluckt. Etwas war geschehen, das ich nicht gewollt hatte, etwas jenseits meiner Macht.

Es gibt Dinge, sagte Orlando, die man nicht berechnen kann.

Ich grinste müde. Klar. Da hast du recht. Sonst gäbe es ja keine Pleiten.

Und keine Kirchen, sagte er.

Keine Musik, sagte ich.

Tatsächlich gab es im Duke noch nicht einmal Lautsprecher, damals. Nur die Stimmen all dieser Menschen, ein gewaltiges Dröhnen, übergehend in ein Murmeln, spitze Lacher vom Hinterzimmer her. Wir saßen jetzt allein vor dem großen

Fenster. Die Wohnblocks auf der Westseite der Straße wurden schwarz. Dann ein gelbes Licht in einem Fenster.

Keine Musik, sagte er.

Keine Kirchen, sagte ich.

Keine Pleiten, sagte Orlando.

* * *

Der Vorführraum bei Turnstyle war ein fensterloses Hinterzimmer, in das eine Leinwand gespannt worden war. Die Wand zu einem kleineren Raum nebenan, nicht viel mehr als eine Rumpelkammer, hatte Finn durchbrechen lassen, und darin war der Projektor aufgebaut. Es war so eng dort, dass es erhebliches Geschick brauchte, um Filmrollen einzulegen. Als ich bei Turnstyle anfing, führte Finn noch selbst vor, das hatte er gelernt, und wenn Finn einmal nicht im Büro war, sprang Stanley ein, der weniger Übung hatte und bisweilen die Anschlüsse nicht hinkriegte. Das aber war unerheblich, denn wir waren alle Profis, Finn, Stanley und ich, Maurice (der damals gerade seinen Schulabschluss machte), die Grafikerin, zwei oder drei Helfer vom Verleih.

Gelegentlich kamen Eigentümer oder Programmleiter der besten Kinos Londons dazu, die uns nahestanden. Wir hatten nur dreizehn Stühle. Wer einen passablen Platz haben wollte, musste pünktlich kommen, und weil wir dicht beieinandersaßen, spürte man, was die anderen fühlten, bevor sie auch nur ein Wort gesagt hatten.

Unsere Termine lagen um Wochen vor denen für die Presse, und die raren Kopien, kaum gesehen, mussten am gleichen Tag weitergeschickt werden, was den Vorführungen eine gewisse Dringlichkeit gab. Es war auch ein Geheimnis dabei. In der Saison kamen wir mehrmals die Woche zusammen, und was es zu sehen gab, war keineswegs immer vergnüglich, viel

Action, Polizeifilme; keine Western mehr, das war vorbei. Wir saßen das ab, es war Teil unserer Arbeit. Gelegentlich haben sich Praktikantinnen übergeben müssen – zu viel Gewalt kurz nach dem Frühstück. Überhaupt sieht man Filme ganz anders, wenn man sie früh am Tag sieht.

Wenn es dunkel ist, sind Filme den Träumen näher, fabulierte Orlando, wieder auf der versteckten Seite des Tresens im Duke – an küssende Kerle auf dem Sofa mit Beulen in den Hosen hatte ich mich inzwischen gewöhnt –, und wahrscheinlich wollte er meinen Bericht damit auch beenden, denn was ist schon dabei, und warum sollte man lange darüber reden, dass wir Profis zu viele Filme sehen und, wie könnte es anders sein, dabei auch abstumpfen. Aber nicht dies war der Grund, weshalb ich auf das Sichten von Filmen bei Turnstyle kam, sondern weil ich Orlando daran erinnern wollte, wann ich ihn zum ersten Mal gesehen hatte. Da war er noch nicht Einkäufer bei Turnstyle Music gewesen; in der Tat war die Firma noch gar nicht aus der Taufe gehoben.

Er war damals zusammen mit Stanley erschienen, als die Vorführung soeben begonnen hatte. Ich hatte nur flüchtig den Kopf nach links gedreht und Stanley begrüßt, der den Platz hinter mir einnahm. LMD hatte uns damals *Lügen und Geheimnisse* weggeschnappt, den neuen Mike Leigh, Gewinner der Goldenen Palme in Cannes, und wir mussten an diesem Vormittag entscheiden, ob wir *Breaking the Waves* verleihen wollten, der immerhin den großen Jurypreis abbekommen hatte. Unter dem Vorsitz von Coppola! Finn war der Vorführer, und alles lief reibungslos. Ich war nun auch schon zehn Jahre im Geschäft, ich kannte auch Lars von Trier als Regisseur, aber so etwas hatte ich noch nie gesehen. Was ich da sah und hörte, schüttelte mich komplett durch, und als jemand das Licht anmachte im Vorführraum, war ich immer noch ergriffen, zu sehr, wie ich fand, denn ein Büro ist eben kein

Kino, und in einem Reflex drehte ich meinen Kopf noch einmal um, wie zwei Stunden zuvor, aber jetzt nach rechts, weil ich abchecken wollte, wen Stanley da eigentlich mitgebracht hatte – und sah in die Augen Orlandos. Augen, die geweint hatten. Oder etwa nicht? Ich brachte also die Rede auf *Breaking the Waves*, im Duke, Orlando neben mir, bevor er meine Gedanken erraten konnte. Das traute ich ihm sehr wohl zu, ab einem gewissen Grad von Trunkenheit.

Was für ein genialer Dreh, rief ich, die Entdeckung der Sexualität über dieses nordländische Mädchen kommen zu lassen wie ein Wunder, etwas, das es im gleichen Maß genießt und bestaunt, und als dann der jüngst Angetraute schwer verletzt wird, erscheint ihre Pein doppelt, weil ihr der Mann so sehr fehlt wie sein Geschlecht, und falls sie ihn im Rollstuhl zurückbekommen sollte – mehr wagen nicht einmal die Ärzte zu hoffen –, dann würde das Beste an ihm fehlen, das Einzige, letztlich, was sie wirklich von ihm kennt. Noch ist sie verwurzelt in ihrer rigiden Kirchengemeinde, die sich fürchtet vor dem lüsternen, einsamen Mädchen, aber sie können nichts gegen sie vorbringen, sie ist eine verheiratete Frau. Später, wenn sie zu den Fischern in die Boote steigt und sich von jedem nehmen lässt, der sie haben will, und mehr als das, sich deren Verachtung und Gewalt ausliefert, dann ist sie eine Verdammte. Vorher aber gibt es das Gespräch mit Gott, ihr eigenes, einsames Gespräch mit Gott, das eigentlich kein Gespräch ist, sondern eine kompromisslose Bitte, ihr Ehemann möge zurückkehren – als Liebhaber. Nur ist da kein Gott, auf jeden Fall keiner, der Bess erhört.

Einmal von Gott verlassen, ist sie wirklich verlassen, sagte Orlando.

Barbara, übrigens, sagte ich, hat diesen Glauben auch gehabt, nicht als Kind, weil ihre Eltern beide nicht gläubig sind, sondern in der vollen Blüte der Pubertät. Sie war konfirmiert worden und empfand das wie den Beitritt zu einem Orden. Es waren sechzig Konfirmanden insgesamt, aber die Gruppe, die nach der Konfirmation übrig blieb, das waren nicht einmal zwanzig. Sie fühlten sich berufen, sie sahen Jesus unter sich wandeln. Ihre erstaunliche Detailkenntnis der Bibel, später sehr nützlich, stammt aus jener Zeit. Bei mir waren die Voraussetzungen ähnlich, denn die Kirche meiner Eltern war die Ulmer Schule, wie du weißt. Ich ging also in den Konfirmandenunterricht und machte die Fahrten mit, was wahrscheinlich an einem Diakon lag, jung und ganz in der Zeit, während der Pastor älter war, aber sehr bekannt, eine lutherische Ikone, im Widerstand gewesen und so. Von ihm konfirmiert zu werden war eine große Sache. Ich setzte enorme Erwartungen in dieses Ereignis, ein Pfingstwunder würde es sein, nicht weniger, der Beginn der Zwiesprache mit Gott, von dem ich glaubte, er hielte sich noch verborgen hinter den Umständlichkeiten der Kirche. Als dann der Moment kam und ich am Altar niederkniete neben drei anderen, erwartete ich die Hand dieses Pastors auf meinem Kopf. Das wäre der Moment, in dem ich Gott spüren würde. Ich hatte für dieses Ereignis, vielleicht um meine Demut zu zeigen, meine langen Haare wieder kurz schneiden lassen, nach oben geföhnt und mit einem Gel, das mir der Friseur verkauft hatte, angefeuchtet. Mein Kopf war also eine elektrische Verbindung, eine ideale Kathode. Der Pastor aber, als er vor mir stand, sprach zwar den Segen – er verteilte genaugenommen den Segen in kleinen Portionen auf vier Konfirmanden –, aber seine Hand war nicht zu spüren, es war nur ein entferntes Kribbeln, ein Kitzeln fast, und so fiel mein ganzer Kinderglaube, der eigentlich die Erwartung einer Offenbarung war, in einen tiefen Brunnen, so tief, dass man sein Eintauchen nicht einmal hören konnte. Am selben Tag die große Feier, meine weltlichen Eltern spielten schön mit, ich bekam den berühmten Schneewittchensarg von Braun, der Spitzname für einen Plattenspieler mit eingebauten Boxen. Und an dem Abend, als ich allein war, erschöpft, und – ich glaube – zum ersten Mal in meinem Leben Alkohol getrunken hatte, habe ich geweint.

Nur zwei Menschen habe ich das erzählt, soeben dir, Orlando, und irgendwann Barbara. Es könnte sogar sein, dass ich sie überhaupt erst auf das Weinen gebracht habe, auf das Weinen als Thema. Ich hatte Barbara gefragt, warum Menschen, die Filme sehen, weinen. Sie sagte, dass Menschen oft dann weinen, wenn andere es bereits täten. Das Kino sei speziell, weil selbst weinende Zuschauer ja eigentlich wüssten, dass die Darsteller auf der Leinwand nicht wirklich weinten.

Nicht wahr, Orlando, als ich dich zum ersten Mal bei Turnstyle sah – *Breaking the Waves* –, hast du auch geweint, oder? Wir haben geweint um Bess und das, was sie verloren hatte – nämlich alles –, oder um etwas noch viel Größeres. Denn was sich da vor unseren Augen auftat, war ein großes, europäisches, zeitgenössisches Kino. Der Moment dieses Kinos. Eines, das alle erfasst, Alter egal, denn wir haben doch dasselbe empfunden, Orlando, auch wenn du damals zweiundzwanzig warst, hereingeweht, ein Fremder, und ich war der Oberprofi im Betrieb, der ja nur mitentscheiden sollte, ob wir das in den Verleih nehmen oder nicht. Du warst genauso ergriffen, so aufgewühlt wie ich selbst.

Spielberg hatte das Kino ins Kinderzimmer geholt. Und draußen lauern die Aliens. Die ganze Paranoia. Was hatte das mit uns zu tun? Hier war also Europa – und gibt es nicht sogar einen frühen Lars von Trier, der *Europa* heißt? *Breaking the Waves* war zeitlos, kein Historienschinken, von dem aufgesetzten Optimismus keine Spur, mit dem amerikanische Produzenten sogar Tragödien rosa eintönen. Lars von Trier aber hat sich nicht an die europäische Tradition des kleinen Kinos gehängt; selbst seine handgehaltene Kamera ist nicht laienhaft und hat auch nichts von dieser beklommenen Art, Filme zu machen, wie das in Deutschland üblich geworden ist, nach Fassbinder, meine ich. *Breaking the Waves*, so einen Film konntest du streuen, der spielte in vier Kinos in Manchester, genauso in Liverpool, in einem Dutzend Kinos in London und sogar an entlegenen Orten. Dasselbe in Deutschland, Frankreich, Belgien, die Leute redeten darüber. Einige Kinobesucher konnten den überhaupt nicht leiden, fanden ihn abartig. Aber sie hatten ihn im Kino gesehen, und zwar in *ihrem* Kino.

Mir wird erst jetzt so richtig klar, was für eine große Zeit das war. Noch ist. Dass ich zum Kino gekommen bin, als Zuschauer zuerst, in Mannheim und in Heidelberg, und dann über den Verleih, London, die Festivals, den Club in Bristol, all das. Nein, Bristol nicht mitgerechnet, das ist schon Filmkunst – wir aber, ich meine die Internationale der Cineasten, wir hielten uns nicht für Eingeweihte. Wir waren Mainstream. Es gab all diese Kinos, von den kuriosen Dingern mit achtzig Plätzen, alte Sitze aus Reisebussen, bis zu den großen Kinos aus den dreißiger Jahren, manche davon schon umgebaut wie das Odeon in Liverpool, unterteilt, leider, da lief *Breaking the Waves* die erste Woche im A-Kino, und dann drei oder vier Wochen im kleineren. Etliche Cineplexe sind später aufgesprungen, im Laufe des Jahres 1996, solche, die die Erstspieloption ausgeschlagen hatten – mit einem verrückten Dänen wollte man nichts zu tun haben. Anfangs. Dann kippte das.

Du meinst, wir haben den Anfang einer kulturellen Blüte miterlebt?, fragte Orlando, nachdem er uns mit einer neuen Runde versorgt hatte. Im Duke gab es die Drinks nur am Tresen im vorderen Saal, und man zahlte immer gleich. So wie Dylan in Greenwich Village? Bertrand Russell mit Ludwig Wittgenstein in Cambridge?

Ach was, Blüte! Es geht alles zu Ende, Orlando. Weißt du, wie viele Kinos pro Vierteljahr geschlossen werden? Oshima hat gesagt, dass Leute über vierzig nicht mehr ins Kino gehen, sie haben Ausreden und Kinder, Kinder und Ausreden, sie bleiben zu Haus. Gewiss, es fließt weiter großes Geld in große Produktionen, und irgendwie kann man das auch wieder reinholen, die Musik, das weißt du selbst, was das für ein ergiebiger sekundärer Markt ist, die Videokassetten. Gar nicht zu reden von den privaten Fernsehkanälen, die sich auf Spielfilme spezialisiert haben. Aber dennoch glaube ich, dass wir im letzten großen Jahrzehnt des Kinos angekommen sind, ach wo, mittelgroß wird es höchstens sein, ehrgeizig und schwindsüchtig zugleich. Stell dir vor, es gibt Kinofilme, die digital gedreht werden, die benutzen überhaupt gar keinen Film mehr; erst dann, wenn es darum geht, Kopien für die Kinos herzustellen.

Klar, sagte Orlando. Wie in der frühen Zeit der digitalen Tonaufnahme, als ich noch ein Kind war. Trotzdem wurde am Ende immer eine Schallplatte gepresst. Weil man noch nicht wusste, wie man eine digitale Quelle in hoher Stückzahl auflegen kann. Aber ist das nicht absurd?

Dann kommt es also noch schlimmer, sagte ich, wenn das endgültige Speichermedium für den Film gefunden ist. In großen amerikanischen Einfamilienhäusern richten sich Leute bereits Heimkinos ein. Weißt du noch, wie das angefangen hat, diese silbernen Bildspielplatten, so groß wie LPs? Was wird passieren, wenn das Speichermedium den Film, für das menschliche Auge, nicht weniger schlecht wiedergibt als eine echte Vorführung in 35 Millimeter? Das war doch der Vorteil des Kinos, die Projektion, Dia für Dia in einem Affentempo, synchronisierte Tonspur, Überblendung von Rolle eins mit Rolle zwei und so weiter. Ganz großes Handwerk, und man hat es noch nicht einmal bemerkt.

All das wird irgendwann aufhören, sagte er.

Das ist es, was ich kommen sehe, Orlando. Deshalb leuchtet es mir auch viel mehr ein als damals, dass Stanley das Unternehmen von der anderen Seite neu gebaut hat, dass er profitieren will von den Rechten. Weil die Rechte eine Collage aus Nischenrechten sein werden.

Schon sind, sagte Orlando. Und in diesem Moment meinte ich die Totenglocken läuten zu hören. Das erste Bäng-bäng der Totenglocken des Kinos.

Selbst heute sehe ich uns noch im Duke of Ellington. Blende zu, Blende auf, dazwischen liegt ein ganzes Jahrzehnt. Das würdest du nicht glauben, Orlando, dass heute die Pubs im Sommer halb leer sind, und alle sitzen draußen. Sogar im Winter stehen sie vor der Tür, weil sie drinnen nicht mehr rauchen dürfen. All diese jungen Leute vor den Fenstern des Duke, eine Menge im Halbdunkel. Ich stelle mir vor, wie sie von draußen hereinsehen. Denn wir hatten am späten Abend wieder ans Fenster gewechselt, einander gegenübersitzend, weil Platz war. Wir beide im Profil und hinter uns, in der Mitte des Raums, der gewaltige, geschwungene Tresen. Warme Lichter drinnen. Man hatte damals warme Lichter. Blende zu, Blende auf, wir schreiben das Jahr 2011, und sie, die jungen Leute, sehen uns da sitzen hinter der großen Scheibe, und weil du drinnen rauchst, Orlando, wissen sie, dass es ein Bild von früher ist, das man angehalten hat, um es zu bestaunen.

Ich hatte mir an der Bar einen letzten Whisky geholt, einen ganz herben mit einem unaussprechlichen irischen Namen. Angefangen hatten wir mit gewöhnlichem Zeug, Ballentine's, glaube ich, nicht aus Sparsamkeit, sondern weil wir erst im Duke merkten, was den Unterschied ausmacht. Ich sah in mein Glas, als würde dessen Boden die Erinnerung spiegeln, die Vorführung von *Breaking the Waves* im dunklen Hinterzimmer, Little Turnstile 29, und fragte mich, ob von Trier nicht viel mehr hatte zeigen wollen, als dass man seinen Glauben verliert und dass, was an die Stelle tritt, es nicht wert ist. Und im Boden meines Glases sah ich Bess, die junge Frau mit dem schmalen Mund, wie sie ihren Liebhaber als Liebhaber verliert, es nicht wahrhaben will, für ihn betet, ohne Antwort bleibt. Dann kommen, weil Gott schweigt, die erotischen Anekdoten, die ihr gelähmter Ehemann als erfunden durchschaut. Und jetzt, wo ich wieder aufsehe zu Orlando, da sitzt er und raucht, ist mir endgültig klar, dass von Trier niemals die Absicht hatte, uns mit irgendeiner Liebesgeschichte von einer puritanischen Ölinsel traurig zu stimmen. Nein, er wollte uns vielmehr das Ende von etwas anzeigen, was umso mehr schmerzt, als ja auch der Glaube nicht zurückkehrt, wenn Trost dringend gebraucht wird. Und er wird gebraucht. Er wollte uns warnen, Orlando, vor dem Ende des Kinos, des Kinos selbst.

Der Windfang des Duke, mit den Intarsien, die den Namen anzeigen, lag noch vorn. Orlando stupste mich durch den roten Vorhang. Wir machten einige Schritte bis zur Ecke, und das ist doch wahr, Orlando, wir wurden empfangen von all diesen Menschen, die in der Seitenstraße, vor dem großen Fenster, draußen tranken und rauchten, eine Versammlung von Menschen, die in der Zukunft lebten.

Du jedenfalls hast mir in die Augen gesehen und gesagt: Es kann sein, dass eine Zeit kommen wird, in der wir um das Kino weinen werden.

Eine Liebe, ergänzte ich, schwankend, die uns genommen werden wird von irgendeiner Gewalt, die wir nicht haben kommen sehen. Die wir unterschätzt haben.

Ja, raunte Orlando, und er nahm mich jetzt am Arm, damit ich nicht stürzte, und er sprach zärtlich mit mir wie mit einem Kind: So eine richtige, tolle, warme Liebe, die wir ganz schrecklich vermissen werden.

Trotz der langen Tage war es bereits dunkel, als wir da draußen standen. Wir drehten uns nicht noch einmal um zu den zukünftigen Menschen. Wahrscheinlich, um den elegischen Blicken zu entgehen, die sie uns nachsandten. Wir gingen Arm in Arm die Ball Ponds Road in Richtung Westen, pechschwarz die Chaussee, kein Taxi zu sehen.

Beweinung

Ich wartete auf dem Bahndamm von Highbury & Islington auf einen Zug, der von Westen kam und aus dessen erstem Waggon sich Orlando winkend melden sollte, was er dann auch tat. Wir fuhren bis Hackney Wick, wo auf den Autoteilehöfen Hochbetrieb herrschte. Die Enklave, bei unserem nächtlichen Besuch von allen Menschenseelen verlassen, schien an einem Samstagabend der beliebteste Stadtteil Londons zu sein. In der White Post Lane fanden wir ein verschlossenes Tor mit einer Tafel, die die Namen kleinerer Gewerbebetriebe anzeigte, ergänzt durch einen handgeschriebenen Karton, auf dem mit Filzstift in dünnen Schmuckbuchstaben, die an Spinnweben denken ließen, Vortex geschrieben stand, der Karton überklebt mit transparentem Klebeband als Schutz vor Regen. Entweder war es doch der falsche Tag, oder wir waren zu früh dran. Es war noch richtig hell.

Wir gingen also die White Post Lane stadtauswärts, bis sie endete oder vielmehr sich verjüngte zu einer schmalen Brücke, die über einen schnurgeraden Kanal führte, auf der anderen Seite der ungeheure Turm von Kühlschränken. Kaum vorstellbar, dass wir ihn beim ersten Mal, nachts, für einen Eisberg gehalten hatten. Bei Tageslicht und aus der Nähe besehen war das ein verrottendes Menetekel. Die ursprünglich weißen Kästen, aufs kühnste ineinander verkeilt, offenbar schon seit Jahren dort gelagert, waren mit braunen und schwarzen Spuren überzogen. Eine weitere Halde hatte man durch Anhäufung von Alteisen geschaffen, deren Ordnung sich dem Auge des Laien als unentwirrbares Knäuel darstellte, Gussformen, Bleche, Rohre, Zahnräder, Schrauben – Schrauben so groß, dass man sie mit ausgestreckten Armen so eben würde greifen können. Wir standen da eine Weile und staunten. Dann begannen wir einen weiteren Marsch ins Brachland. Wir waren vielleicht zehn Minuten unterwegs, als Orlando wieder mit seinem rechten Arm ausgriff, als fliege ein Gedanke vorbei und er müsse ihn erhaschen. Er räusperte sich und blickte scheu zu mir herüber, weil er nämlich immer nur dann von sich erzählte, wenn ich keine Tirade in petto hatte, oder simpel gesagt, wenn wir einigermaßen nüchtern waren. Und tatsächlich setzte er seinen Bericht genau an der Stelle fort, wo er ihn vier Monate zuvor im Victoria Park – beim Alkoven – unterbrochen hatte.

Nicht lange nach seinem achtzehnten Geburtstag war Jason mit seinem neuen Pass und einer Handvoll Geld aus Angelicas Küchenschublade von Heathrow nach Johannesburg geflogen, wo er, wie er den Bruder hatte wissen lassen, am Aufbau einer gerechten Gesellschaft mitwirken wolle.

Es war Orlandos letztes Schuljahr. Er war kein schlechter Schüler mehr, spielte in einem Gitarrenquartett, und plötzlich war da eine Lehrerin, die Deutsch als Fremdsprache unterrichtete. Orlando hatte mit dreizehn angefangen, Karl May zu lesen. Zehn Bände schenkten ihm die Nachbarn in Hampstead, die er nach dem Tod der Großmutter weiterhin besuchte. Von der Deutschlehrerin bekam er den *Homo Faber*, ein Buch, das er dreimal las. Sie war vierundzwanzig und kam aus Düsseldorf.

In Orlandos letztem Schuljahr erbte Robin das Musikantiquariat seines Onkels in Glasgow. Er nahm Rachel mit, so dass Orlando sich in den Räumen der West View allein wiederfand. Er wusste mit dem Luxus der drei Zimmer wenig anzufangen, bis sich, vier Monate vor dem Schulabschluss, eine wilde Affäre mit der Lehrerin ergab, die, nach dem Abschluss ihres Assistenzjahrs, für einige Sommerwochen zu ihm zog, bevor sie nach Deutschland zurückkehren musste. Bald danach fand er sich betrunken und verzweifelt am großen Tisch wieder, bei Angelica, die ihn in die Arme nahm und zu helfen versprach. Schon in der übernächsten Nacht war Orlando hinter der Bühne ihres Clubs platziert, Kabel rollend. Da ging es ihm besser.

Alle Gegenstände warfen lange Schatten, jeder Grashalm streckte sich in doppelter Länge nach Osten. In der Ferne sah man Schemen hochgebauter Häuser; das mussten die neuen Docklands sein. Wir kamen an gemauerten Fabriken vorbei, von denen sich kaum sagen ließ, ob sie noch in Betrieb oder schon aufgegeben waren. Das wilde Grün wirkte grausilbrig, nach einer weiteren schmalen Brücke abgelöst von Nutzgärten, sechs oder sieben nacheinander, von wenigen schweigsamen Figuren bestellt – keine Gerätehäuschen, keine Zäune. Dann wieder Wildwuchs, Lagerhallen, Baracken. Wir dachten, die Zivilisation bald hinter uns gelassen zu haben, als eine Ansammlung von Autos sichtbar wurde, die, wie sich dann zeigte, als Verkaufsstände dienten. Das Dach eines Transporters war mit Pflöcken und Leinen verlängert worden, an denen ein beachtliches Sortiment weißer Stickereien aufgehängt war. Andere hatten es sich einfach gemacht und ihre Ware auf den Motorhauben und Dächern ihrer Familienfahrzeuge ausgelegt; es war nicht immer leicht zu unterscheiden, was dem Verkäufer persönlich gehörte – ein Koffer, ein Werkzeugkasten, eine Thermoskanne – und was zum Verkauf angeboten wurde. Es gab eine Menge veralteter Elektronik, mit Fett und Staub überzogene Toaster und Mikrowellen, Einweckgläser und leere Flaschen, Jacken und Hosen aus Fallschirmseide. Männer mit Bärten verkauften mit Phantasiemotiven bedruckte Frauenkleider, Dschungellandschaften, Sonnenuntergänge oder wild tanzende Flammen. Mittendrin ein brüllend lauter Stand mit Hunderten raubkopierter CDs, den

Orlando routiniert inspizierte, um zu sehen, ob Turnstyle-Music-Produkte dabei waren. Nach einer Weile fiel mir auf, dass auch manche der mit Waren geschmückten Autos selbst zum Verkauf angeboten wurden, und wenn man den vielen Besuchern auf einem Trampelpfad durch den Wildwuchs folgte, tat sich ein weiterer Teil des Marktes auf, verdächtig aussehende Waschmaschinen rechts und links, und dann die Autoteile: Reifen, Felgen, Blinker, Spiegel, Türen. Gelegentlich fast unmerklich den Kopf schüttelnd, sich heimlich grausend, hatte Orlando seine Erzählung unterbrochen, und erst im Schatten einer Fabrik – mein Herz machte einen Sprung, weil ich den vertrauten Schriftzug Matchbox las – nahm er sie wieder auf.

Orlando war einige Wochen in Angelicas Club geblieben, ein zuverlässiger Junge, bis er von einer amerikanischen Bluesband abgeworben wurde. Er half beim Auf- und Abbau der Bühne, was ihn nach Nordengland, Holland und Jütland brachte. In Kopenhagen schließlich griff ihn der Tourmanager von Ziggy Marley ab, so dass er mitzog nach Köln, Frankfurt, Wien, Bologna. Er stellte fest, dass er selbst in einer karibischen Gruppe »anders« aussah, ein Vorteil, in Kombination mit seinem Namen. So einen konnte man sich merken. Er hatte keine Zeit, sich in Wien umzusehen, der Stadt seiner Großeltern und Urgroßeltern, weil der Gitarrenmeister der Gruppe auf der Hinterbühne stürzte und sich einen Arm brach. Keiner der Roadies konnte Gitarren stimmen, außer Orlando, der ab Wien jeden Abend die Bühne schmückte, wenn auch nur für Minuten oder Sekunden. Unverzichtbar geworden, reiste er mit, über Turin, Nizza, Montpellier, Toulouse, Barcelona bis in den Süden Spaniens, wo Ziggy ihn fragte, ob er nach einer Pause von zwei Wochen Lust hätte, sich einer Tournee durch Afrika anzuschließen, Mali bis Simbabwe. Orlando bat sich einen Tag Bedenkzeit aus und war sich plötzlich sicher, dass er keine Reise unternehmen würde, noch nicht einmal mit liebenswürdigen Kiffern, die ihn in die Nähe des Bruders brächte, des Vaters; Geschichten und Geschäfte, von denen er nichts wissen wollte.

Die Weltordnung war umgekrempelt worden, oder so schien es Orlando, die Flucht Honeckers, die Hinrichtung der Ceauşescus, die Rückkehr Mandelas, und während Orlando von Toledo nach Calais trampte, verstrickte er die Fahrer, Geschäftsreisende zumeist, in die Frage, wie eine kommende Weltordnung zu bestimmen sei und wie der Einzelne Einfluss nehmen könne. Er fragte sich, was er tun konnte mit achtzehn Jahren, machte einige Tage in Düsseldorf Station, wo seine Deutschlehrerin ihn aufnahm, unter anderen Bedingungen, denn sie wohnte nun mit einem klugen Mann zusammen. Der interessierte sich sehr für Orlandos Frage. Er sagte dem Jungen zum Abschied, es komme mehr auf das Wissen an als auf den guten Willen. Da aber das Wissen unendlich sei, glaube er, müsse man die Geschichte des Wissens befragen, um auf die Zukunft Einfluss zu nehmen.

Passend zu Orlandos Heimfahrt, waren auch wir umgekehrt, die Docklands nun in unserem Rücken. Jenseits des Trampelpfads lag ein Fahrrad; ein junger Mann mit einer kastenförmigen Bakelitkamera kniete vor einer mit Unkraut überwucherten Halde, aus der Reste blauer Plastikplanen flatterten. Kurz drehte er sein Mondgesicht uns zu.

Auf der schmalen Brücke machten wir Halt und schauten zurück, wobei die Docklands nun nicht mehr zu sehen waren, unter uns das Kanalwasser fast schwarz und jenseits des Kanals jene konturlose Landschaft, die wir begangen hatten, den letzten Rest von Farbe verlierend. Orlando sah mich an, wie um zu prüfen, ob ich noch da sei. Dann schaute er wieder hinunter, über die Eisenbrüstung gelehnt, in die Schwärze des Kanals.

Wieder in London, hatte er niemanden mehr gefunden, der bereit war, mit ihm über den Zustand der Welt zu grübeln. Er beschloss, wenn er in Zukunft selbst verantwortlich sein würde für alle Antworten auf alle Fragen, dann müsste er Philosoph werden. Der Wechsel vom Süden Spaniens, der Sorglosigkeit der Truppe Ziggy Marleys zu einem College in Oxford, das einem Kloster glich, war nicht leicht zu verkraften. Aber man nahm ihn ohne Vorbehalt auf.

Er stürzte sich ins Altgriechische. Er schloss vorsichtig Freundschaft mit Kommilitonen, einer kauziger als der andere. Die Geschichte der Philosophie stellte er sich vor wie eine Allee von Bäumen, aus deren Kronen einem die Häupter der großen Denker freundlich zunickten.

Gegen Ende des ersten Jahres fand er in einem Antiquariat *Die Geburt der Tragödie aus dem Geiste der Musik* in einem grauen, zerlesenen Exemplar – Tübingen 1922 –, das in einer befremdlichen Schrift gedruckt war, die er jedoch zu lesen gelernt hatte, durch Karl May. Das war der Moment, in dem Orlando spürte, wie er zu denken begann.

Die Erzählung Orlandos endete vor dem Tor in der White Post Lane, das nun offen stand, weiter hinten eine der Lagerhallen hell beleuchtet. Wir gingen über den Hof. Über dem Eingang, einer gewaltigen Stahltür, war ein imposanter Schriftzug an die Ziegelsteinfassade geschraubt: VORTEX, Regenrinnen zu Buchstaben geschnitten und mit einem Hammer in Form geschlagen.

* * *

Im Doppeldecker saßen wir oben ganz vorn, so dass wir, die Kingsland Road hochfahrend, die Dächer der Geschäfte von oben sahen. Sie wirkten wie Baracken von geringer Tiefe, die man vor Wohngebäude gequetscht hatte. Tatsächlich ist es andersherum: Die Tiefe der Läden reicht über das gesamte Parterre des Gebäudes, und auf die größere Fläche des Ladens, leicht zurückversetzt, hat man Wohnungen gestapelt. Nur der vordere Teil des Geschäfts steht heraus, sonst wäre der Gehsteig breiter. Die Bewohner des ersten Stockwerks haben die Rohre von Abzugshauben und die Umluftgeräte der Klimaanlagen vor ihren Fenstern, und die Schilder der Läden sehen sie von hinten. Orlando und ich zeigten abwechselnd hierhin und dorthin und bestaunten das Flickwerk der sich verengenden Geschäftsstraße, vorbei an der Bahnstation Dalston Kingsland. Wir wollten nicht bis Stoke Newington mitfahren. Als der Bus in der Abbiegerspur an einer Ampel hielt, bemerkten wir, dass wir zu lange sitzen geblieben waren. Also stürmten wir nach unten, und es gelang Orlando, den Fahrer zu betören, die Vordertür noch einmal kurz zu öffnen, bevor er das Fahrzeug bei Grün in Bewegung setzte.

Von unten sah die Straße geordneter aus, bunt und rhythmisch. Die Gemüseläden, Hemdengeschäfte und Barbiere hatten noch geöffnet, während die türkischen Restaurants ihre Küchen in Betrieb nahmen und ihre Neonschriften aufflackern ließen. Etliche Inhaber standen vor ihren Läden, was den Eindruck machte – wenn man das nicht kannte –, als gäbe es auf dieser Straße unglaublich interessante Dinge zu sehen. Tatsächlich war es eine Gewohnheit aus dem Orient, den Kunden an der Tür zu erwarten und nicht, westliches Modell, Geschäftigkeit vorgebend in der Tiefe des Verkaufsraums herumzuwerkeln. Deshalb war es aber auch schwieriger, einen Blick in ein Schaufenster zu werfen; sogleich wurden wir angesprochen, drei handgenähte Anzüge für den Preis von zweien, da konnte man nicht nein sagen, tat es aber doch, ich grinste etwas verlegen, und Orlando spazierte weiter, amüsiert auf seine tänzelnde Art.

Wir gingen nun die Kingsland Road zurück, südlich. Zur Linken öffnete sich ein kleiner Parkplatz für den Supermarktpavillon dahinter, während auf der anderen Seite das Kino Rio, eine Art-déco-Schönheit, stolz und hell, aber ohne jeden Protz an eine Straßenecke gebaut war. Gerade war Showschluss, und obwohl nichts dafür sprach, denn es waren Trauben von Menschen auf dem Gehsteig, zog ich Orlando da rüber und fand unter den schnatternden Kinogängern die Luft gleich viel besser. Ich fragte Orlando, ob er glaube, dass Kinder den Tod begreifen könnten. Er schüttelte ganz leicht den Kopf, was kaum eine Antwort war, eher ein Kommentar auf die völlige Unangemessenheit der Frage. Wir sagten dann nichts mehr, bis wir angekommen waren im Duke of Ellington.

Damals, aber was heißt schon damals, vor drei Jahren, sagte ich, sind wir hier ins Kino gegangen, Gayle, Kathy und ich. Gayle war wie ein Licht, Orlando. Du siehst eine Gruppe von Leuten, zwanzig Menschen im Foyer eines Kinos, und dort, wo es am hellsten war, wo man unwillkürlich hinschauen musste, da stand sie. Das lag natürlich daran, dass sie blond war, ihre Haut hell. Aber nicht ausgewaschen und blass, sondern honigfarben und frisch, eine Art, dich anzusehen, dass du dich fragtest: Habe ich das verdient? Bin ich ein guter Mensch?

Sie drängte nie in den Vordergrund; so hatte sie das kleine Los gezogen. Sie war Biologielehrerin in Carlisle, verheiratet mit einem tüchtigen Einkäufer bei Pirelli, Matthew Griffith, eine Seele von einem Mann, und sie hatten drei Kinder, zwei Mädchen und den Jungen, der Gayle zum Verhängnis wurde. Nein, nicht das Kind, sondern die Schwangerschaft.

Sie war allein nach London gereist, was noch nie vorgekommen war, und sie hatte Schatten unter den Augen, etwas dünneres Haar; ein Anflug von Nervosität. Mir schwante, dass dies ihr letzter Besuch sein würde, nicht, weil ich dachte, dass sie innerhalb eines Jahres sterben würde, wer kann so etwas wissen, sondern wegen der Therapien, die Leute schlapp machen, aufzehren, du weißt schon. Sie wollen dann wieder gesund werden, was nicht geht, und alle Kraft fließt da hinein, wo nichts ist. Jetzt aber war sie noch einmal da, sie hatte ihren Geigenkasten mitgebracht und spielte sogar für uns, eine Bachsonate, glaube ich. Ich hatte *Time Out* gekauft, obwohl ich wusste, was in den Kinos lief, aber vielleicht wollte sie ja ins Theater, Shakespeare auf der South Bank, warum nicht? Allerdings hatte sie schon in Carlisle von *Good Will Hunting* gehört, und Kathy, die mitkommen wollte, sprang sofort auf diesen Titel an. Ich fand ihn ja etwas gewollt. Der Film lief in sechzehn Londoner Kinos, ich konnte sie alle aufsagen, denn wir waren der Verleih, du erinnerst dich, Orlando, und als ich gefragt wurde, welches von diesen sechzehn denn das schönste Kino sei, sind wir vom Finsbury Park rübergefahren, hierher, zur Dalston Junction, und haben direkt vor der Tür geparkt.

Es war nicht weiter schwer, Kathy mit hineinzunehmen, die erst neun war, weil ich die Leute vom Rio natürlich kannte. Wir waren pünktlich, sahen also die Werbung komplett und alle Trailer. Der von *Jackie Brown* war dabei. Dann ließen wir uns in die Sitze sinken. Wir saßen ziemlich weit vorn, was Spaß macht, wenn der Saal groß ist – vor uns war niemand und hinter uns das Kino zu zwei Dritteln gefüllt. Die originale Bestuhlung war ersetzt worden durch eine mit mehr Beinfreiheit, steiler auch, so dass niemand einen anderen vor der Nase hatte. Man hörte die Leute lachen und glucksen und schlucken und rülpsen. Vor uns nur vier oder fünf leere Sitzreihen und die Leinwand. Und dann ging's los.

Ich hatte den Film schon gesehen, bevor er in den Verleih kam, und ich weiß, ihr hättet fast den Soundtrack gekauft – *Sky rockets in flight* … –, aber ich glaube, ihr habt gut daran getan, es zu lassen. War nicht gerade mein Lieblingsfilm. Was ich damals toll fand? *Fargo* hat alles weggeblasen. So viel böse Dummheit im tiefen Schnee, das hat alle erwischt, glaube ich. *Good Will Hunting* hatte etwas von einer Wundertüte, für jeden etwas, für den einsamen Wolf, für das junge Paar, die Yuppies, die Clique, und wie raffiniert das alles überwölbt war von diesem Geniekult. Man behauptet einfach, der Mann mit dem geschnitzten Grinsen ist ein Genie – dann ist er eins. Ein Genie mit einem riesigen Lebensproblem, das war genial, doch, doch.

Was ich völlig vergessen hatte, bis zum Rio, war die Sache mit dem Krebs. Denn man sieht die Figur im Film nicht, die Krebs hat, nicht einmal in einer Rückblende. Ein Aquarell, in dem sie rudernd zu sehen ist, mehr nicht. Hat der Film überhaupt Rückblenden? Es ist ja ein Therapiefilm, und alles, was in die Tiefe geht, wird verbal kommuniziert. Es ist fast unmöglich, sich von der Menschlichkeit, die Robin Williams ausstrahlt, nicht berühren zu lassen. Diese Traurigkeit, die Gebrochenheit steht ihm noch viel besser als lustige Rollen. Er spielt ja den Therapeuten, und die Raffinesse dieser Story liegt darin, dass der Therapeut anfängt, über sich selbst zu reden, und dass er das auch muss, weil er den jungen Patienten, das kaputte Genie, sonst nicht erreichen kann. Eine Frage der Glaubwürdigkeit, ein Bruch mit der Konvention der therapeutischen Situation. Dabei kommt die Geschichte seiner Frau an den Tag, die an Krebs gestorben ist. Glaub nicht, dass ich im Kinosessel erstarrt bin oder so. Ich habe in dem Moment noch nicht einmal die Verbindung hergestellt. Ich saß neben Kathy, Kathy saß zwischen uns, und ich sah, was sie sah, ich meine, ich habe mir diesen Film, obwohl ich ihn nicht so gut leiden konnte, angeschaut wie ein Kind. Und auf einmal fand ich ihn gut.

Wir gingen schweigend aus dem Kino. Aber später haben wir natürlich Barbara berichtet. Keiner von uns erwähnte den Krebstod der Frau, der Frau des Therapeuten. Wir hatten Kathy schon versucht schrittweise einzuweihen. Aber wie ist das, begreifen Kinder das überhaupt? Wissen sie, dass der Tod irreversibel ist, dass man sich mit den eigenen Erinnerungen quälen wird? Können Kinder überhaupt begreifen, was der Tod bedeutet?

Das kann niemand, sagte Orlando. Absolut niemand.

Ich starrte ihn an. Wir standen wieder am verborgenen Ende der Bar. Ich versuchte zu raten, was er gleich sagen würde, aber im Moment schaute er still in sich hinein.

Der Tod ist eben ein irreführendes Wort, sagte Orlando jetzt. Auf meiner Stirn ein Fragezeichen. Es ist in Ordnung, erklärte er, von *der* Musik zu sprechen, von *dem* Film, von *der* Stadt, von *der* Menschheit. Bei *der Welt* habe ich ernsthaft Zweifel, ob das ein Wort ist, das man benutzen darf. Es verdeckt mehr, als es bezeichnen kann. Aber *der Tod* ist kompletter Unsinn. Den schreiben wir den Toten zu, so wie wir über uns selbst sagen, dass wir am Leben sind. Die Toten haben den Tod erfahren, richtig? Obwohl sich gelegentlich Tische heben, wissen die Lebenden davon aber nichts. Sie haben das Wort reserviert für etwas, wovon sie nichts wissen können, es dann aber ausgedehnt auf die Erfahrung des Sterbens. Ich bin entschieden dafür, das zu trennen. Man könnte sagen, dass *der Tod* erfunden worden ist, um dem Sterben seine Macht abzuringen, es zu enteignen, es in etwas Großes und Allgemeines zu überführen, eine angeblich andere Welt – von wegen *die Welt* –, die da auf uns wartet. Aber es gibt das nicht. Das Wir. Es ist entweder mein Sterben oder deins. Das ist nicht dasselbe, und es ähnelt sich auch nicht. Es sind immer die anderen, die sterben.

Ich weiß nicht, Orlando, sagte ich. Das Sterben nimmt ganz bestimmt mehr mit als den Menschen, der stirbt. Du magst recht haben, was den Tod angeht. Es ist Unsinn, sich vom Tod einen Begriff zu machen. Aber die Vorstellung vom Tod läuft wie ein Riss durch die Gesellschaft. Wir leben in einem Land, mit einer Währung, einer Verfassung, einer Sprache, und wenn es um den Tod geht, glauben die einen, er sei nichts als der Übergang in reine Materie, während die anderen sich sicher sind, dort warte Gott auf sie. Man könnte das sogar noch verstehen, aber es ist doch so, dass die, die glauben, im Tod – und ich bestreite nicht: das Wort ist das Problem! – Gott zu begegnen, *deshalb* glauben, Gott zu begegnen, *weil* sie das glauben. So dass also die anderen *wirklich* sterben, weil sie an den Tod *nicht* glauben.

Das wäre logisch, sagte Orlando, aber du hast gerade eine Religion erfunden. Christentum ist das jedenfalls nicht. Es wäre eine plausible Drohung, wenn die, die an ein Leben nach dem Tod nicht glauben, keines haben werden – sie enden im Dunkel, im Nichts, in der Abwesenheit irgendeines Bewusstseins. Die anderen leben weiter, so eine Art Spiegelleben des irdischen Lebens. Aber das ist es nicht, was Christen dich glauben machen wollen. Sie behaupten, auf der anderen Seite warte eine unvermeidliche Auferstehung und die, die daran nicht glauben, erleben diese ebenfalls und fahren später zur Hölle. Umgekehrt drohen die Weltlichen den Gläubigen aber auch, indem sie den Tod integrieren in das Modell des Erklärbaren und ihnen damit schon zu Lebzeiten sagen, dass sie dem Erklärbaren nicht entkommen können. Du kannst, sagen sie, noch nicht einmal dort drüben aufwachen, um zu erkennen, dass da nichts ist. Noch nicht einmal das. Orlando sah mich an, die eine Braue hochgezogen, noch in seinem Gedanken gefangen. Ich beschloss, ihm die Geschichte von Gayles Sterben nicht jetzt zu erzählen.

Wir saßen noch eine Weile an der Bar. Als es schon fast dunkel war, gingen wir zurück zur Bahnstation Dalston Kingsland und nahmen den Zug nach Hackney Wick, denn um diese Zeit öffnete wieder der Club, worauf wir nur gewartet hatten.

* * *

So eine richtig schöne, schmierige Geschichte wäre diese: Barbara kommt über den Tod der Schwester zur Beweinung Christi und von dort auf das Thema des Weinens überhaupt. Aber du weißt, Orlando, so war das nicht.

Barbara und die anderen, die wollten alle das gewisse Dingsda entdecken. Dafür hatten sie ihre Geheimsprache, Begriffe wie das Epitaph und das Chiaroscuro. Sie versuchten zu klären, wie eine mythische oder biblische Geschichte niedergelegt war, wie sie kursierte zur Zeit des Malers, aufgeladen mit politischen und persönlichen Anspielungen. Und wie, um es einfach zu sagen, ein großer Maler es immer wieder fertigbrachte, das zu malen, was er wollte, statt seinem Mäzen allzu sehr zu Diensten zu sein.

Während beim Renaissancekünstler Eigensinn gefragt war, galt das für Doktorandinnen erst einmal gar nicht. Am liebsten wäre es den Herren Professoren gewesen, eine ihrer Themenschubladen aufzuziehen, die Doktorandin ordnet dann den Kleinkram und bekommt am Ende eine Urkunde, Schublade zu, basta. Klug durften sie sein, ja, sie mussten es sein – aber bitte keine Konkurrenz auf der Kunsthistorikertagung. Die einzige echte Chance für eine nachwachsende Generation bestand und besteht immer noch darin, glaube ich, die Methode umzukrempeln, aber diese Absicht anfangs zu kaschieren. Man marschiert mit dem gleichen Handwerkszeug los, aber wendet es anders an. Am besten, man spielt die Methoden runter und setzt stattdessen auf Motive. Motive sind zunächst völlig unverdächtig. Du kannst über Liebesmotive forschen und kommst bei Cranach, Greuze und Balthus raus.

Wenn du über den Krieg forschst, sind es eben andere Maler, andere Bilder, andere Ideen. Man ordnet also scheinbar des Professors Papiere, während man im Ernst daran denkt, den ganzen Schreibtisch umzuwerfen.

Barbara und ihr Kreis, die haben sich damals regelrecht verschworen. Ich habe das alles mitbekommen, denn während sie in unserem bescheidenen Wohnzimmer in Clapham tagten, musste ich mich um Kathy kümmern. Sie lasen nicht mehr die Klassiker ihres Fachs, sondern die Neuerscheinungen in den Geschichtswissenschaften. Da vergingen zwei Jahre, und plötzlich war ich umgeben von Expertinnen für »die Physiognomie«, »die Kultur des Essens«, »das Verhältnis der Geschlechter«, »die Geschichte der Kindheit«. So kam Barbara auf die Modelle in der Renaissance, auf »männliche« und »weibliche« Gesten. Allein einen Motivatlas zu erstellen dauerte ein ganzes Jahr. Ein kostengünstiges Thema, dennoch, denn um in einer Venus den Knaben auszumachen oder in einer Gesellschaft nackter Bogenschützen plötzlich eine Frau zu entdecken, musste man zum Glück nicht nach Italien reisen. Da genügten die Bücher im Warburg Institute und die Diaschränke des Courtauld. Sie hatte das Auge für diese Dinge, ziemlich kleinteilig, wenn du mich fragst. Da gelangt ein Motiv aus einer Skulptur in ein Gemälde, als sei es eine lebendige Beobachtung. Oder es findet sich eine Figur als Pop-up in einem Relief, die zuvor in einer Buchillustration eine unauffällige Existenz gefristet hatte. Aber nicht alles ist geborgt oder zitiert. Es gab eben auch lebende Modelle. Einmal war es der Maler selbst, ein anderes Mal sein Assistent, dann wieder der Bäckerbursche von nebenan. Barbara hat nicht entdeckt, dass Maler der Renaissance Frauenkörper nach männlichen Modellen gemalt haben. Das war längst bekannt. Aber vorher glaubten die Fachleute, nur sie allein sähen das, während der Renaissancekünstler recht erfolgreich versucht habe, das zu vertuschen. Sie kam zu dem gegenteiligen Schluss: Es wurde geradezu offen damit gespielt, indem männliche Figuren mit typischen weiblichen Gesten oder Accessoires ausgestattet wurden. Nichts, was der Zeitgenosse hätte übersehen können.

Ein Käfig voller Narren, sagte Orlando.

Aber leider nicht ganz so populär! Dennoch, es ist ein richtiges Detektivbüchlein daraus geworden. Die Fachwelt hat sich dran delektiert. Fast jeder hat es gelesen oder zumindest davon gehört. Das war ja damals große Mode, das Androgyne, vor allem in London, nicht wahr? Wär' ja schräg, wenn Barbara das nicht mitbekommen hätte. Du nimmst Boy George und Tracy Chapman, pinnst sie an die Wand – und dann greifst du in den Fundus der Renaissance und sagst, das war schon immer so. Ein bisschen Glück hat sie auch gehabt. Irgendwelche Nachfolger brauchen die Professoren schließlich doch. Während sie vorher Kopien von sich selbst herangezüchtet haben, setzen sie plötzlich auf die prägnanteste Stimme, der sie zutrauen, den – wie hieß das noch mal? – ... *den Paradigmenwechsel einzuleiten*, und die anderen, die sich an die Regel des Spiels buchstäblich gehalten haben, die bleiben in der Anwendungsetage hängen. Sie zweifeln an sich selbst und machen Führungen in Museen. So wie damals Suzanne. Ich weiß nicht, was aus ihr geworden ist.

Vieles von dem, was wir denken, ist, glaube ich, Antizipation. Oder folgt der Wünschelrute. Es ist überhaupt kein Zufall, wenn unser Denken oder Empfinden an Dinge rührt, die unerklärlich scheinen. Wie sagt man so schön: Man möchte mehr darüber wissen, und wenn man es dann zu packen hat ... Sagen wir, man hat sich mit der Idee abgefunden, dass Eltern einen nicht unbedingt lieben müssen, und man ist stolz darauf, auf den Gedanken überhaupt gekommen zu sein. Und ihn auszuhalten. Dann kommt irgendeine Familienfeier, und im Alkoholnebel sagt einem die Mutter, dass sie einen sowieso fast abgetrieben hätte.

Welcher Film ist das?, fragte Orlando.

Das Grauen, sagte ich, aber er schüttelte mit Bestimmtheit den Kopf. Oder es ist andersherum, man versucht sich zu rüsten für das, was da kommt, aber es kommt nicht. Man richtet sich ein für das Alter und stellt fest, dass man immer jünger wird.

Kein schlechter Plot, sagte Orlando. Den Film gibt's noch nicht.

Sobald sie als Assistentin installiert war, wurde Barbara mit dem Geschlechterthema ganz schön herumgereicht. Deshalb kam sie auch, und zwar zu Pfingsten, auf eine Konferenz über den Iconic Turn in Leiden, und ich habe vorher noch gescherzt und sie darauf aufmerksam gemacht, was der Ortsname auf Deutsch bedeuten würde. Barbara ist da beinhart, die setzt sich morgens um neun in den Saal, und um fünf am Nachmittag ist sie immer noch da; für den eigenen Vortrag wechselt sie nur die Seite. Hundert Prozent Anwesenheit – so war es unvermeidbar, dass sie auch den Vortrag eines deutschen Doktoranden gehört hatte, der sich der Beweinung Christi widmete. Er ging aus von der überraschenden Darstellung Mantegnas, die den toten Christus auf einem steinernen Tisch zeigt, vom Fußende her in verkürzter Ansicht, ein Close-up mit dem Tele, wenn du so willst. Zwei Frauenfiguren kommen von oben links ins Bild, aber nur im Anschnitt – oder war es von oben rechts? An dem Gemälde hatten sich schon früher Kunsthistoriker die Zähne ausgebissen, und die Standardbehauptung lautete, das Bild wäre irgendwann beschnitten worden, also regelrecht gekappt. Pech aber, weil man schließlich eine Vorstudie desselben Meisters fand, die dem berühmten Bild sehr nahe kommt. Er war eben moderner, als man sich das vorgestellt hatte. Sein Bild passt nicht so richtig ins fünfzehnte Jahrhundert und nicht einmal ins sechzehnte. Insofern war der Doktorand aus Deutschland durchaus an etwas dran. Statt aber das Ding methodisch festzuzurren, kam er mit Dutzenden von anderen Beweinungen. Er verlor sich völlig in seinem Material. Barbara hat das natürlich bemerkt.

Ich musste derweil Muttermilch aufwärmen, Windeln wechseln und spielte mit Kathy im Finsbury Park. Wir sind trotzdem nach Heathrow rausgefahren, noch mit dem alten 405er, um Barbara abzuholen. Sie war müde, aber total aufgedreht. Ihr Thema ist also gut angekommen, dachte ich zuerst. Aber als wir nach Finsbury reinfuhren, war sie bei dem Vortrag des Deutschen angekommen. Sie war ungeheuer stolz, dass sie dem hatte folgen können, denn er hatte nicht auf Englisch gesprochen. Ich konnte mir auf ihren Bericht zunächst keinen Reim machen, denn warum sollte ein Vortrag, der offensichtlich kein Erfolg gewesen war, der vom Hölzchen aufs Stöckchen geführt hatte, für sie so interessant gewesen sein?

Kathy hinten in ihrem Kindersitz, in sauberen Windeln, Daumen im Mund und zufrieden. Barbara setzte sich nie hinten zum Kind, das fanden wir albern. Sie saß links von mir, und es regnete. Die Scheibenwischer vom Peugeot legten immer wieder ihre Fächer frei, links und rechts fast gleichzeitig, miteinander verschränkte Sichtfelder. Es regnete stark; vertikale Bäche auf dem Glas. Ich lugte immer wieder zu Barbara hinüber, die irgendwie hinausstarrte auf die Stadt, die sich natürlich gut darstellte im Regen, in ihrer natürlichen Form, die roten Backsteinmanufakturen und die gelben Markierungen auf den Straßen. Wobei sie durch das große Glas nach draußen sah oder direkt auf die Scheibe schaute, all die Tropfen und Rinnsale und Wirbel; oder beides zugleich. Jedenfalls, kurz bevor wir zu Hause ankamen, fasste sie alles zusammen. Die Beweinung Christi rührt an die Gefühle des Betrachters, sagte sie. Das ist das Wesentliche, nicht ob die Figuren im Bild weinen, sondern ob das Bild den Betrachter zum Weinen bringt. Ich dachte, das klingt wie das Gegenteil von dem, was sie ursprünglich beobachtet hatte, nämlich dass Menschen dazu neigen zu weinen, wenn sie Weinende sehen. Ich war inzwischen in unsere Sackgasse eingebogen, hatte kurz vor dem Haus gehalten, es war aber kein Parkplatz frei. Ich schaltete den Motor aus. Vor uns die eigenartige Begrünung, die man am Ende der Sackgasse in der Mitte der Straße gepflanzt hatte, und dahinter die hohe, alte Mauer. Wie eine Stadtmauer eigentlich. Die Scheibenwischer standen still, und die Windschutzscheibe lief zu wie ein großes, abstraktes Gemälde. Aber eben nicht wirklich abstrakt. Wie ein Bild, das weint.

Aber woher willst du das wissen?, habe ich sie gefragt.

Was wissen?

Ob Leute vor Bildern weinen? Oder je geweint haben?

Das kann man herausfinden, sagte sie.

Im Juni musste sie ihre Themen für das Vorlesungverzeichnis einreichen, das Wintersemester 1989/90. Ein Seminar nannte sie »Weinen vor Bildern / Weinende in Bildern«. Natürlich habe ich sie gefragt, welche Leute vor welchen Bildern weinen. Und sie war bereits voll dran. Sie zeigte mir einen Ordner mit Vergrößerungen von Microfiches. Kannst du dich noch erinnern, Orlando? Das war so eine Art Film, den man in einer Bibliothek durch ein Lesegerät ziehen konnte, anstelle eines Buchs, aber auch Seite für Seite. Die Papierkopien von Microfiches waren schmutzig grau, mühsam zu lesen. Was sie mir zeigte, waren die Einträge aus dem Besucherbuch einer texanischen Kapelle, die mit zwölf oder vierzehn Gemälden ausgestattet und für diese auch gebaut worden war. Dorthin kamen Leute aus aller Welt, Männer wie Frauen, und weinten. Nicht alle, natürlich. Für viele war das nur eine weitere Station auf einer Kunstreise durch den Wilden Westen, um es abzuhaken. Etliche waren ergriffen und weinten trotzdem nicht, aber manche weinten eben doch, und unter diesen wiederum gab es welche, die davon im Besucherbuch der Kapelle berichteten. Im Laufe einer Woche etliche. Und jetzt kommt's, Orlando: Auf diesen Bildern war überhaupt nichts zu sehen. Nichts Gegenständliches, meine ich. Kein sterbender Christus und kein mit Pfeilen durchbohrter Sebastian und keine von Tränen geschüttelte Maria Magdalena. Oder die Ermordung Kennedys.

Zapruder, sagte Orlando.

Eben, sagte ich, nichts dergleichen. Es war bloß ein karger Raum mit schwarzen oder braunen oder schwarzbraunen Bildern, die sich mehr oder weniger ähneln. Reisende, die meisten aus Europa, kamen dahin und weinten, oder sie kamen dahin, *um* zu weinen, sogar mehrfach, ein Jahr ums andere. Das war Kult.

Wirklich, Orlando, ich dachte nicht, dass nun ausgerechnet das Weinen als akademisches Thema geeignet wäre. Es gibt immer Dinge, über die man unbedingt etwas wissen muss. Geld. Herrschaft. Religion. Aber ob das Weinen dazugehörte? Tatsächlich stellte sich heraus, dass dies ein weitgehend unbestelltes Feld war. In keiner Fachbibliothek konnte man damit auch nur ein ganzes Bücherbord füllen, nicht einmal in der Biologie oder der Psychologie. Physiologisch wurde hingewiesen auf den Unterschied zwischen Tränen, die durch einen äußeren Reiz kommen, Zwiebeln, Rauch und Pollenflug, und emotionalen Tränen. Seelisch war so viel klar, dass Weinen ansteckt, wenn irgendein Grad der Betroffenheit da ist oder sich plötzlich einstellt; das Weinen von Kindern, das fast nie Überwältigung meint, sondern Schmerz oder Entbehrung, und deshalb meistens *nicht* ansteckt, nicht einmal die Geschwister. Die Psychologen lauerten natürlich an der Schwelle von den echten Empfindungen zu den verdächtigen.

Und kulturgeschichtlich war das Weinen ein ziemliches Phänomen, weil es ganz unterschiedlich bewertet worden war, als sinnloses Plärren oder schönes Ergriffensein. Der Umschlag in der Wertung war an Bildern kaum nachzuvollziehen – geh mal in die National Gallery und suche Bilder, auf denen Leute weinen! –, aber für das, was man die Mentalitätsgeschichte nennt, greift der Kunsthistoriker auf andere Quellen zurück, auf Gedichte und Briefe, zum Beispiel. Anfangs war eine heulende Kokotte unerträglich, zwanzig Jahre später konnte man ihr nicht mehr widerstehen. In einem anderen Jahrhundert war der Engländer, der weint, von einer Generation auf die andere kein Waschlappen mehr, sondern ein empfindsamer Mann. Das war es ungefähr, was Barbara in einem halben Jahr zusammentrug. Wie wenn du ein Pflänzchen an der Erdoberfläche zu greifen hast, und wenn du ziehst, spürst du, wie tief die Wurzel ist.

Dann kam der Herbst. Wir hatten das natürlich verfolgt, die ostdeutschen Flüchtlinge in der westdeutschen Botschaft in Budapest und all das. Dennoch hat mich die Öffnung der Grenze völlig überrascht. Erstaunlich, wie sie im Fernsehen in den ersten vierundzwanzig Stunden immer wieder dieselben Zeugen sprechen ließen, als beträfe das Ganze nur eine Handvoll Menschen. Trotzdem konnte ich mich kaum noch vom Fernseher lösen, zwei Tage lang. Ich war nicht mehr richtig ansprechbar. Manchmal hatte ich Kathy im Arm, die schlief. Ich musste weinen, ja, über die Euphorie der Ostdeutschen, die grinsenden Grenzsoldaten, eine Art Open Air Festival ohne Musik auf der Westseite der Mauer, über Walter Momper, Helmut Kohl und Willy Brandt, der selbst weinte. Klar, ich wusste, es war nur wieder das blöde Fernsehen, Filmteams von der Stange: keine einzige Kamerafahrt, die man nicht voraussieht. Die Kommentare der britischen Korrespondenten hatten diese verhaltene Stimmung, politische Angst hinter der Maske der Neutralität. Und trotzdem waren die Gefühle stärker. Ich also in unserem Wohnzimmer und Barbara ganz in der Nähe, Anteil nehmend, gewiss – aber weinend, o nein. Wir mussten darüber gar nicht reden, es war klar, dass ich als Deutscher weinte. Ausgerechnet ich.

Du hast also um dein Deutschsein geweint, sagte Orlando.

Das wäre meine Rettung, wenn du es so ausdrückst, sagte ich. Denn man kann ja nicht um die Zukunft weinen. Das, was man beweint, liegt immer in der Vergangenheit. Selbst wenn man eine Million im Lotto gewinnt und weint, meinen die Tränen nicht die Smaragde und Saphire, die man damit kaufen kann, und auch nicht das ganz große Haus mit dem supergrünen Rasen, sondern die Jahre, die verstrichen sind in der Hoffnung, es möge doch noch so kommen. Ich hatte nicht einmal gewusst, dass ich gehofft hatte, die Teilung Deutschlands würde sich friedlich beenden lassen. Aber es war so.

In diesen Tagen bist du also Engländer geworden, sagte er. Wir saßen in Hackney Wick im Vortex, eingeschlossen vom dumpfen Puls der Musik im großen Saal, auf den man herabschauen konnte durch eine gepanzerte Verglasung, die Lounge.

Du meinst es gut mit mir, Orlando.

Und er: Trinken wir noch einen?

* * *

Was wir erst hatten herausfinden müssen: Im Vortex ging es nie vor zehn Uhr abends los, und gespielt wurde bis in den Morgen. Es hatte nur zwei Tage in der Woche geöffnet, die aber wechselten, so dass man sich das Monatsprogramm – verwaschen gedruckte Handzettel – am besten mit nach Hause nahm. Dieses Mal hatten wir uns am frühen Abend getroffen, wieder den wilden Markt in Hackney Wick besucht, waren am Rande des Victoria Parks bei einem Inder eingekehrt, der keinen Alkohol ausschenkte, und hatten dann noch einmal die Fußgängerbrücke über die Autobahn genommen, in den hintersten Winkel der Autoteilesammler und Schrottpressen, der irre weiße Berg mit den Tausenden von Kühlschränken dort draußen. Die erste Stunde des Programms verbrachten wir in der Lounge oberhalb des Saals. Durch die Glaswand kam die Musik von dort unten; passabler, rein instrumentaler Funk, gespielt von jungen Männern, schwarzen, weißen, karibischen, eine stolze Truppe.

Der Hauptact des Abends war für 23 Uhr angekündigt, aber der Bühnenumbau erwies sich als langwierig. Orlando verfolgte das mit den Augen, als wäre er nicht ganz sicher, nicht doch eingreifen zu müssen. Wir tranken oben einen dritten Whisky; Flamme im Bauch. Als es dann kurz vor Mitternacht so weit war, wechselten wir nach unten. Der Saal war eine Fabrikhalle, deren Fensterseite schwarz verhängt, die Belüftungsanlage unter der hohen Decke sichtbar, Zink oder Aluminium, und auch die Elektrik war nicht kaschiert, Bündel von Kabeln, die durch stählerne Ösen geführt wurden. Man hatte sich entschieden, alles, was nach alter Industrie aussah, so zu belassen: ein Stück gekachelten Bodens, wo einst ein separater Werkraum gewesen war, oder eine aufgemauerte Wand mit eigenartigen Vertiefungen für Maschinen, die es nicht mehr gab. Einige Wandflächen waren mit Pressspanplatten verschalt. Es war kaum auszumachen, ob es sich dabei um ganz raffiniertes Design handelte oder nur um die billigste Methode, eine Fabrikhalle in einen Konzertsaal zu verwandeln. Auf jeden Fall gab es den Besuchern das Gefühl, in etwas Unfertiges hineingeraten zu sein, etwas, das gerade erst begonnen hatte.

Nun waren sie aber da: Zwei spindeldürre Japaner in schwarzen Röcken bis zu den Knöcheln, barfuß, mit schwarzen Haaren bis zu den Hüften und einem Ponyschnitt, die Stirn verdeckend. Jeder hatte eine elektrische Gitarre. Sie spielten kein Intro, sondern fielen sogleich in ihr Material, das sie – so war es angekündigt – improvisierten. Sie spielten ihre Gitarren, als wären sie Waffen, und sie selbst kämpfende Samurais. Hinter dem Lärm entstand nur allmählich so etwas wie ein Rhythmus, die Andeutung irgendeiner Art von Absicht. Orlando warf mir gelegentlich Blicke zu. Wir hielten das eine Viertelstunde aus und fanden uns dann in der Lounge wieder. Durch das Glas hörte es sich an wie der Krach einer Maschine, die sich in einem unaufhaltsamen Fehllauf selbst zerstört.

Dionysos, komm raus, du bist umzingelt, sagte Orlando und sah prüfend zu mir herüber, ob ich verstand, denn beim Inder hatte er mir ausführlich berichtet, wie er in Oxford, allein und besessen, *Die Geburt der Tragödie* gelesen hatte.

Die Pflichtlektüren des ersten Jahres hatte er mit großem Ernst bewältigt, die Griechen staatsfixiert, die Franzosen blumig, die Engländer klapprig gefunden und war dann auf Nietzsches Frühwerk gestoßen. Er hatte mir vom dunkel glühenden Dionysischen und vom sonnengleichen Apollinischen berichtet und mich als verkappten Engländer bezeichnet, weil ich nicht willens war, Begriffe als solche aufzufassen, sondern sie in einem Beispiel illustriert haben wollte. Ob ich ihn – oder Nietzsche – richtig verstanden hätte, wenn ich die Beatles als apollinisch und die Stones als dionysisch bezeichnete?

Apollinisch wäre das richtige Wort für Gayle gewesen! Es war unglaublich, wie sie die Menschen heiter stimmte, nicht lustig, sondern heiter. Sie war auf eine Weise fließend mit Kindern, wie das wenigen Erwachsenen gegeben ist. Es war Teil ihres Charakters. Weder machte sie einen auf Babytalk, noch dirigierte sie die Kinder, die eigenen oder die von anderen. Kathy war bei ihr immer gut aufgehoben. Man merkte das kaum, wenn Gayle die Ebenen wechselte; sie strengte sich nicht an, zu einem kleinen Kind zu sprechen und gleichzeitig mit einem Erwachsenen. Ich glaube, deshalb hatte sie es nicht mit Katzen, weil Katzen es gernhaben, wenn man für sie gurrt und flötet. Die Griffith hatten einen Labrador – Matthew hat ihn heute noch.

Ich würde so weit gehen zu sagen, dass sie daran gestorben ist, an dieser Ausstrahlung, die sie hatte.

Ihrer Aura, sagte Orlando.

Ja, so was, sagte ich. Stell dir das vor, du bist ein junger Arzt und arbeitest in einer dieser schrecklichen Polikliniken. Zu lange Schichten und zu viele alte Leute, schwere Fälle und Siechtum dabei. Dann kommt so eine in deine Sprechstunde, sie ist mit dem dritten Kind im vierten Monat schwanger. Da sitzt sie vor dir mit ihren wunderbaren hellen Brüsten, die du abtasten musst, Routine, du spürst die Hormone, aber deine musst du unterdrücken. Ein Lichtblick im Arbeitstag. Und du versagst, weil du jung bist und den Widerstand nicht spürst, das winzige Ding, das da nicht sein darf. Sie ist das Apollinische in Person, später deine meistbedauerte Krebspatientin, und dann ist sie tot.

Zugegeben, das ist der Einfühlung in die Dinge der Ärzteschaft vielleicht zu viel. Ich habe sie aber tatsächlich einmal gesehen; ihre Brüste, meine ich. In Deutschland wäre das ganz normal gewesen, da geht man zusammen nackt baden. In England herrscht der Witz, der Witz herrscht über alles. Der ist in Wirklichkeit die Peitsche.

Männer sind Masochisten, Frauen hysterisch, murmelte Orlando. Ich sah ihn erstaunt an, aber er schien keine Zustimmung zu erwarten.

Es war schon verrückt, wie es dazu kam, und Folgen hatte es auch nicht. Später habe ich mich manchmal gefragt, ob diese Begegnung tatsächlich stattgefunden hat oder ob es ein Traum gewesen war. Ich war am Ende nah dran, sie selbst zu fragen, aber es war zu schwierig, zu schmerzhaft, weil sie ja Brustkrebs hatte. Nicht operiert, denn dafür war es zu spät, als er entdeckt wurde.

Die Griffith haben eine Hütte am Windermere-See. Das ist nur eine Stunde von Carlisle, aber mehr als vier Stunden von hier. Wenn wir sie treffen wollten, mussten wir selbst eine Hütte mieten, denn die Dinger sind klein. Oder wir bekamen die Hütte ihrer Kollegin, einer Lehrerin an derselben Schule wie Gayles. Es ging immer hoch her. Ein Badestrand – bescheiden, aber sandig –, ein billiges Restaurant beim Campingplatz, Kinderkarussell in der Ortschaft, Grillfest, Vergnügungsdampfer und all das. Reiner Zufall, dass ich einmal in die andere Hütte trat, gegen Abend; die Türen standen offen, man klopfte nicht. Ich ging rein und sah Gayle von hinten, wie sie sich einen Pullover überzog. Nichts drunter, so viel hatte ich mitbekommen. Sie lächelte etwas verwegen und setzte sich auf das alte Sofa, ich blieb stehen. Mir fiel plötzlich eine Filmszene ein, die ich im Winter gesehen hatte, in einem Winterfilm. Eine etwas bedrückende Geschichte über den Alltag in einer verfallenden amerikanischen Kleinstadt, aber sehr leicht erzählt. Melanie Griffith spielt die Ehefrau eines bulligen Unternehmers, Bruce Willis, der am Ort alle plattmacht. Sie hat Mitleid mit einem ergrauten Loser, das ist Paul Newman. Etwas mehr als das, er ist charmant, er gefällt ihr. Einmal tritt er in ihr Büro ... Das fiel mir ein, kein Zufall, weil Gayle denselben Familiennamen hatte und auch blond war. Wie aus heiterem Himmel, wir waren allein, fragte ich Gayle, ob sie *Nobody's Fool* gesehen habe. Die Frage barg kein echtes Risiko, denn wenn sie gefragt hätte, nein, warum?, wäre mir schon etwas eingefallen. Das hätte ich irgendwie beiseitegewischt. Stattdessen sah sie mich an, fragend, und hob ihren Pullover hoch.

Im Film kommt Sully, der ältere Loser, eben Paul Newman, ins Büro des Unternehmers. Das Gespräch ist eine Art Geplänkel um Jobs, die Sully braucht, aber nicht mehr will. Er hat, durch einen Zufall, seinen Enkel dabei, der sich im Türrahmen halb versteckt. Die beiden ziehen bald ab, aber der ältere Herr kehrt noch einmal allein zurück. Das ist eine Gewohnheit von ihm – er will sich sowohl bemerkbar machen als auch flüchten, beides. Und in dieser zweiten Szene am gleichen Set hebt sie ihren Pullover für ihn, und zwar so, dass sie dabei ihr Gesicht nicht bedeckt, und für kaum eine Sekunde. Es ist ein Geschenk für den Loser, der natürlich in sie verknallt ist, und eine kalkulierte Rache am Ehemann, der, und das meint die Zurschaustellung auch, eben ein Arsch ist und sich für seine wunderschöne Frau schon lange nicht mehr interessiert. Gayle also, in der Hütte, machte das, was Melanie Griffith gegenüber Paul Newman im Büro macht. Sie machte es genau nach, nämlich sehr kurz und doch gründlich. Der Pullover war wieder unten, sie lachte und sagte, meinst du das? Ich hätte jetzt anfangen müssen zu stottern, mindestens, aber das tat ich nicht. Ich musste einfach mit ihr lachen und habe gesagt, ja, das. Und schon kam ein kleines Kind in die Hütte und rief, wo bleibst du denn?, und tatsächlich ist es im Film Sullys kleiner Enkel, der etwas Ähnliches ruft, aus dem Vorraum des Büros, komplett ahnungslos. Bizarr, oder?

Im Alten Testament, wenn ein Mann stirbt, kommt die Witwe zum Schwager. Sie wird seine zweite Frau. Das ist aber kein klassischer Harem, die Schwestern konkurrieren nicht. Ihre Ähnlichkeit ist Teil ihres Eros. Ich habe diese kleine Schwester von Barbara ein bisschen mit geliebt.

Wenn so jemand stirbt, ist es, als wenn ein Baum ausgerissen wird. Eben war er noch Teil der Elemente, Himmel und Erde, Licht und Schatten, dann liegt er da und stört. Es gibt vielleicht woanders auch schöne Bäume, aber das spielt keine

Rolle im eigenen Garten. Wo zuvor der Baum gestanden hat, ist es nachher öde. Sie fehlt, verstehst du, im Lebensgarten Barbaras. Alles gehörte zusammen, die Kinder, das Wasser, die Musik, und ich fühlte mich als Teil dessen, verwachsen mit den anderen, ein tropisches …

Paradies?, fragte Orlando.

Ich antwortete nicht. Ich dachte an Gayle. Ich dachte an Barbara. Ein Dschungel, sagte ich. Es war ein Dschungel.

Orlando sah mich an wie einen Clown, der seine Nummer verpatzt hat.

Es hat angefangen mit einem Simon, sagte ich. Oder Peter.

Was hat angefangen, fragte Orlando unwillig. Mit einem Simon. *Oder* Peter?

Erst hieß er Simon. So wurde er uns vorgestellt. Ein ziemlich anziehender Mann aus Newcastle, obwohl er nicht so sprach. Schmal und mit intensiven Augen; er hätte ein Bruder von Sting sein können. Es war die Zeit, in der fast alles klappte und vieles möglich schien, der Thatcherismus war am Ende und London plötzlich total angesagt. Wir hatten uns zwar ziemlich verschuldet, aber waren uns unserer Sache sicher, Turnstyle Movies war gut in Schuss und Barbara längst angestellt beim University College of London. Insofern passte Simon gut, weil er sehr beschwingt und optimistisch wirkte. Er kam in unser Leben als Bekannter eines Freundes einer Freundin von Barbara, eine Bereicherung, ein toller Erzähler. Und praktisch auch: Einmal hatten wir ein Problem mit einer abschüssigen Terrasse, und wir haben ihn gefragt, denn er war uns als Bauingenieur vorgestellt worden. Tatsächlich wusste er, wie man das löst, mit Abtragen und wieder Aufschichten, nicht einmal tausend Pfund das Ganze.

Kathy war vier. Simon hat einige Male auf sie aufgepasst, sie mochte ihn. Um Ostern habe ich ihn gefragt, ob er uns zu einem Gottesdienst in St. Paul's begleiten wolle – ein christlicher Rest bei Barbara und mir, und wir wollten nicht, dass Kathy den Kontakt zu den großen Traditionen verliert. Von wegen Traditionen, gerade ist Kathy Pfadfinderin geworden. Simon jedenfalls antwortete, er sei Buddhist. Praktizierend?, fragte ich. Praktizieren sei nicht das Wort, das man im Buddhismus verwende, sagte er. Das komme von seiner Mutter her, und seitdem er aus Newcastle weggezogen sei, habe er damit nichts mehr zu tun gehabt. Wegen St. Paul's habe ich dann nicht mehr nachgehakt. Okay, Buddhist – warum nicht?

Wir haben damals zweimal im Jahr eine Party geschmissen, auch gelegentliches Grillen im Garten und eine Einladung in der Adventszeit. Kathys Geburtstag wurde sowieso gefeiert. Simon war oft dabei. In der Tat haben wir ihn fast immer eingeladen, aber er sagte auch ab, und zwar sehr kurzfristig, was uns schon irritiert hat, aber er war ja kein enger Freund.

Irgendwann fielen uns gewisse Details auf. Er fuhr einen uralten Vauxhall, erwähnte aber bei Gelegenheit, sein Fahrzeug für die Baustellen sei ein Land Rover. Nach dem College war er ein Jahr durch den Fernen Osten gereist. Von ihm stammten die Berechnungen für die Magnetschwebebahn in den Docklands. Er kannte Richard Rogers persönlich. Alles, was er erzählte, wurde aufs farbigste ausgeschmückt. Eines Abends trafen wir ihn auf einem Fest von Barbaras Kollegin Dorothy, zu ihrer Promotion – sie hatte sich nicht gerade beeilt, da war Geld im Hintergrund. Die Party fand statt im Golden Fleece, das ganze Restaurant gemietet, ein sehr üppiges, natürlich griechisches Buffet, aber trotzdem zeitgenössisch, Prosecco und so. Da hört Barbara, wie jemand nach Peter ruft, und Simon dreht sich um. Keine Irritation bei dem, der gerufen hatte. Den fragte Barbara später, woher er denn Peter kenne, und der sagt: aus Cardiff, wo wir zusammen zur Schule gegangen sind. Sie fragte nach, und siehe da, Simons oder Peters Mutter war keine Buddhistin, sondern bei Scientology. Okay, sagten wir uns erst einmal, er hat ein Problem mit seiner Herkunft. Natürlich haben wir überlegt, was man da macht, ob Barbara Dorothy einweihen muss, die dann wiederum mit jenem Freund sprechen würde, der ihn ursprünglich mitgebracht hatte, und am Ende dieser kurzen Leitung wäre dann Showdown für Simon Peter. Aber wer weiß, vielleicht wussten die davon, fanden das amüsant, und wir wären dann die Spielverderber gewesen, asozial dazu, weil wir den Borderliner ausgrenzten.

So geschah erst einmal nichts, bis zu einem Event im Finsbury Park. Der Park war ziemlich runter in den neunziger Jahren, und eine Bürgergruppe hatte sich engagiert, um ihn wiederzubeleben. Die organisierte ein Festival unentdeckter Barockmusik oder so ähnlich, hohe Eintrittspreise, um Mittel zu beschaffen. Wir dabei mit Kathy und Picknickkorb. Da tauchte Simon wieder auf, und als wir später darüber sprachen, mussten wir uns eingestehen, dass wir gar nicht sofort an den Peter gedacht hatten, den Peter aus Cardiff. Wir hatten quasi zurückgestellt auf Simon, und er hörte ja auch auf diesen Namen. Er war, wie gesagt, locker und freundlich, und weil es an dem Tag um Musik ging, hatte er einige Musikanekdoten parat. Etwas über ein Opernhaus mitten im brasilianischen Urwald. Ein Orchesteranekdötchen, das mit einem Sturz vom Pult zu tun hatte, die Kinder hingen ihm an den Lippen. Er fühlte sich wohl als Simon. Er war allein und kannte viele, wechselte von einer Familie zur anderen und war überall willkommen. Am Abend verabschiedete er sich von Kathy, nannte sie aber Alkmene. Was ihr zweiter Vorname ist, wie du weißt, den sie allerdings nie, niemals benutzt hatte. Sie war inzwischen eingeschult, Katherine, basta. Wie war es nun diesem Simon gelungen, sie dazu zu bringen, ihren anderen Namen preiszugeben?

Was dann passierte, kann ich dir kaum erzählen, Orlando, weil ich in der Lage sein müsste zu sagen, dieses kam zuerst und jenes später. In meiner Erinnerung ist das eher wie ein Reigen. Ein Formenkreis. All das fand statt in Kathys Grundschulzeit, so viel steht fest. Jedenfalls waren wir uns nicht einig, was die Alkmenesache betraf. Ich hatte das Gefühl, Simon sei in Kathys Intimsphäre eingedrungen, weil sie offensichtlich etwas verraten hatte, was sie nicht hatte verraten wollen. Für Barbara war das überhaupt kein Problem: Es war schließlich der Name, den sie unserem Mädchen mitgegeben hatte. Ich aber sah eine Verbindung zum doppelten Namen Simons. Als wollte er sie in sein Schizoding reinziehen. Aber ich kam nicht so weit, das auszusprechen. Ich war an einem Wochenende oben in Scarborough, eine unserer Sneak Previews, und ich musste den Ehrengast kutschieren. Es entstand eine Notsituation für Barbara, was das Babysitten anging, und nachdem sie einige Absagen kassiert hatte, rief sie Simon an. Der kam, alles lief glatt, und Kathy war zufrieden.

Mit der Einschulung veränderte sich vieles, nicht nur für sie. Vorher kennt das Kind vielleicht fünfzig Namen, Vor- und Familiennamen, nicht immer beides. Plötzlich sind es wie viele? Zweihundert? Die Lehrer, die Schulkameraden, die Mädchen von der Musikschule, die Mütter der anderen Kinder, die Väter, die Stief- und die Ersatzväter; es gibt Straßen- und Zufallsbekanntschaften. Und woher soll ich als Vater wissen, wer all diese Leute sind? Man kann schließlich nicht einen Kongress einberufen, zu dem alle Menschen erscheinen müssen, die mein Kind kennt. Man versucht also, die Namen zu behalten, aber bei achtzig Prozent weiß man überhaupt nicht, wie die aussehen.

Solange es den Kokon gibt, ist alles überschaubar. Interessant wird es danach. Was für ein Geschenk, all diese Töne und Farben. Die tollen Momente und die Peinlichkeiten. Es ist nicht nur so, dass die Welt des Kindes auf einmal genauso groß ist wie die der Erwachsenen. Das Ganze wuchert. Wer alles wen kennt – und nicht kennt! Keine Fernsehserie kann so etwas darstellen.

Die großen Gesichter, auf die wir im Kino immer starren, sind ja eigentlich wir. Wenn es um Gefühle geht, verstehen wir vielleicht sechs Menschen oder vier oder drei, oder nur noch uns selbst. Oder nicht einmal das. Ich meine, ich erzähle dir hier die Geschichte über einen Peter, einen Simon, aber eigentlich geht es um Gayle. Es war genau die Zeit. Zwei Jahre von der ersten Diagnose bis zu dem Tag, als sie starb. Das ist, als wenn einer mit dem Messer in dich fährt und etwas herausschneidet. Du bist nicht mehr du selbst. Du als Einzelner, als Paar, als Familie. Du denkst immer noch, hier ist mein Kopf, dort sind meine Füße, das sind meine zwei Arme. Aber das stimmt nicht, nichts ist mehr am Platz.

Orlando sah mich sorgenvoll an. Wahrscheinlich hielt er mich für betrunken, und das war auch nicht ganz falsch.

So eine Diagnose kommt nicht auf einmal, sagte ich, sondern in Phasen. Eigentlich ist von vornherein alles klar, wenn es heißt, es werde nicht operiert. Bei einem eher jungen Menschen und mit einem Krebs, der schnell wächst, kann das nur bedeuten, dass es zu spät ist. Aber es wird nicht so dargestellt. Angeblich kann man aufhalten, eingrenzen, kontrollieren. Die Betroffene glaubt dran, weil sie muss. Dann fällt sie ins Nichts.

Ich glaube, Kathys drittes Schuljahr war fast vorbei, als Finn mich fragte, ob ich zum Festival in Seattle reisen wollte. Das war immer mein Traum gewesen, viel besser als Berlin oder Cannes, außergewöhnliche Filme, und die Stadt einfach magisch, die Berge im Rücken und zu Füßen das Wasser. Wenn man etwas davon haben will, fährt man für zehn Tage, also die erste Hälfte oder die zweite, denn die volle Länge zu bleiben ist unmöglich. Ich habe natürlich nein gesagt, weil ich ahnte, dass Barbara mich brauchte, aber Finn konnte in dem Jahr selbst nicht fahren und gab einfach keine Ruhe. Dann die große Überraschung, du ahnst es. Wer war auch das erste Mal in Seattle? Genau. Anu.

In England war irgendein verlängertes Wochenende, und Gayle nahm die Kinder und fuhr mit ihnen zum Windermere-See. Man konnte so eben gerade baden. Barbara hatte die Zusage für eine eigene Hütte; ich war schon weggeflogen. Zwei Stunden bevor sie fährt, kommt Kathy von der Schule nach Haus. Sie erzählt, sie habe vorm Starbuck's Simon getroffen. Er habe gesagt, das sei ja toll, zum Lake Windermere, da würde er direkt gern mit. Kathy ist Feuer und Flamme. Allerdings weiß sie auch nichts vom hoffnungslosen Zustand ihrer Tante. Und Barbara denkt, günstig, ich bring einen Spinner mit, einen Kinderonkel, und wir Schwestern haben wenigstens ein paar Stunden für uns allein. Wer weiß, was sie noch dachte. Oder was ich mir dachte, in Seattle, mit Anu. Ich dachte wahrscheinlich, das ist schön weit weg. Ein letztes Mal. Das zählt nicht.

Kurz nach Windermere war Simon wieder Thema, von wegen, denn nun wussten wir, er war weder Bauingenieur noch hatte er einen Land Rover, aus Newcastle war er nicht und Buddhist nie gewesen. Er konnte nämlich, als ich ihn fragte, den Bodhisattva nicht einordnen. Das ist die Figur der Erleuchtung. Selbst bei Kathy gab es eine Spur bitteren Zweifels. Nennt er dich immer noch Alkmene?, hatte ich sie gefragt, und sie hatte seine butterweiche Art zu sprechen in verblüffender Weise nachgemacht: Alkmene, ich glaube, du darfst heute Nacht mal in der Hütte bei deiner Tante schlafen.

Es konnte doch kein Zufall sein, dass Kathy mir *das* mitteilte, auf die *eine* Frage hin – ein Kind noch, klar, aber auch Kinder begreifen, wo Lug und Trug beginnt. Barbara, die doch zuvor Simon für Simon genommen hatte, fand ihn nun zweifelhaft, und Kathy murrte, dass das ein komischer Typ sei. Sie zogen also am gleichen Ende des Strangs. Zu gern hätte ich gewusst, ob Barbara sich für ihr Abenteuer einen Kandidaten gesucht hatte, den man hinterher locker loswird, weil man seine größte Schwäche kennt. Mit Simon ins Bett und dann den Peter nicht mehr ins Haus lassen. Aber sie hatte auch den bestmöglichen Augenblick gewählt, das muss ich ihr lassen.

Barbara hatte mich nämlich in einer BBC-Reportage über das Festival in Seattle entdeckt, die Verleihung der Ehrennadel an ich weiß nicht mehr wen, und sie fragte so ganz beiläufig, wer denn die dunkelhaarige Frau gewesen sei, die dicht bei mir gestanden habe im Festsaal. Sie hatte ja Anu nie gesehen. Und ich: keine Ahnung. Ich weiß gar nicht, was mehr wehtat, Barbara zu belügen oder Anu zu verleugnen.

Plötzlich schienen die Haltungen zu Simon vertauscht. Mir war der Peter aus Cardiff unheimlich gewesen, während Barbara in der doppelten Identität etwas Poetisches gesehen hatte. Jetzt war ich geneigt, ihn zu verteidigen, was auch immer meine Motive waren. Wahrscheinlich wollte ich Barbara mit dem Thema quälen, um meine eigenen Skrupel zu verdecken. Was ich mir selbst übelnahm, war, dass ich Kathy da nicht rausgehalten hatte. Mir schien, sie habe ihre Unschuld verloren wegen uns. Ich hätte es auch Barbara übelnehmen können, denn sie hatte sich schließlich in eine Hütte zurückgezogen, mit Simon Peter allein, aber das war es nicht. Irgendwie fühlte ich mich verantwortlich.

Gar nicht zu reden von Gayle. Der noch günstigere Fall einer in absehbarer Zeit sterbenden Zeugin. Die ich natürlich beobachtet habe, in den wenigen Tagen des Sommers, die wir dann am Windermere-See verbrachten. Aber Gayle war für dunkle Hinweise und Abrechnungen ganz die falsche. Wie gesagt, sie war wie ein Licht, man sah sie und wurde selbst heller. Und dann …

Melanie Griffith, warf er ein.

… genau. In ihrem vorletzten Sommer, als noch Hoffnung war.

Kann ich mir gut vorstellen, sagte Orlando.

Eben. Sie wollte mich nicht verführen. Sie wollte mich trösten. Ihre schon kranke Brust, aber wunderschön, man sah das nicht, überhaupt nicht. Sie war das Leben selbst.

* * *

Als Gayles Tod näher rückte, war Barbara längst eine gefragte Expertin für Tränen, für weinende Männer und Frauen vom dreizehnten bis ins zwanzigsten Jahrhundert, in England und auf dem Kontinent. Dabei ist sie selbst gar nicht nah am Wasser gebaut. Sie weint noch nicht einmal im Kino. Das habe ich erst im Lauf der Jahre bemerkt, denn anfangs, das habe ich dir erzählt, Orlando, hatten wir gemeinsam unter dem Mond von Holborn geweint, und nur, weil wir uns gefunden hatten.

Das sollte eine Ausnahme bleiben, und selbst Kathy hat etwas Stoisches, darin ist sie der Schatten Barbaras. Das, was bei Gayle das Leuchten war, ist bei Barbara die Unerschütterlichkeit. Sie, die Ältere, war einstmals ausgezogen, um es der Welt zu zeigen. Gayle hatte sich in Carlisle eingerichtet am heimischen Feuer und würde immer da sein. Aber von wegen. Es war die fünfte oder sechste schlimme Nachricht gekommen innerhalb dieser zwei Jahre. Eine dieser Gewalttherapien musste abgebrochen werden – wegen der Nebenwirkungen, wie sie sagen. In Wirklichkeit gehören die zum System. Betriebswirtschaftlich wäre das so, als wenn du Insolvenz anmeldest, und dann heißt es, das Einzige, was dir jetzt noch helfen kann, ist ein ganz, ganz großer Kredit. Auf den eigenen Namen.

Unbegreiflich, die Kunst ist voller schrecklicher Tode: Kreuzigung, Krieg, Enthauptung, Lynchen, Hunger, Pest, das volle Register, nun aber wartete man auf ein Wunder. Einmal hat Barbara zu mir gesagt, ich hätte Gayle aufgegeben, so als stünde es in meiner Macht, sie leben zu lassen. Dabei war ich dreimal in Carlisle in jenem Herbst. Erst war aus Gayles Gesicht die Farbe verschwunden, das Honigfarbene war weg. Dann verlor sie rapide an Gewicht, und schließlich hatte sie Mühe, ganze Sätze herauszubringen. Wie hätte ich auf Barbaras Vorwurf antworten können, ohne ihn umzukehren, also sie für ihre Hoffnung zu tadeln?

Das war ein anstrengender Herbst, acht oder zehn Kinostarts, und wir führten ernsthafte Verhandlungen mit einem deutschen Verleih darüber, englische Filme in deutschen Kinos zirkulieren zu lassen, und zwar im Original. *The Full Monty* – du weißt schon, die arbeitslosen Männer, die eine Nacktrevue starten –, dieser Film hatte den Durchmarsch gemacht, und wir wollten die Chance nutzen, etwas zu tun gegen die deutsche Gewohnheit, synchronisierte Filme zu zeigen. Entweder untertitelt oder das reine Original, das sollte mindestens in deutschen Unistädten doch durchzusetzen sein. Trotzdem habe ich versucht, präsent zu bleiben zu Haus, und oft habe ich sogar Barbara zum Mittagessen getroffen oder von der Uni abgeholt oder beides, weil ich spürte, wie die Stunde näher kam. Und ich hoffte, da zu sein, wenn Kathy vom Tod ihrer Tante erfahren würde. An jenem vierzehnten November, eigentlich kurios, fuhr Barbara ganz normal mit mir zur Universität, ich setzte sie dort ab. Tatsächlich war ihre Schwester am selben Morgen schon gestorben, was aber Barbara noch nicht wusste, denn es hatte zwischen Matthew und ihren Eltern ein Missverständnis gegeben, oder ein Zögern, das war später nicht mehr aufzuklären. Am späten Nachmittag trat ich in Barbaras Sprechzimmer, um sie abzuholen, ein kleines, heruntergekommenes Dachgeschosszimmer mit Aussicht auf den Gordon Square. Sie war erschöpft von den Lehrveranstaltungen oder einfach von der ganzen Situation. Eine letzte Studentin wurde gerade aus der Beratung entlassen, Barbara grüßte mich flüchtig, wählte eine Nummer, ich wusste, dass sie in Carlisle anrief, mit der entsprechenden Sorge und Entschlossenheit. Sie verstummte am Telefon, hauchte nur noch, ja, ja, ich melde mich gleich …, hängte noch nicht einmal das Telefon korrekt ein und ließ sich vom Stuhl fallen, schreiend, und begann, mit den Fäusten auf den Dielenboden zu schlagen.

Auf den Knien, vorgebeugt, hin und her, vorwärts, mit dem Kopf bis an die Wand, und auch wieder rückwärts, wie eine Raupe auf Speed. Sie weinte, und sie schrie. Die Dielen liefen in zweierlei Richtungen, mit keilförmigen Ritzen dazwischen und sichtbaren Nagelköpfen, und es sah so aus, als sei sie fest entschlossen, das Holz mit den eigenen Fäusten flächendeckend in Position zu klopfen. Ich habe erst einmal das Naheliegende getan, das Telefon eingehängt, sie von oben an den Schultern gepackt, versucht, sie mit Worten zu beruhigen, klar, aber ich konnte nicht zu ihr durchdringen. Ihr Körper war amphibisch, hart und flexibel zugleich, schlüpfrig, würde ich aus der Erinnerung sagen, wahrscheinlich einfach durchgeschwitzt, und man sah, wie sie sich wehtat. Ich sah das. Gerade noch waren wir allein gewesen, da ging plötzlich die Tür auf, und die letzte Studentin aus der Beratung war wieder da, eine halb asiatische Gestalt, wie Porzellan, mit einem Formular unter dem Gummiband ihrer Mappe, die sie wie ein Tablett vor sich hielt. Die hatte natürlich keine Ahnung, was überhaupt los war – eine Ehekrise im großen Stil vielleicht? –, war aber keinesfalls peinlich berührt, sondern beobachtete im Gegenteil Barbara mit einer gewissen Neutralität oder Kälte, so als wäre sie auf der Suche nach ungewöhnlichen Motiven und nun durch Zufall auf eines gestoßen:

eine amphibische Furie des zwanzigsten Jahrhunderts, die nur noch zugeordnet werden musste, den Ertrinkenden auf dem Floß, dem Munch'schen Schrei. Dafür brauchte das Porzellanmädchen einige Sekunden, dann sah es mich an mit einem bohrenden Blick, den es sogleich wie ein Höfling senkte. Die Tür schloss sich, und wir waren wieder allein.

Ich war unfähig einzugreifen, weil ich mich nicht entscheiden konnte, ob eine Kaskade tröstender Worte das Richtige sei oder schlichtweg eine physische Disziplinierung. Mich beschlich der Verdacht, dass dies bereits nicht mehr die Klage war über den Tod der Schwester, sondern die natürliche Reaktion auf den Schmerz, den sie sich selbst zufügte. Ein Kreislauf mit sich steigernder Energie. Während die Tür wieder aufging, läutete das Telefon. Es war ein junger Kollege, der herbeigeeilt war und der, anders als ich, keinen Moment lang zögerte, also zu Barbara stürzte und mit sehr viel Kraft einen ihrer Arme griff, mit mäßigem Erfolg, weshalb er zu mir aufschaute, so dass mir wiederum nichts übrigblieb, als den anderen Arm zu packen. In der Schwimmrettung wird gelehrt, dass der Ertrinkende dazu neigt, seinen Retter unter Wasser zu ziehen: Man muss den Arm nach hinten drehen, wobei wir nicht stark genug waren oder noch nicht genug Willen aufbrachten, sie festzuhalten. Sie schlug immer wieder mit der Stirn auf den Boden, während das Telefon noch läutete, ein altmodischer Rufton wie klimpernde Schellen. Bis es dann schwieg, hatten wir sie einigermaßen im Griff, kein Zweifel, wir taten ihr dabei weh bis zu dem Augenblick, in dem ihr Widerstand brach, ein jäher Wechsel von einem gepanzerten zu einem willenlosen Körper, wimmernd, während sich auf ihrer seidenglänzenden Hose, Gil Sander oder so, zwischen den Beinen ein nasser Fleck bildete.

Was nun Kathy betraf, zeigte es sich als Nachteil, dass wir sie nicht vorbereitet hatten, beschäftigt mit uns selbst und unseren absurden Heimlichkeiten. Kathy wandte sich komplett nach innen, sprach- und tonlos, sie fragte noch nicht einmal, warum die Hände ihrer Mutter verbunden waren und die Stirn blau geschwollen. Mein Gott, hatte Barbara sich wehgetan. Auch hatten wir bis dahin unsere Uneinigkeit, was Kathys Zuneigung zu diesem gewissen Chris Smith betraf, nicht ausgetragen. Barbara misstraute inzwischen der ganzen Familie. Ich war mir sicher, dass Kathy dem Jungen stundenlang erzählte, was sie zu Hause verschwieg. Genau das fürchtete wahrscheinlich Barbara, während ich mir dachte, das kann doch nur gut für sie sein.

Damals hatte Kathy begonnen, Tagebuch zu führen. Es sah nicht aus wie ein Tagebuch, sondern eher wie ein Poesiealbum, klein und quadratisch, mit einem Rosenmustereinband aus Kunststoff und einem goldenen Verschluss, den man auf- und zuknipsen konnte. Dieses Büchlein verbarg sie in ihrer Schreibtischschublade ganz hinten, und wenn sie ihre Eintragungen machte, nach dem Abendessen und vor dem Schlafengehen, schloss sie die Zimmertür. Sie ließ nicht mehr darüber wissen, als dass sie täglich eine Seite beschrieb, das kam ihr wohl richtig vor, ein Tag im Leben passte genau auf eine Seite, oder eine leere Seite wartete auf die Geschehnisse eines neuen Tags.

Nach dem Tod der Schwester stürzte sich Barbara in die Arbeit. Na ja, eigentlich machte sie genau dasselbe wie in den Jahren zuvor. Nur war sie noch besser organisiert. Es lag nun ein gewisses Kalkül in jeder Frage, jeder Recherche, in den theoretischen Schlachten, die man führte oder die man mied. In einer ihrer Fachzeitschriften wurde sie angegriffen, in einer Reihe mit anderen Namen, Amerikaner, Deutsche, und es hieß, diese Leute betrieben den Umbau der Kunstgeschichte in eine Kulturwissenschaft. Was dem Autor gar nicht passte. Aber aufhalten konnte er es auch nicht. So gesehen, war Barbara keine einsame Spezialistin mehr mit ihrem Thema. Es riefen Radiosender an, die von ihr wissen wollten, warum Paul Gascoigne auf dem Spielfeld weint und ob das in Ordnung sei. Mir war das unheimlich und ist es noch immer. Wenn du eine Frau heiratest, die etwas von Bildern versteht, die sich in Bilder versenken kann – vielleicht sogar muss –, dann ist das eine Sache. Ich fand das romantisch. Und mit einem Mal ist sie für die ganze Nation die Frau mit den weinenden Männern. Ein Interview mit Foto in der *Sun,* und das hört nie mehr auf.

Und einer von ihnen war ich, auf der Beerdigung in Carlisle, zum Beispiel. Es war sehr bewegend, Matthew zu sehen mit den kleinen Kindern. Aber er weinte nicht; die Kinder, Barbara und ihr Vater auch nicht. Die Schwiegermutter schon; und Kathy, wie soll ich sagen, so unterdrückt, als würde sie sich dafür schämen; und eben ich, ich habe geweint, so sehr, dass etliche unter den Trauergästen – Schüler ihrer Schule – glaubten, ich wäre der Ehemann gewesen. Worum auch immer ich geweint habe in jener Zeit, Orlando. Du wirst es wissen.

Baracke

Wie immer war der Druck vor den Sommerferien am größten, weil auch die Leute vom Verleih verreisen wollen, die Kinostarts aber durchlaufen. Finn hatte mir versprochen, den Firmenwagen am Morgen bei uns zu Hause abzuliefern, eine gewöhnliche Abmachung, um Wege zu sparen. Denn ein bisschen war ich doch der reisende Vertreter geworden, zumal für die Londoner Kinos, die ganze Ladefläche voll mit Filmschachteln. Um Viertel nach sieben morgens rief Finn an, er könne nicht kommen, schicke aber jemanden mit dem Auto vorbei. Und wer stand um halb acht bei uns vor der Tür? Orlando.

Es war unmöglich, die Situation nicht als Prüfung zu verstehen. Unmöglich, den Wagenschlüssel entgegenzunehmen und die Tür hinter ihm zu schließen. Ich bat ihn also rein, und wenig später saß er auf unserer Terrasse, die am Morgen im Schatten liegt, wegen der Mauer zum benachbarten Parkplatz. Ich weiß noch, wie ich alle Energie in mir speicherte für den Moment, in dem er Barbara begegnen würde. Sie kam, mit der Teekanne in der Rechten, die sie auf dem runden Metalltisch abstellte. Dann reichte sie ihm die Hand, mit vollendeter Leichtigkeit, als hätte sie auf ihn und niemand anderen gewartet. Kathy war auf dem Klo, das man rauschen hörte; dann stand sie zögernd auf der Schwelle zur Terrasse, wartend, bis Orlando, der halb abgewandt saß und an seinem Tee nippte, sie bemerkte. Ich fragte mich, wie es wäre, Katherine mit dreizehn zum ersten Mal zu sehen. Er sprach leise und ehrte jeden von uns mit seiner schwebenden Aufmerksamkeit. Nicht ein Hauch war zu spüren davon, was er alles wusste über dieses Haus und seine Bewohner.

Dies war der Morgen eines langen Tags, und am Ende meiner Tour kehrte ich müde ins Büro, Little Turnstile, zurück. Ich war nicht im Geringsten vorbereitet auf das, was dann kam. Finn saß noch am Schreibtisch. Er hatte offensichtlich auf mich gewartet. Ob ich einen Moment Zeit für ihn hätte. Was sollte ich sagen, nein, Boss, ich bin auf dem Weg nach Haus? Es gebe Neuigkeiten. Der Filmverleih Sirius hätte vorgeschlagen, mit uns zu fusionieren. Ich ließ mich auf Finns Dienstsofa fallen. Schöne kleine Welt, die ich mir gebastelt hatte, dahin!

Bist du bereit?, fragte Finn. Natürlich hatte er sich einen Moment ausgesucht, in dem er von mir keine große Widerrede erwarten konnte. So sollte der Deal aussehen: Sirius würde mit allen seinen Rechten, seiner ganzen Infrastruktur Teil von Turnstyle Movies Distribution, wofür die Eigentümer im Gegenzug dreißig Prozent der Anteile bekämen. Gleichzeitig wollte Finn sein Risiko minimieren, vom Verleih abhängig zu sein. Er plante für den Fall, dass Sirius bei uns einstieg, einen Tausch von Anteilen mit Stanley. Was also hieß, dass Finn Anteile bekäme in der Abteilung Musikrechte und Produktion. Das einzige Problem: Orlando war dagegen.

Was kümmert euch Orlando?, rief ich. Seit wann fragt man den Prokuristen? Womit ich sagen wollte, bitte verschone *mich*.

Ich dachte, du wüsstest das. Turnstyle Music gehört ihm genau zur Hälfte. Unmöglich, dachte ich. Wie sollte mir das entgangen sein?

Okay, Finn, wo liegt meine Aufgabe?

Think big, Oliver! Stell sie dir selbst. Wir rechnen mit dir.

Ich rief Orlando an und verabredete mich mit ihm für den Sonnabend. In den folgenden Tagen ergriff mich eine große Unruhe. Hatte ich mich in Orlando getäuscht? War ich naiv gewesen? Hatte er diese Sache seit langem kommen sehen und letztendlich versucht, mich auf seine Seite zu ziehen? Was bedeuteten eigentlich unsere Wanderungen, die in den Osten geführt hatten, an den Rand der Stadt, ins Brachland? Liefen wir vor etwas weg, und wenn es so war, liefen wir vor demselben weg oder jeder vor etwas anderem? Musste man sich das so vorstellen, dass wir zwar nebeneinander gingen, aber in unterschiedliche Richtungen unterwegs waren? Ich überlegte, Barbara einzuweihen, tat es aber nicht. Ich war wie gelähmt.

Als ich die Hochbahnstation Hackney Wick verließ, sah ich zuerst niemanden. Dann winkte jemand im Schatten einer Lagerhalle. Das war Orlando. Ich wechselte die Straßenseite, gab ihm die Hand, und wir drehten uns automatisch stadtauswärts. Also …, sagte Orlando, und für einen Moment packte mich die Vorstellung, dass dies ein Zauberwort sei.

Wir passierten die schmale Brücke über den Kanal. Ich, der rechts von ihm ging, bog ein auf den engen Pfad, der südlich ins Gelände führte – zum wilden Markt. Orlando aber deutete geradeaus, und ich folgte ihm. Wir waren nun unterwegs nach Stratford. Orlando streckte seinen Arm in die Richtung grauer Konturen in der Ferne, aber ich verstand, dass er nicht auf etwas Bestimmtes zeigte. Er suchte nach Worten; nach den richtigen. London, sagte er, machte eine Pause und begann dann von vorn.

London lag danieder, verarmt und verschreckt vom Krieg, und die Männer, die ihr Leben gelassen hatten, waren zahlreich. Mitzi, meine Großmutter, war schwanger, und Paul versuchte sich als einsamer Tüftler in der Elektrik. Sein Cousin Karl, inzwischen Charles, lag ihm in den Ohren, sie sollten Straßenlampen produzieren, das wäre das ganz große Geschäft, aber mit welchem Material und für welchen Auftraggeber? Charles hatte es mit Geld, der hing gern mal eine Null dran, wo sie nicht war, und rauchte am Sonntag eine karibische Zigarre. Schließlich wagten sie es und gründeten eine Firma für Haushaltselektrik, Kapital fifty-fifty, ein Witz, denn diese Firma war nicht mehr als ein Schuppen mit Blechdach in einem Hinterhof mit einigen aus ruinierten Betrieben zusammengetragenen Maschinen zum Gießen, Schweißen, Löten, Galvanisieren. Material musste wiederverwendet werden, Zinkwannen, Kupferkabel, Fahrradspeichen. Um Arbeitslicht zu haben, bauten sie sich Pendelleuchten von einem halben Meter Durchmesser, sechs Stück. Ein erster Kunde wollte drei davon unbedingt haben, und er bekam sie; da wussten die beiden, was sie herstellen mussten. Es wurden hundertfünfzig Stück im ersten Jahr, erst nur aus Blech und Zink, später auch lackiert, weiß von innen und schwarz von außen.

Als Mitzi dazukam, produzierten sie schon in einer kleinen Werkhalle, über sich die eigenen Lampen. Paul hatte damals eine Wärmflasche aus Eisen aufgetrieben, die elektrisch zu erhitzen war, ein Vorkriegsprodukt. Um das Material zu verwerten, hatte er sie zerlegt und dabei, wie es seine Art war, den Bauplan nachgezeichnet. Einige Tage spielte er mit dem Gedanken, so ein Ding in Serie gehen zu lassen, schließlich würden die Wohnungen noch über Jahre kalt sein, Brennmaterial teuer, die Rollfenster undicht. Mitzi schlug ihm vor, aus dem heißen Eisen eine warme Decke zu machen. Wie man Stoff weben konnte, glaubte sie, konnte man auch Drähte flechten. Es dauerte mindestens ein halbes Jahr, den Prototyp zu entwickeln, und Charles hatte dazu nichts beizutragen.

Bei Harrods erinnerte sich der Chefeinkäufer an die imposanten Stoffe, die sie vor dem Krieg geliefert hatten. Die Geschäftsbeziehungen wurden wiederaufgenommen; eine Order von hundert Stück des neuen Produkts, zu liefern im November 1948, war der Anfang. Bald zeigte sich, dass die Klempner und Schweißer die Arbeit zu kleinteilig und knifflig fanden. Also wurden drei Frauen eingestellt – bei gleichen Löhnen,

Mitzi bestand darauf. Die Wärmedecke, patentiert, wurde im Laufe des Jahres 1949 das einzige Produkt der Firma, die sich nun Electric Comfort nannte. Paul schlug vor, Mitzi als Dritte zu beteiligen. Charles, der die Finanzen überwachte, winkte müde ab: Frauen und Geld!

Bald kamen leichte Trockenhauben für den häuslichen Gebrauch dazu und thermische Kissen für Krankenhäuser. Drei Jahre später war Schluss mit Sozialwohnung und Gemeinschaftsküche. Man wechselte ins Milieu jener Immigranten, die bereits betucht nach England gekommen waren, aus Berlin, Frankfurt, Wien, Prag und Czernowitz: eine kleine Villa mit luftigem Treppenhaus und einem Garten mit alten Obstbäumen. Mitte der Fünfziger stand auch ein Bentley vor der Tür.

Doch, doch, sagte Orlando, als hätte ich ihm widersprochen. Wir mussten uns zwischen zwei fast zugewachsenen Pfaden entscheiden und blieben stehen. Figuren im Niemandsland, nach einem Weg suchend, der die begonnene Geschichte fortsetzt. Ich wählte den linken Pfad, der schon bald auf eine verkommene Lichtung führte. Ein bis auf den Rahmen geplündertes Fahrrad, eine aufgequollene Holzkiste. Kleine, blaue Mineralwasserflaschen waren auf einer benachbarten Böschung abgeladen worden und zur Lichtung hin heruntergestürzt, das Bild eines gefrorenen Wasserfalls. Zu meiner Überraschung schloss Orlando die Holzkiste und setzte sich so darauf, dass Platz blieb, und ich setzte mich neben ihn. Es war jenseits der Sommersonnenwende, aber es blieb noch sehr lange hell. Hier, dachte ich, endet unsere Reise.

Ich habe dir doch erzählt von dem Jahr in Wien, als meine Mutter zwölf war.

1959, sagte ich.

Ja, genau. Das hast du dir gemerkt.

Das ist leicht, Orlando. Da bin ich geboren.

Ach ja! Nun, das Jahr in Wien, oder die Abwesenheit von London, da fingen die Probleme an. Die Rückkehr war schwierig. Charles hatte Electric Comfort allein geführt, ein teures, aber schwaches Patent eingekauft, einen herrschsüchtigen Rechnungschef eingestellt und eine Produktionshalle errichten lassen, in der es mächtig zog – ausgerechnet in einer Firma, die sich dem häuslichen Komfort verschrieben hatte und inzwischen überwiegend Frauen im Sitzen beschäftigte. Paul und Mitzi brauchten eine Weile, um auch nur halbwegs die Kontrolle zurückzugewinnen. Sie verbrachten zehn Stunden am Tag im Betrieb, vertrauend auf die gute Schule, die Haushälterin, den Koch: Sie merkten zu spät, wie Rachel ihnen fremd wurde. Oder die ganze Ära. Sie sahen sich das Treiben auf der King's Road im Farbfernseher an und wunderten sich sehr. Die Gemälde, die sie erwarben, waren goldgerahmt und stammten aus dem neunzehnten Jahrhundert.

Erst als das Rentenalter nahte, mit Pauls Tod, begriff Mitzi, dass es ein elementarer Fehler gewesen war, sich nicht von vornherein als Miteigentümerin der Firma eintragen zu lassen. Oder sich das Patent der Wärmedecke zu sichern. Drei Jahrzehnte war sie als Chefin, Entwicklerin, Betreuerin der Arbeiterinnen ein und aus gegangen, ohne auch nur auf einer Gehaltsliste zu stehen. Damals glaubte man, es sei nicht schicklich, wenn Frauen arbeiten – und wenn doch, dann aus Hingabe oder aus Not. Als Mitzi allein war, drängten Charles und sein Rechnungschef an die Börse. Mitzi ließ sich vorher auszahlen. Später verfolgte sie den steilen Anstieg der Aktien, von denen sie keine einzige besaß.

Orlando erhob sich von der Kiste und stand für einen Moment verloren im Ödland, als hätte die Weltgeschichte ihn ausgespuckt und allein gelassen. Er drehte sich einmal im Kreis und schlug nun jenen Pfad ein, der den verlängerte, den wir gekommen waren, in der Ferne die Rangierbahnhöfe der

Stadtbahn. Wir kamen vorbei an unbeholfen zusammenge-
zimmerten Unterständen und aufgegebenen wilden Gärten.
Grünes Buschwerk mit silbergrauer Tönung machte sich breit,
Giersch und Brennnesseln. In einer Distanz von einer Minute Fußweg sahen wir ein müdes Licht, das, wie sich dann
zeigte, von einer Wellblechbaracke herstammte, deren Tür offen stand. Orlando warf einen Blick hinein, sah schelmisch zu
mir zurück und konnte sich nicht entscheiden. Also ging ich
vor. Wir wurden begrüßt von einem guten Dutzend Paaren
aufgequollener Augen.

Es gab keine Musik und keinen Tresen. Stattdessen waren
Sixpacks hoch aufgetürmt, zum alten Kühlschrank geneigt,
der den Stapel abstützte. Weiße Stehtische, vielleicht beim Abbau eines Volksfestes beiseitegeschafft, stellten das Mobiliar.
Ich spürte, wie Orlando noch zögerte; der Impuls, wieder umzukehren. Aber auch ich war in eine solche Versammlung von
Schnapsnasen noch nie geraten. Den Blicken ausweichend,
sah ich mir den Raum an, obwohl es nicht viel zu sehen gab.
Eine Gitterleuchte an der Decke, rostige Gerinnsel im Well-
blech und, wie ich nun bemerkte, ein altertümliches Portrait
der Queen, rund oder rund ausgeschnitten. Es war auf den
Deckel eines Ketchupeimers geklebt, und dieses spezielle Me-
daillon, den Deckel mit dem Bild, hatte man mit einem Draht
dort angebracht, wo die Blechwand auf das Dach traf, so dass
das Gesicht der Herrscherin auf uns herabsah wie die Jungfrau
Maria von südeuropäischen Altären.

Ich zog Orlando am Arm, auf einen freien Tisch zusteu-
ernd, frei nur insofern, als niemand daran stand, allerdings
mit leeren Flaschen zugestellt. Gläser gab es keine. Du musst
deine Großmutter sehr gern gehabt haben, sagte ich zu Orlando, eine Spur lauter als nötig und natürlich auf Deutsch,
und in diesem Moment kehrten sich die Gesichter von uns
ab, und die Gespräche gingen weiter, wie mitten im Satz an-

gehalten und jetzt an der gleichen Stelle fortfahrend, und die Landessprache war wohl Ukrainisch.

Hier, in dieser Hütte, bemerkte ich einen scharfen Zug in Orlandos Gesicht, eine Anstrengung, die ich an ihm nicht kannte. Ich fragte mich, ob dies ein Zeichen der Reise war, die wir zusammen unternommen hatten. Es war mir so leichtgefallen, in ein Gesicht zu schauen, das geduldig und klug, aber noch unbeschrieben war, so dass alles, was ich gesagt hatte – angedeutet, ausgelassen –, in ihm aufschien, eine seelische Membran, die das, was ich mitzuteilen hatte oder hoffte, mitteilen zu können, mir selbst hatte wichtig erscheinen lassen, wichtig genug, um fortzufahren, ohne an die Konsequenzen zu denken. Keine Frage, wir waren nicht die typischen Kollegen, die Freunde werden, weil sie vom Büro nicht lassen können oder der Kontakt mit anderen Berufsgruppen ihnen schlicht zu anstrengend ist. Auch verband uns nicht das, was man ein Hobby nennt, Angeln oder Kartenspiel, und wir teilten nicht die typischen Sorgen, Steuererklärungen und die Schulen der Kinder. So war ich zu dem Schluss gekommen, dass es eben Orlando selbst sein musste, sein Charakter, von dem ich angezogen war, ein Bote meiner Muttersprache, und ein unwahrscheinlicher noch dazu. Wenn er nun ein Bote war, was war dann sein Auftrag? Sollte er mich dazu anhalten, mein englisches Leben in Ordnung zu bringen – Anu würde mir fehlen –, oder ging es in die andere Richtung: alles von sich zu werfen, sich komplett zu verlieren? Orlando & Oliver, vermisst zwischen Hackney und Stratford. Vielleicht gab es eine geheimnisvolle Nachricht, niedergelegt im Muster unserer Wege, nur zu lesen, wenn aus erheblicher Höhe betrachtet. Eine frohe Botschaft. Oder eine Warnung.

Die Baracke hatte keinen Wirt. Man warf ein Pfund in ein Sparschwein für zwei Flaschen Bier. Ich musste an eine Vorlesung von Olaf Riemann in Mannheim denken, in der er ausgeführt hatte, dass Systeme des freiwilligen Gebens oft viel besser funktionierten als solche mit Kasse. Ich war stark versucht, ein wenig Ordnung in die Bude zu bringen, die leeren Flaschen abzuräumen, den Kühlschrank effektiver zu laden, aber ich ließ es bleiben. Keine Ahnung, wie lange ich brauchte, um zu merken, dass sich an diesem Ort ausschließlich Männer versammelt hatten. Und sie sprachen auch nicht alle die gleiche Sprache. Ich hörte Brocken von Tschechisch und einzelne jiddische Worte. Ein ausgemergelter Alter hatte sich vor unserem Tisch aufgebaut und fragte, wo seid ihr herr?

Ich sah Orlando erwartungsvoll an. Dies war doch immer sein Einsatz gewesen.

Holborn, sagte er. Film. Kino. Verstehen Sie?

Ja, ja! rief der Alte. Verrstähe gutt. Pig bisiness!

Genau, parierte Orlando und zwinkerte ihm zu. Pig business.

Noch bevor es dämmerte, machten wir uns auf den Weg nach Stratford.

* * *

Orlando hatte ein silbernes Handy, das aussah wie ein Spielzeug, ein Bobschlitten in Miniatur, den man aufklappen konnte. Schaltete er es ein, erschien auf dem Bildschirm ein Kreis und darin gezeichnet waren zwei Flügel, die Batman gehören mussten, zusammen aber ein großes M darstellten. Ein unsichtbarer Zeiger, der in kaum einer Sekunde 360 Grad durchraste, wischte das Symbol weg, und der Schriftzug Motorola erschien. Am Ende des Spektakels begrüßte ihn die Telefongesellschaft. Knöpfe drückend prüfte er die verpassten Anrufe. Orlando erschrak, aber versuchte, es nicht zu zeigen.

Wir standen vor dem verschlossenen Tor eines Autoschrottplatzes und warteten auf ein Taxi. Orlando, unruhig und geistesabwesend, merkte nicht einmal, dass er mich musterte. Oder vielmehr durch mich hindurch sah. Ein schwarzer Morris erschien, vom Ortskern Stratfords her kommend. Er schwenkte am äußeren Rand in die Einfahrt und drehte langsam um uns eine Runde, als wären wir Statuen. Dann hielt er. Orlando stieg zuerst ein, rief eine Adresse und rückte rüber auf die andere Seite. Ich ließ mich auf den Platz hinter dem Fahrer fallen, mit so viel Fußraum im alten Morris, dass ich einen Koffer vor mir hätte abstellen können, und wir überließen uns der blubbernden Kapsel, die uns mitnahm in die Londoner Nacht. Alle Fenster waren einen Spalt breit heruntergelassen. Nach einer Weile auf der großen, öden Straße sah ich zu Orlando hinüber. Der hatte sich inzwischen gefasst. Er blickte zurück und hob scherzhaft eine Augenbraue: Ich war eben doch ein ziemlicher Außenseiter in Oxford, sagte er. Ich rückte ein Stück näher an ihn heran, um ihn besser verstehen zu können.

Den Kopf voll mit Nietzsche, hatte er für das Hauptstudium einen Stipendiumsantrag gestellt und eine Absage erhalten: Er habe seine Bedürftigkeit nicht hinreichend nachgewiesen. Tatsächlich hatte er die Vermögensverhältnisse seiner Mutter geraten, statt sie zu erfragen. Woran er sich erinnern konnte, noch aus Kindertagen, war die Klage Mitzis über das verlorengegangene Geschäft. Das hatte Orlando für bare Münze genommen. In der Tat hatte er sie dafür bedauert.

Er besuchte also seine Mutter und Papa Robin in Glasgow und wurde sich erst dort darüber klar, dass Rachel nie einen Beruf ausgeübt hatte. Sie verbrachte eine Hälfte ihres Tags in Robins Musikantiquariat und die andere mit allerhand Klimbim. Einen Lebensplan schien es nie gegeben zu haben, bis jetzt. Es war nahezu unmöglich, mit ihr Fragen von Unterhalt und Vermögen zu besprechen, aber nachdem er einige Tage ausgeharrt und mit Robin schottische Folksongs gesungen hatte, offenbarte ihm dieser die grobe Lage, während er eine neue Gitarrensaite aufzog.

Mitzi hatte zwei Automobile hinterlassen, den Bentley, ein Oldtimer inzwischen, und einen neueren Mercedes. Die kleine Villa in Hampstead, vollkommen ihr Eigentum, hatte sie einer psychoanalytischen Vereinigung, der sie eng verbunden war, verpachtet als Sitz für deren Stiftung. Diese Verwendung war in ihrer Erbschaft verfügt. Die Einnahmen waren geringer, als was man zum Erhalt des Anwesens brauchte. Er hatte seine Mutter einmal sagen hören, es wäre verschenkt worden; Robin wusste, wie es wirklich stand, und auch in alles andere war er eingeweiht. Von achtzigtausend Pfund auf einem Sparkonto im Jahr 1984 – aus dem Verkauf der Autos, des Tafelsilbers, des Schmucks und der Genregemälde – war kaum noch ein Drittel übrig. Aus diesen Ersparnissen allerdings waren die Söhne als Schüler und auch Orlando noch im Grundstudium versorgt worden. Rachel selbst war äußerst bescheiden gewesen. Ferner gab es Aktien im Hintergrund, die leider zur Hälfte in englischen Industrien steckten. Die andere Hälfte lag bei Hoffmann-LaRoche, eine Wahl, die niemand mehr erklären konnte, die aber die richtige gewesen war. Robin versprach, ihm Einblick zu gewähren.

Orlando wurde sich bewusst, dass er nicht mittellos war und arm eigentlich auch nicht; die Frage war nur, ob er als Student der Philosophie in der Lage sein würde, ein Vermögen zu retten, von dem seine Mutter, der es gehörte, nichts wissen wollte. Oxford gab er auf, mit der Absicht, das Studium später in London fortzusetzen. Angelica, die eine Reise nach Goa plante, fragte ihn, ob er das Management ihres Clubs für eine Weile übernehmen würde, zusammen mit einem amerikanischen Produzenten, der schon eine Weile dabei war, Reste von Folkbands der sechziger Jahre einzusammeln. An das Revival, das daraus folgte, hatte sich eine Doku-Filmcrew geheftet. So traf er auf Stanley, als Koproduzenten des Films. Der gefiel Orlando, ein kühler Geschäftsmann mit einer väterlichen Ader. Stanley fand es ehrenwert, jungen Bands Verträge zu geben – das müsse sein –, aber die Musikindustrie erlebe, glaubte er, mit der CD ihren letzten großen Boom. Es gehe längst nicht mehr um die Originalität, sondern darum, alles, was laufe oder jemals gelaufen sei, immer wieder von neuem zu verkaufen. Die Rechte an einem einzigen Hit von Buddy Holly seien mehr wert als Angelicas ganzer Club. Der Schallplattenmarkt befinde sich im Sinkflug. Aber Filmsoundtracks seien das Geschäft der Zukunft!

Orlando tröstete sich, dass man Bücher auch ohne College lesen könne, und ließ sich verwickeln in Stanleys Pläne. Er wiederholte den Besuch in Glasgow und konnte Rachel überreden, das Vermögen zu bewegen und ihm dafür die Vollmacht zu erteilen. Er suchte diverse Berater auf. Dann stieß er alle unergiebigen und einen Teil der wertvollen Aktien ab, nahm viel vom Gesparten und überzeugte, unterlegt von sanften Drohungen, die psychoanalytische Stiftung, eine moderate Miete zu akzeptieren – die Hälfte der Mehreinnahmen floss seitdem auf das Sparkonto zurück. Mit dreiundzwanzig Jahren bot er an, fünfundfünfzigtausend Pfund auf den Namen seiner Mutter in der Neugründung Turnstyle Music niederzulegen, was, nach langem Hin und Her mit Stanley, als Eigentumsanteil von fünfzig Prozent definiert wurde, bei einer Anstellung für beide, beginnend am 1. August 1997, Orlando zuständig für den Ankauf von Musikrechten, Stanley für deren Verwertung.

Wir hatten den Osten hinter uns gelassen und fuhren jetzt in die City of London ein. Lichter purzelten durch die Taxikabine, als säßen wir im Inneren eines rotierenden Kaleidoskops. Da waren wir also angekommen im Herzen der Finanzwirtschaft: Kapital, Kosten, Umsatz, Rendite. Schade, eigentlich.

Und ich dachte, die Hälfte von Turnstyle Music gehört dir!, rief ich.

Das gehört alles meiner Mutter.

Und wie viel steckt ihr jährlich in Filmmusikrechte?

Etwa zwei Drittel – der Investitionen, wenn du das meinst.

Ja, was denn sonst? Bleibt also ein Drittel für Beteiligungen an Produktionen.

Aber das wackelt, sagte Orlando. Bis vor kurzem war es üblich, pro Film mindestens zwanzig Prozent der Kosten aufzubringen, aber die Kosten steigen rapide. Schauspielergagen und anderes. Also versuchen wir es mit zehn Prozent. Aber wer braucht schon die zehn? Manchmal kommt überhaupt nichts zurück. Es gibt auch Flops.

In der Musik doch auch.

Merkwürdigerweise nicht. Ich sag's dir, Osteuropa frisst uns aus der Hand.

Während das Taxi unter seinem Büro hinwegtuckerte, schaute Orlando hoch, als würde er etwas suchen. Accounting und Management sind Antagonisten, wie Feuer und Wasser – hatte Olaf Riemann gelehrt. Das fiel mir jetzt ein, im Taxi mit Orlando.

Sein Bruder Jason hatte sich bereits ein halbes Jahrzehnt nicht mehr bei der Mutter gemeldet, aber während Orlando in Oxford studierte, übernachtete er einige Male in der East View. Angelica hatte ihn gefragt, was er in Südafrika eigentlich treibe. Jason hatte geantwortet, er berate eine NGO, die dort tätig werden wollte. Sie kannte aus dem Musikgeschäft die buntesten Karrieren. Aber ein Berater einer Hilfsorganisation ohne Schulabschluss, davon hatte sie noch nie gehört.

Im Juni, Orlando erwartete einen Vertrag aus München, war das Faxgerät angesprungen und hatte zunächst den Briefkopf einer Anwaltskanzlei in Johannesburg gezeigt. Der Brief, Zeile für Zeile kopfüber ausgespuckt, behauptete, Orlando habe das Vermögen seiner Mutter widerrechtlich an sich gebracht, und forderte, er müsse den Anteil, der Jason zustände, innerhalb von vier Wochen an diesen auszahlen. Orlando hatte einen Anwalt gefragt und beschlossen, die Sache abzuwarten.

Das Taxi fuhr schneller in der Oxford Street, oder es wirkte so, weil die großen Häuser der Straße näher standen. Am Steuer saß ein Perser, ganz bei sich, keine Blicke in den Rückspiegel. Dann plötzlich die Öffnung zum Park hin, ein frischer Hauch, als würde man die Stadt verlassen. Ich hatte Orlandos Telefon nicht läuten hören, aber er klappte es plötzlich auf, und ich hörte ihn sprechen: Niemals. – Kein Interesse. – Das kannst du nicht machen. – Das kannst du nicht, Jason. – Ich habe übrigens das Schloss ausgetauscht. – Ruf mich im Büro an, wenn du willst. Und schon war das Telefon wieder zugeklappt und in seiner Tasche verschwunden.

In der Höhe der russischen Botschaft bog das Taxi nördlich ab und tauchte ein in die hochbebauten Wohnstraßen von Notting Hill. Bei nun ganz geöffnetem Fenster kam das blubbernde Motorgeräusch von den Fassaden als Echo zurück. Der Fahrer versicherte sich der Adresse, und Orlando dirigierte ihn über zwei oder drei Querstraßen hinweg, dann in Richtung Portobello Road und wieder nördlich. Das Taxi hielt vor einem eher hoch gebauten Stadthaus, wie es für die Gegend typisch war, nicht aber für London; in der Tat war es, trotz der sehr ähnlichen Aufgänge, noch nicht einmal symmetrisch gebaut, die linke Hälfte schmaler als die rechte. Im Unterschied zu manchen Prachtexemplaren in der Nachbarschaft hatte man diese beiden Häuser seit langem nicht mehr renoviert. Das war sogar im Licht der Straßenlaterne zu erkennen. Orlando bezahlte den Taxifahrer, ließ sich eine Quittung geben und sprang rechts die Stufen hoch. Hinter der quietschenden Haustür lag Post, die er nicht zu sehen schien. Im dritten

Stock war das Licht ausgefallen; ich blieb an einem Rollator hängen. Er entschuldigte sich umständlich, während er weiter nach oben stürmte. Im vierten Stock, wo die Wohnungstür rechts hätte sein müssen, war diese Seite verschlossen und verputzt. Stattdessen war die Tür in der Mitte eingelassen, aber keine gewöhnliche englische Wohnungstür, sondern eine altertümliche, geschnitzte aus dunklem Holz mit allerhand Messingbesatz, bestehend aus zwei Flügeln, die Orlando in der Mitte öffnete und dann hinter uns verschloss. Wir standen in einem quadratischen Foyer, das nach drei Seiten hin geöffnet war. Für den besseren Überblick hatte man die Zimmertüren ausgehängt. Dies war die East View. Das wusste ich, ohne dass Orlando es sagen musste.

Für einen Moment überlegte ich, was uns eigentlich hierher geführt hatte. Förmlich eingeladen hatte er mich nicht.

Hier wohnt also Hugh Grant, in Erwartung einer Auserwählten.

Orlando musste lachen: Wie wär's mit Roland Goldstein. Ein gebeutelter Ritter in Erwartung der entscheidenden Schlacht. Der Helm schon lädiert. Sein Schwert aber intakt. Treue Gefolgschaft ist dringend geboten.

* * *

Obwohl ich Barbara angerufen und ihr erklärt hatte, dass ich die Nacht bei Orlando bleiben würde, war sie gereizt, als ich am Sonntagmorgen um acht zu Hause auftauchte. Wir packten den Volvo bis unters Dach, die komplette Ausrüstung für einen Sommer am Windermere-See, Kathy hinten auf einem einzelnen Sitz, umbaut von Kinderzelt, Wasserbrett, Gasgrill – was man so ansammelt, wenn genug Geld da ist. Wir fuhren gegen elf los, Barbara am Steuer, denn ich war müde von der Nacht bei Orlando, den mäandernden Gesprächen über seine

Situation. Und am Abend musste ich schon wieder in London sein.

Barbara war nicht die Person, der man eigentlich etwas erzählen konnte. Auch keine große Leserin von Romanen, übrigens. Dafür stellte sie leidenschaftlich gerne Fragen. Wahrscheinlich eine Berufskrankheit, wenn man junge Menschen zum Denken bewegen muss. Ich war fest entschlossen, sie einzuweihen, denn eines stand fest: Ich hatte komplett den Überblick verloren, und am kommenden Montag wollte Finn von mir, ausgerechnet von mir, wissen, wie es weiterginge mit Turnstyle.

Also, sagte ich, als wir auf der M40 waren und sie ihre Reisegeschwindigkeit gefunden hatte, Finn hat die einmalige Gelegenheit, den kleineren Konkurrenten Sirius zu übernehmen. Wir fusionieren, und wenn wir es nicht ganz dumm anstellen, sind wir nächstes Jahr ungefähr so stark wie LMD. Die sind bisher die Nummer eins.

Das weiß ich doch, sagte sie.

Am liebsten wäre mir, fuhr ich fort, das würde so eingetütet: Abernathy, Miller und Coroner, die alten Recken des unabhängigen Filmverleihs Sirius, steigen mit dreißig Prozent bei uns ein. Oder besser mit fünfundzwanzig. Wir ändern die Gesellschaftsform und bekommen einen Vorstand oder sogar einen Aufsichtsrat. Miller kommt in den Vorstand, und die anderen, die weit über sechzig sind, ziehen sich zurück. Miller bringt nur zwei Leute mit, die wir allerdings auch brauchen. Denn die haben überragende Kontakte nach Asien. Ein echter Schatz von Sirius sind umfangreiche Rechte am japanischen Film seit 1950, sogar fürs Fernsehen.

Bist du dann auch im Vorstand?, fragte Barbara.

Das weiß ich nicht.

Warum nicht?

Weil wir noch nicht so weit sind.

Du könntest es zur Bedingung machen.

Barbara, ja, ich könnte. Aber ich bin vor anderthalb Jahrzehnten als Buchhalter gekommen und habe mich, du erinnerst dich, nach Kathys Geburt zum Geschäftsführer machen lassen. Was vielleicht ein Fehler war.

Wieso das?

Weil ein Geschäftsführer leichter gekündigt werden kann.

Das war mir nicht klar.

Es war ja auch nicht von Bedeutung.

Und jetzt ist es das? Du willst sagen, du arbeitest an einem Geschäftsmodell deines Arbeitgebers, das vielleicht darauf rausläuft, dich loszuwerden? Ich starrte eine Weile auf die Autobahn. Der Ferienverkehr war enorm, und die voll beladenen Autos sahen fröhlich aus.

Stell es dir umgekehrt vor, sagte ich. Die Frage ist nicht, ob ich da bleiben kann, wo ich bin, oder anders gesagt, ob alles so weiterläuft. Der ganze Laden soll umgekrempelt werden, und weil ich Geschäftsführer bin und der einzige Betriebswirtschaftler weit und breit, erwarten Finn und Stanley von mir einen Vorschlag.

Wieso Stanley? Ich denke, der ist schon lange raus. Der ist doch in diesem Musikding. Oder in der Filmproduktion. Ich habe nie ganz verstanden, was.

Beides. Und genau das ist es. Jetzt will er wieder zurück in den Verleih. Warum, muss ich noch rausfinden.

Wegen dir!, rief Barbara.

Wer weiß. An Finns Stelle würde ich ihn nicht wieder reinlassen. Fünfundzwanzig Prozent an die Siriuseigentümer und basta.

Das kannst du ihm doch morgen so sagen.

Du meinst, für Finn Partei ergreifen. Ihn quasi vor Stanley warnen.

Du musst immer viele Thriller gucken, stimmt's?

Barbara!

Kathy hatte sich auf ihrem Rücksitz losgegurtet, was die Konsole des Volvos mit einem rot blinkenden Knopf meldete. Sie lehnte sich vor, ihre Lippen fast an meinem Ohr, und fragte mit der schönsten Altstimme: Was war nach meiner Geburt?

Da bin ich Geschäftsführer geworden, Kathy.

Ach so, maulte sie enttäuscht.

Vergiss nicht, sagte ich später, da hatten wir Birmingham hinter uns, dass Finn und Stanley alte Kumpel sind. Freunde sogar. Ja, sie haben ihr Business getrennt, aber zusammengehalten wie Pech und Schwefel. Es wäre sehr unklug, mich zwischen die beiden zu stellen.

Du meinst, sie werden, wenn es gut läuft, wieder fusionieren, und du wirst Geschäftsführer vom Ganzen.

Nein, fusionieren will Finn mit Sirius. Anders ausgedrückt: Die werden geschluckt. Aber Finn und Stan wollen nicht fusionieren. Das wäre auch Wahnsinn, denn jedes dieser Unternehmen trägt ein gewisses Risiko. Allein aus Gründen der Haftung müssen es zwei Firmen bleiben. Das eigentliche Problem aber ist, dass Turnstyle Music unserem guten Stanley nur zur Hälfte gehört.

Ach ja? Ich wartete ab, bis sie ihr Überholmanöver beendet hatte. Kathy hatte sich längst wieder angegurtet und blätterte in einem Mädchenmagazin.

Die andere Hälfte gehört Orlando.

Barbara warf mir einen erstaunten Blick zu und fragte, ist das der Grund, weshalb du seit einem Jahr entschieden seine Nähe suchst?

Nicht im Geringsten. Ich habe das erst vergangene Woche erfahren. Von Finn. Und jetzt noch ein Detail: Diese Hälfte gehört Orlando nicht wirklich. Sondern seiner Mutter.

Barbara kreischte: Und die sitzt im Knast!

Hey, wer guckt hier zu viele Filme?

Wer ist im Knast?, rief Kathy vom Rücksitz.

Niemand, den wir kennen, Kathy!

Okay, sagte Barbara. Wenn es nur um einen Tausch von Anteilen geht und beide Unternehmen profitabel sind, warum sollte man nicht auf der einen Seite Geld rausnehmen und auf der anderen reinstecken. Warum sollte Mutter Orlando das blockieren, wenn ihr Sohn es will?

Weil Rachel Goldstein ein Hippie ist und sich für Geld nicht interessiert, absolut null.

Ich glaube, wir verwechseln gerade die Figuren des Stücks, murmelte Barbara unwillig.

Nein, tun wir nicht.

Du willst mir doch nicht unterjubeln, dass dieser Orlando jüdisch ist?

Und wieso nicht? Sie gab mir den Rätselblick, ganz kurz, und sah dann wieder auf die Straße. Vielleicht ärgerte sie sich, einem Klischee aufgesessen zu sein. Für eine Weile war Ruhe im Auto, nur das Brummen des Motors und der Auspuffanlage, allerdings leiser und dumpfer als sonst, durch das viele Gepäck.

Also Stan hat fünfzig Prozent von Turnstyle Music, hakte sie nach.

Ganz genau.

Das heißt doch, er hat keine Mehrheit.

Richtig.

Wenn er jetzt ein paar Aktien oder Anteile, oder wie man das nennt, wegtauscht, dann verliert er doch nichts. Wer auch immer diese fünfzig Prozent in Zukunft hält, sagen wir, Stanley und Finn gemeinsam, wird von Orlando immer noch nicht überstimmt. Das wäre doch die kleine Lösung. Mama Goldstein träumt weiter, wo immer sie träumt …

Glasgow.

Du weißt aber richtig gut Bescheid!

Barb, sehr witzig. Beim Kleinkram, ja. Aber überhaupt nicht im Rechtlichen, und darauf kommt es jetzt an. Ich bin doch kein Wirtschaftsanwalt!

Meine Güte, dann zieht ihr eben einen hinzu. Wo ist das Problem?

Danke, dass du das gelöst hast, sagte ich. Sie grinste ziemlich schäbig.

Also gut, sagte sie nun weniger forsch, du bist eingequetscht zwischen Leuten mit Geld, die nach einer Phase der Ruhe flattrig werden. Auf zu neuen Ufern. Du bist der Vierte in einem Quartett, den von den anderen etwas unterscheidet: Dir gehört nichts. Von den Firmen, meine ich. Deshalb denken sie, du wirst das Ding schon drehen.

Welches Ding drehen?, rief Kathy vom Rücksitz, während Barbara den Blinker setzte, um von der Autobahn abzubiegen.

Es geht ums Kino!, rief ich zurück, aber zu laut, denn das Auto summte nur noch, während es auf die Landstraßenkreuzung zurollte. Die Zukunft des Kinos, legte ich etwas leiser nach. Barbara versuchte ein Gackern zu unterdrücken.

Ich finde, rief Kathy, während das Auto schon in Richtung Westen fuhr, der Eintritt ist zu hoch.

Danke für den Hinweis, Kathy. Das werden wir mit bedenken.

Wirklich?, rief sie.

Ich drehte mich um und nahm ihre Hand. Mal seh'n, sagte ich. Wir werden sehen.

Zu gern hätte ich mich dem See überlassen, der unbekümmert vor sich hin plätscherte, dem Charme der spitzgiebeligen Holzhütten, dem Gebrabbel der kleinen Geschwister aus Carlisle. Stattdessen musste ich entladen und nach einer halben Stunde die Rückfahrt antreten, müde wie ich war. Nicht vergessen, links fahren!, gab mir Barbara mit auf den Weg.

Die Sonne stand steil auf dem Autodach. Es war sehr viel weniger los in Richtung London, und der Volvo fuhr kraftvoll, unbeladen jetzt. Ich hatte die Rückfenster ein Stück offen gelassen; es fauchte und pfiff. Obwohl ich es war, der zurückfuhr, fühlte es sich an, als bewege sich meine Familie von mir fort. Und je weiter sich der Windermere-See entfernte, desto unbegreiflicher wurden mir Barbaras Worte. Was eben noch halbwegs offensichtlich gewesen war, erschien mir immer dunkler und undurchdringlicher, je näher ich London kam.

Anu, dachte ich an einer Kreuzung mit vier oder fünf roten Lichtern haltend ... Aber wieso Anu? Vielleicht deshalb, weil es mit ihr eine Austreibung gewesen war, tabula rasa. Wie dann alles von einem abgefallen war, leicht erschien, unverbunden.

Bei Grün: Wenn in China ein Schmetterling seine Flügel hebt, verändert das den ganzen Kosmos, mit Folgen, die in Europa noch spürbar sind. Weil alles mit allem zu tun hat. Womit gesagt ist, man könne Schlimmes nicht verhindern. Oder war das Gegenteil gemeint, dass man jedes kleine Ding im Leben mit größter Sorgfalt anfassen muss, weil es nichts gibt, was nicht zählt?

Dass alles mit allem zusammenhängt: Kathy und Chris; Kathy und Barbara; Barbara und ich; ich und Orlando. Orlando und Jason. Hört sich einfach an. Aber wie würde man den Zusammenhang darstellen?

Olaf Riemann: Ein Diagramm nützt oft und schadet nie. Vollbremsung für eine Fußgängerin, die einen ihrer roten Stöckelschuhe auf dem Zebrastreifen verloren hatte.

Barbara: die sich einen Schizo ins Bett holt, um sich etwas zu beweisen, aber was?

Warum ich nur geglaubt hatte, furchtlos zu sein! Keine Angst vor Geld, keine Angst vor Bankern, keine Angst vor Banken. Wie ich für Maurice die Scheibe eingeworfen hatte, damit er wieder durchblickt. Niemanden jemals gefeuert oder benachteiligt, nur weil er säuft. Immer das Potential von Leuten gespürt und ausgenutzt. Nicht ausgenutzt – ausge*schöpft*. Sie auf Spur gebracht. Den Betrieb am Laufen gehalten. Oliver Hoelzle zaudert nicht. Aber jetzt. Und dann wieder die Camden Road, viele Leute zu Fuß unterwegs, so vertraut, alles bei mittlerem Tempo. Der Beginn der Heimkehr.

Entscheiden: Es war nichts zu entscheiden. Ich sollte nicht entscheiden, ich sollte verführen. Eine Vision haben. Etwas Großes entwerfen! Think big! Die Krankheit sogenannter Manager – sie präsentieren unwiderstehliche Pläne, wie andere Leute ihr Vermögen versenken sollen. Später haben sie dann von nichts gewusst. Ich aber bin Schwabe, e Schwob! Mein Elternhaus: durchgeplant und aufgeräumt. Lebensmöbel als Vision, da kann man nichts falsch machen. Da komm ich her. Ich kann nicht aus meiner Haut, auf die das Gittermuster des Bertoiasessels eingedrückt ist. In unserer Sackgasse geparkt, blieb ich noch eine Weile im Auto sitzen. Die Sonne stand rotgolden im Rückspiegel. Ich sah ihr zu, wie sie in einer Baumkrone zersplitterte und verschwand.

Wer ist im Knast? Bin ich ein Feigling? Ein Kleinkrämer? Ein Märtyrer wider Willen? Der Letzte auf dieser Erde, bei dem es noch einigermaßen tickt? Orlando müsste ich fragen, aber was soll ich ihn fragen? Wird er verlangen, dass ich ihn vor Finn und Stanley schütze? Ihm quasi recht gebe, wenn er auf dem Status quo insistiert? Und wenn der große Tausch doch eingetütet wird, heißt es dann am Ende: ich oder er? Er oder ich?

Es war ein stiller Abend inmitten von London, ungewöhnlich warm und noch hell. Ich rief Matthew auf dem Handy an, um Barbara zu bestellen, dass ich gut zu Hause angekommen war. Ich nahm mir ein Bier aus dem Kühlschrank und setzte mich auf unsere Terrasse. Unsere Mauer sah gut aus im schattenlosen Westlicht, kurz vor der blauen Stunde. Echtes Handwerk, Stein für Stein. Liebevoll gestrichene Fugen, mit einem Schatten von Moos. Aber gerade. Eine gerade Mauer.

Vor mir auf dem Tisch lag ein Notizblock mit roten Linien, auf die man schreiben soll, und ein Kuli von Turnstyle Movies Distribution. Picasso: Ich suche nicht, ich finde. Mies van der Rohe: Weniger ist mehr. Alles Geld ist eine Sache des Glaubens – Adam Smith. Große Dinge sind immer einfach – Bernd Hölzle (Vater). Und so weiter. Ein Labyrinth unnützer Gedanken, bis es gänzlich dunkel geworden war, und nichts notiert, gar nichts.

* * *

Am nächsten Morgen war ich früh wach, klar im Kopf, und skizzierte einige mögliche Modelle für die beiden Firmen in näherer Zukunft. Ich sah Finn und Stanley vor mir, in unserem Tagungsraum mit dem Ausblick auf die Gasse, nach der unser Unternehmen benannt war. Ich würde ihnen ein bisschen Angst machen mit dem Absturz der elektronischen Unternehmen an den Börsen. Ich könnte die Solidität der Turnstyle-Schwestern rühmen, sie ermahnen, sich bei aller Ambition nicht von Banken abhängig zu machen, ihnen Honig um den Bart schmieren wegen der bevorstehenden Übernahme von Sirius. Und dann der Trick: Ich würde ihnen vorschlagen, eine dritte Firma, eine Art Kapitalgemeinschaft, zu gründen, zu gleichen Teilen, die ihrerseits an beiden Turnstyles beteiligt würde. Dann könnten sie nicht über ungleiche Beteiligungen zu Konkurrenten werden. Bis sie merken würden, dass dies eine kostspielige Maske wäre, die niemandem etwas bringt, hätte ich zumindest den Sommer gewonnen.

Ich war früh am Arbeitsplatz, aber nicht der Erste. Die Assistentinnen waren bereits dabei, den großen Konferenztisch aufzustellen. Im dritten Stock, wo mein Schreibtisch stand, öffnete ich schnell meine Post, fischte eingerollte Faxe aus dem Gerät, prüfte den Eingang der Emails – damals noch als persönliche Briefe verfasst, mit Anrede und allem Drum und Dran –, und als ich wieder oben war, zählte ich acht Kaffeetassen. Für einen Moment flackerte in meinem Kopf der Alarm auf: Ich war, formal gesehen, gar nicht eingeladen worden. Also setzte ich mich gleich als Erster. Vor mir natürlich ein dicker Aktenordner.

Um zehn vor neun kam Finn mit Doug Miller von Sirius, im Gefolge Sandra und Julian, die Rechteleute mit den Kontakten nach Asien. Plus ein externer Berater – so einen hatten wir nicht. Zuletzt Stanley und Orlando. Der wirkte wieder gefasst. Das übliche umständliche Rücken von Thermoskannen, Milch, Zucker. Eine Assistentin brachte Namensschilder. Dann hielt Finn eine Rede zur Begrüßung, die in aller Vorsicht festhielt, es gebe schon seit einiger Zeit den Wunsch, Turnstyle und Sirius zusammenzubringen oder zu verschmelzen, die gemeinsame Position am Markt zu stärken, und nun sei die Gelegenheit endlich da. Man nickte, aber niemand meldete sich zu Wort. Ich fixierte den Berater, aber es half nichts. Finn fand, dass – hö, hö! – der preußische General des Kinoverleihs den Deal skizzieren solle.

Also legte ich los: Der Zyklus von Hausse und Baisse in der Wirtschaft ist nicht mehr so deutlich nachzuweisen wie noch vor dreißig Jahren. Was England betrifft, sind die Industrien seit den achtziger Jahren kaputtgeredet und demontiert worden. Man hat einseitig auf Dienstleistung gesetzt, ein nationalökonomischer Kuchen, von dem immer mehr Leute ein Stück abhaben wollen, und zwar Leute, die entweder mit Geld zu tun haben oder Kreative sind, viele davon kaum dreißig Jahre alt, und alle wohnen zufällig in London. Gelächter. Man könnte behaupten, das treffe auch für die drei Unternehmen zu, die hier am Tisch vertreten sind. Aber es gibt signifikante Unterschiede zu den meisten Trendunternehmen. Turnstyle Movies Distribution und Sirius sind nämlich aus einem Segment der Unterhaltungsindustrie gewachsen, das immerhin schon gut hundert Jahre alt ist – das öffentliche Vorführen von Filmen –, und deshalb strukturell konservativer als Turnstyle Music. Wobei der Name Turnstyle Music nicht offenbart, dass Stanley und Orlando drei- bis viermal im Jahr in die Produktion von Spielfilmen, gelegentlich aber auch von Dokumentarfilmen investieren. Dies ist ein Geschäftszweig, den ich nicht einsehen kann, weil ich nur Finns Turnstyle verantworte, aber es ist bekannt, dass die Produktion von Filmen bei weitem riskanter ist als ihr Vertrieb. Allerdings sind auch ganz andere Profite drin. Da sie noch zuhörten, dachte ich, bleib ich mal dran. Es ist im Moment schwer zu sagen, ob die Beschleunigung der Wirtschaft, von der man sagt, sie gehe auf die Politik Bill Clintons zurück, das beginnende Jahrzehnt oder zumindest die erste Hälfte noch prägen wird; das ist aber, um es mal offen zu sagen, nicht mein Eindruck. Wirtschaft hat ja immer mit Stimmungen zu tun – auch mit Mut und Leichtsinn –, und die enormen Bewegungen, die ausgelöst worden sind durch die Ausbreitung elektronischer Medien, haben eher den Leichtsinn beflügelt. Jetzt spürt man die ersten Konsequenzen. Virtuelle Dinge zu verkaufen, heißt eben doch, eine virtuelle Wirtschaft zu betreiben. Wir sollten einmal festhalten, was für solide Unternehmen *wir* im Vergleich darstellen. Es gibt da einen Rest von Handwerk und Kommerz, und der ist gar nicht einmal bedroht. Film- und Musiklizenzen sind zwar non-materielle Güter, gehen aber, was die Produktion betrifft, zurück auf physische Dinge, etwas, das mit Lastwagen, Leinwänden, Leuchten, Linsen und Mikrofonen zu tun hat. Ich verstehe den Wunsch, die Firmen neu aufzustellen, so dass man von dem gewaltigen Wissen und dem Schatz gehorteter Lizenzen gemeinsam profitiert. Möglicherweise kann man sich so für die Zukunft rüsten. Ich verweise auf unglaubliche Bewegungen des Marktes – die kürzliche Übernahme eines Giganten wie Time Warner durch eine noch junge Firma wie America Online. Bedrohlich ist auch eine radikale Änderung der Sehgewohnheiten, wenn man mal an Joysticks denkt, die den Zuschauer in einen Akteur verwandelt haben. Und wenn man sich überlegt, was am ehesten zerfallen wird, das Fernsehen, das Kino oder das Home Entertainment, dann wäre es natürlich gut, man hätte im größten verbleibenden Sektor etwas Substantielles anzubieten.

Mein Referat hatte die Wirkung, dass nun Miller, dann sein Berater und schließlich auch Stanley sich berufen fühlten, die Lage im Allgemeinen und im Besonderen zu beschreiben und die nähere, die mittlere und fernere Zukunft vorauszusagen. So konnten sich alle beweisen, dass sie erstens von der Sache eine Menge verstanden und zweitens jederzeit bereit waren, ihre Einsichten mit Kollegen zu teilen. Auch konnten zurückliegende Erfolge, die eigenen nämlich, ins rechte Licht gerückt werden. Irgendwann meldete sich der Mittagshunger, und die Runde, ergänzt um einige von unseren Mitarbeitern, fand sich beim Italiener in der Sicilian Avenue ein, gekrönt durch das Auftauchen der Kinoverleihlegende John Abernathy, dem man ansah, dass er soeben erst aus dem Bett gekrochen war.

In dieser immer fröhlicher gestimmten Runde saß ich neben dem Berater von Sirius, der, wie sich herausstellte, auch nichts anderes als Betriebswirt war, nur dass er sich einer Unternehmensberatung angeschlossen hatte – mit Sitz auf der Canary Wharf, drunter ging's nicht. Ich fragte ihn nach dem Kino seiner Kindheit, weil ich wissen wollte, wo er herkam – aus Manchester –, aber er hatte sich einen affektierten Londoner Bankerakzent zugelegt. Nach einigem Geplänkel rückte er damit heraus, dass er glaube, ich liege völlig falsch in Bezug auf digitale Medien, die seiner Ansicht nach rapide am Wachsen seien und schon bald alles schlucken würden. Ich widersprach nicht und gab ihm auch nicht recht, aber in der Tat, sagte ich, würden heute schon ernsthafte Kinofilme nicht mehr auf Celluloid aufgenommen, und wenn es darum ginge, viele Konsumenten zu erreichen und Kosten zu sparen, wäre ich immer dabei. Orlando saß nah genug dran, um das mitzuhören, und er hatte große Mühe, nicht laut loszulachen.

Am Nachmittag erweiterte sich die Konferenz um zwei Teilnehmer, John Abernathy, natürlich, und einen eilig von uns herbeigerufenen Wirtschaftsanwalt. Zahlen wurden auf den Tisch gelegt. Es wurden in Powerpointprojektionen Gesellschaftermodelle durchgeklickt – Finn war sehr stolz, weil er die neue Technik in seinem Büro schon hatte. Unser Anwalt brachte die gänzliche Fusion aller drei Unternehmen ins Spiel, einschließlich Börsengang: Nur um euch mal das allergrößte Modell vorzuhalten, riskant, klar, aber als Kapitalbringer nicht zu überbieten. Wenn man es geschickt anstellt. Alle machten todernste Gesichter, als wären wir eine verfassunggebende Versammlung.

John Abernathy fand im Laufe des Nachmittags heraus, dass er es doch richtig fände, wenn der Name Sirius nicht erlöschen würde, sondern aufgehen im neuen Unternehmen – ein kniffliger Punkt, den auszuhandeln viel Zeit brauchen würde. Orlando, gefragt, ob er sich eine Fusion vorstellen könne, wandte ein, er spreche nicht für sich selbst, sondern für den Goldstein Family Trust, was faktisch das Vermögen seiner Mutter sei, die erstens noch lebe und zweitens an geschäftlichen Dingen leider nicht das geringste Interesse zeige – Heiterkeit in der Runde. Stanley blickte zerfurcht drein. Finn hielt die Laune hoch. Die Runde löste sich mit einem gründlichen Händeschütteln auf, aber es war nichts beschlossen.

Orlando steckte mir einen Umschlag zu, bevor er ging. Ich öffnete ihn allein an meinem Schreibtisch. Diesmal war es ein Anwaltsbüro in London, das sich meldete, um Jasons Sache zu vertreten. Es behauptete, Orlandos Position als Geschäftsführer sei mit dem Vermögen der Familie erkauft worden; faktisch sei Orlando kein Prokurist bei Turnstyle Music, sondern lebe von der Rendite, die als Kapital im Unternehmen niedergelegt worden sei. Deshalb verlange Jason die Auszahlung eines Drittels von Orlandos Bruttogehalt für die gesamte Zeit seiner Anstellung rückwirkend, unabhängig von Zinsforderungen in Bezug auf das Kapital und Mietforderungen für eine Villa in Hampstead. Eine Frist von vier Wochen war wiederum gesetzt, bei Säumnis drohe Klage.

* * *

Drei Wochen später war das Bauklötzchenfieber ausgebrochen. Alle wollten jedes Segment aller drei Firmen in den Händen halten und an anderer Stelle einbauen. Man könnte doch, wenn die VHS-Rechte sich nicht mehr rentierten, die Akquise von DVD-Rechten, die unausweichlich sei, von Turnstyle Music aus betreiben. Warum das? Weil man DVD-Rechte würde im Bündel kaufen müssen und in einem Unternehmen wie Turnstyle Music sehr plötzlich erhebliche Mittel flüssig würden, die man dort gut binden könnte. Subtext: Ein solide auf Gewinn gebauter Verleih sei dafür zu schwerfällig. Aha! Und überhaupt, Sirius!, man habe bemerkt, dass Abernathys viel zu spät auf den Tisch gekommene Forderung, der Name Sirius müsse bleiben, ihm nun doch das Wichtigste sei – damit habe man ihn schon am Haken, um die Prozente bei der Beteiligung runterzuschrauben. Man könnte Sirius als Rechtefirma, wie gesagt, auch wegen Japan, des Fernsehens und der DVDs (das Geschäft der Zukunft!), Turnstyle Music zuteilen und damit den Namen aus dem Filmverleih raushalten. Weil Turnstyle im Verleih eine echte Größe sei und der Name Sirius, nun ja, doch immer ein bisschen an Dokumentarfilmpädagogik denken lasse. Ferner gebe es einen möglichen stillen Teilhaber, der wegen der asiatischen Rechte einen Siriusimprint bei Turnstyle Music halten würde. Wieso, geht das überhaupt – ein stiller Teilhaber gibt Kapital, aber Eigentum speziell an einem Imprint? Ja, richtig, der Plan wäre, den stillen Teilhaber mit dem Imprint zu locken und Sirius auszubezahlen. Dabei könnte man sich auf Produktion und Rechteverwertung konzentrieren, zurück zum Kerngeschäft, und einige der Musikrechte vielleicht sogar extrem gewinnbringend liquidieren. Wie bitte, habt ihr dazu Orlando gefragt, der hält immerhin fünfzig Prozent? Ach, stimmt. Und ein Berater, flüsternd: Wie kommt das eigentlich, dass dieser eingebildete Afrikaner auf dem jüdischen Vermögen sitzt?

Kaum hatte dieser sogenannte Fachmann etwas derartig Törichtes gesagt, war er schon aus der Tür. Er war Wirtschaftsprüfer oder Unternehmensberater oder beides, und am übernächsten Tag kam die Rechnung, adressiert an unseren Verleih, achthundert Pfund – der Briefkopf goldgeprägt. Unsere Assistenten waren in Ferien, und bei Turnstyle tauchten jeden Tag neue Leute auf, mal von Finn bestellt, dann von Stanley, aber auch von Abernathy, und manche dieser vielen bleichen Herren mit Wampe in blauen Dreiteilern kamen von Büros oder Agenturen, deren Namen ich noch nie gehört hatte. Einfache Rückfragen machten schnell klar, dass sie keine Kinogänger waren, nicht einer von ihnen. Reihenhaus, zwei Kinder, Garten, Fernseher, Schluss. Alle waren Spezialisten für Zahlenkolonnen und Strategien. Sie warfen einen Vormittag mit ihren Bauklötzchen herum und hinterließen die Eigentümer in einem exaltierten Zustand der Verwirrung, als wären wir alle kurz davor, das Rad noch einmal zu erfinden.

Von wegen Rad, sagte Orlando, den ich in der Mittagspause traf, ich habe mir – ich weiß nicht einmal mehr, warum – gleich anfangs einen abschließbaren Aktenschrank auf Rollen gekauft. Den habe ich vorgestern zu Stanley reingeschoben, ihm den Schlüssel gegeben und ihn gebeten, mir einen vernünftigen Vorschlag zu machen, was die Zukunft betrifft. Meine Geschäfte sind riskant, aber die Bilanzen sind okay. Ich weiß auch, dass man an der Form eines Unternehmens nicht alleine festhalten kann, nicht gegen alle anderen.

Jetzt war die Gelegenheit gekommen, ihn zu fragen, ob seine Position als Geschäftsführer irgendwie gekoppelt sei an seine Rolle als Eigentümer. Ach wo!, rief er, das wäre doch ganz dumm gewesen, es so einzufädeln. Das ist das, was Jason glaubt. Oder was ein Winkeladvokat ihm eingeredet hat. Das fifty-fifty der Geschäftsführung ist eine Vereinbarung zwischen mir und Stanley. Falle ich, fällt er mit. Dann sitzen wir eben hübsch auf unseren Investitionen und müssen andere dafür bezahlen, etwas daraus zu machen. Aber auch das geht. Sieh mal, wenn ich für David Geffen arbeite, das Angebot war schon da, verdiene ich das Doppelte.

Und warum tust du's nicht?

Weil es besser ist, die eigene Firma groß zu machen.

Du meinst richtig groß?

Na ja, meine Mutter hat einfach von der Substanz des Geldes gelebt. Jetzt lebt sie von Gewinnen – von unseren. Sie braucht zwar nicht sehr viel, aber sie verdient ja auch nichts. Wenn ich ihr das Kapital nach zehn Jahren zurückerstatte, soll es dreimal so viel sein, wie sie gegeben hat. Sonst wäre ja am Ende kaum etwas übrig. Für uns, die Erben.

Wie wäre es, wenn du Jason auf einen Drink einlädst und ihm das verklickerst?

Orlando schüttelte den Kopf in Zeitlupe: Du kennst meinen Bruder nicht.

Wir blieben bis zum Abend in unseren Büros, dann holte ich ihn ab. Unter den neuen Umständen hielt ich es für ratsam, aus unserer Verbindung kein Geheimnis mehr zu machen. Im Gegenteil. Es war gegen acht Uhr, als wir aufbrachen nach SoHo, eine klare Londoner Nacht. Wir standen eine Weile am Piccadilly Circus, was für mich immer die Mitte Londons geblieben war: ein Bild mit lauter Leuchtreklamen im Englischlehrbuch dreißig Jahre zuvor. Dann bewegten wir uns nördlich in den Theaterbezirk, und Orlando leitete mich in Richtung Mayfair, um überraschend an einer herausgeputzten Gasse in ein weißgetünchtes Fischlokal abzutauchen, dessen Namen ich schon oft gehört, das ich aber nie besucht hatte. Entweder wollte er mich von etwas überzeugen, oder ihm war feierlich zumute.

Dort saßen wir dann an einem mit weißem Leinentuch gedeckten Tisch. Wir waren erschöpft und sprachen nicht sehr viel. Orlando bestellte alles, was gut und teuer war, Kaviar, Champagner, und als er zahlte, legte er dreißig Pfund Trinkgeld obendrauf. Der Kellner, doppelt so alt wie er, bedankte sich aufs artigste. Vor der Tür wartete ein Taxi, und Orlando, mit seiner Dirigentengeste, deutete ohne Worte an, dass ich ihn begleiten solle.

Kennst du eigentlich Arvo Pärt?, fragte er, während das Taxi an der russischen Botschaft abbog.

Nein, wer ist das?

Ich spiele dir etwas vor.

Erst sehr viel später habe ich daran gedacht, dass dieser Satz zwei Bedeutungen hat.

Schon im Treppenhaus spürte man einen Luftzug von oben, hörte das Schlagen einer Tür, und jemand hatte auf dem Weg nach unten klebrige Schuhabdrücke hinterlassen. Die geschnitzte Tür, die Orlando beim letzten Besuch aufgeschlossen hatte, stand nun offen, das Schloss war geborsten. Drinnen fassten die Türrahmen des Foyers die Ansicht in drei Tafeln, ein Altar der Vandalen: eine unglaubliche Zerstörung, die alles oder fast alles in Müll verwandelt hatte, was zuvor Einrichtung gewesen war. Eine Szenerie von umgekippten Möbeln, aufgeschlitzten Sesseln, zertretenen Kommoden und Vitrinen, zerschlagenem Porzellan und grotesk verunstalteten Wänden, die mit Zucker, Kaffee, Milch und Asche beworfen und mit Limonade oder Sekt bespritzt worden waren. Orlando blieb zunächst im Foyer stehen, ich an seiner Seite, und sah sich das mit einer schier unglaublichen Ruhe an, als wenn er täglich in dieser Müllhalde lebte und bei der Heimkehr immer erst prüfen müsste, ob auch nichts verändert worden war. Er bat mich, die Tür hinter uns zu blockieren, aber dabei den Türknauf nicht zu berühren.

Es tut mir sehr leid, sagte er, dass ich dir jetzt keinen Kaffee anbieten kann. Dann stakste er wie ein Storch in die hinteren Räume. Ich folgte ihm in dieser Weise. Die Schlafräume waren zwar auch nicht mehr ganz intakt, aber in das Szenario der großen Zerstörung nicht wirklich einbezogen worden. Somit war zumindest klar, dass der große Raum ein Bühnenbild darstellen sollte, ein niemals zu vergessender Gruß. Orlando hatte inzwischen seine Polaroidkamera gefunden, mit Film geladen, mit einem Blitz bestückt, und bewegte sich nun, gelegentlich stöhnend, weil er sich in dem unüberschaubaren Unrat ein Knie gestoßen hatte, in einer Runde, die ihm ermöglichte, all das in sechs oder sieben Aufnahmen festzuhalten, die nacheinander vorn aus seiner Kamera kamen. Ich, dicht hinter ihm, nahm die Fotos einzeln an wie ein Assistent, wobei sie zunächst nur graublaue Schlieren zeigten und erst innerhalb der folgenden zwei oder drei Minuten das Motiv preisgaben. Es waren quadratische, wie Götterspeise glänzende Bilder mit weißen Rahmen, auf denen sich das Durcheinander als wohlüberlegte, groteske Ordnung darstellte. Offensichtlich hielt

Orlando damit den Schaden für hinreichend dokumentiert, denn nun formte er seine Arme wie die Schaufel eines Bulldozers und räumte eine Küchenanrichte von Gerümpel frei, wischte die Fläche mit den Ärmeln seines Sakkos trocken und ordnete die Bilder, die ich ihm zurückgegeben hatte, in der Folge, in der er sie gemacht hatte, wo sie liegen blieben.

Noch in derselben Nacht begannen wir mit den Aufräumarbeiten, Orlando kopfschüttelnd, lächelnd, wobei er mir Instruktionen gab, zum Beispiel aus einem Ensemble von Polstern und Stahlfedern erst den Zucker abzusaugen, bevor die Möbelfragmente bewegt wurden. Gegen Morgen bekamen wir Besuch von einer verzagten älteren Lady, die ein Stockwerk unter ihm wohnte und sich bei Orlando immer wieder entschuldigte, nicht die Polizei gerufen zu haben. Dabei hatte sie zur entscheidenden Stunde durchaus den Mut gehabt, an der Tür zu klopfen und zu fragen, ob alles in Ordnung sei, was immerhin zu der Erkenntnis geführt hatte, dass Orlandos Zwillingsbruder – da sie das so sagte, musste sie die beiden schon seit Kindertagen kennen – allein in der Wohnung gewesen war. Jason habe ihr eiskalt erklärt, das alles gehe sie nichts an, er räume hier nur mal richtig auf, und da er nur im Spalt der Tür zu sehen gewesen war, sei sie sich über das Ausmaß dessen, was angerichtet wurde, nicht im Klaren gewesen. Orlando beruhigte sie und beteuerte, sie solle sich keine Vorwürfe machen. Das war aber auch die Richtige, um Jason zu stellen, sagte er, als sie gegangen war. Die hat ihr Leben mit delinquenten Kindern verbracht. Übrigens Hausbesetzerin der ersten Stunde. Zusammen mit meiner Mutter.

Es war schon hell, als wir uns in den hinteren Räumen schlafen legten, ohne Gardinen, denn die waren mitsamt ihren Stangen heruntergerissen worden. Gegen Mittag träumte ich oder lag im Halbschlaf und glaubte, ich hätte Barbara und Kathy für immer verlassen. In einem Streit hätte Barbara die

Wohnung verwüstet, mich verflucht und Kathy zusammengeschrien.

Als ich endlich aufwachte, hatte Orlando, mit etwas Hilfe von seiner Nachbarin, ein gutes Frühstück zubereitet, das wir miteinander einnahmen, während jemand vom Schlüsseldienst die geschnitzte Tür reparierte und das Schloss ersetzte. Wenig später erschien einer im Blaumann, um zu melden, der Abfallcontainer sei in der Einfahrt abgestellt. Wir verbrachten den ganzen restlichen Sonntag mit dem Räumen. Die Panasonic-Anlage war vollkommen zerstört, aber in einer Fensternische des Badezimmers fand Orlando einen kompakten Bose, den er im Nebenzimmer auf den Boden stellte. Das weiße Gerät füllte wundersamerweise die ganze Wohnung mit Musik, ein säuselnder Chor, dann himmlische Bläser, gelegentlich melodramatische Rhythmuswechsel.

Ist das dieser Dings?, rief ich.

Ja, das ist dieser Dings!, rief Orlando zurück, grinsend.

Sakral?

Eigentlich nicht. Ja, doch – im konvexen Spiegel.

Wir zerlegten das Sofa und trugen es hinunter. Dann stapelten wir in einer Ecke des Raums Dinge, die vielleicht noch zu retten waren, wie der große, hölzerne Esstisch und manche Stühle. Die größten Verluste waren die Stereoanlage, ein großer Fernseher, manche Küchengeräte, alle Lampen. Wir sprachen nur noch in Handzeichen, bis die Musik nach über einer Stunde endete. Da wir offensichtlich dabei waren, die East View wieder bewohnbar zu machen, war mir eine Frage ins Gesicht geschrieben, die Orlando stumm beantwortete, nachdem er das Teppichmesser gefunden hatte. Er schnitt ein übermannshohes Stück Rigips aus einer Wand, das wir gemeinsam wie ein weißes Bild auf den Boden legten. Die West View hatte Angelica bezogen und dort auch ihr Büro eingerichtet, das jedoch etwas verstaubt dalag, nachdem sie zu einem Posaunisten gezogen war. Wir besichtigten die Zimmer. Orlandos Kindheit flammte vor meinen Augen auf. Im Flur allerdings war über die gesamte Länge ein neues Baumarkt-regal aus Aluminium eingezogen, einen halben Meter tief, in das, mit äußerster Ökonomie und Akkuratesse, vom Dielen-boden bis unter die Stuckdecke Gegenstände eingelagert wa-ren, Schallplatten, CDs, Videos, technische Geräte, gefaltete und gerollte Stoffe, gerahmte und ungerahmte Gemälde, eine Ibanez-Gitarre, Keramik, Porzellan, schottisches Schmuck-glas, emaillierte Töpfe und Silberbesteck, Lampen und Lüster, Buddhafiguren aus Bronze in verschiedenen Größen. Und ein ganzes Bord in doppelter Reihe gestellte Philosophie in ge-bundenen Ausgaben. Ich sah mir das in aller Gründlichkeit an, während Orlando, dem sein Stolz anzusehen war, mich dabei beobachtete. Du hast das also kommen sehen, sagte ich.

Irgendwie schon, antwortete Orlando. Fast alles, was wir jetzt weggeworfen haben, ist altes WG-Inventar, ergänzt durch Dinge vom Dachboden und vom Trödel. Drei Wochen Vor-bereitung, immerhin. Was von Mitzi stammt und fast alles, was ich selbst besitze, siehst du hier.

Wir putzten den großen Raum noch einmal gründlich. Die restlichen Spuren an den Wänden sahen jetzt beinahe lieb-lich aus, nach Steiner'schem Kindergarten. Wir liehen einen Kokosteppich und ein durchgesessenes Sofa aus Angelicas Be-reich, hoben die feinen Lampen aus ihrem Versteck und stell-ten sie auf. Die Rigipswand fügten wir am Ende wieder in ih-ren Rahmen. Orlando hatte schon wieder diese abgehobene Musik am Laufen, als ich mich verabschiedete.

Ich war eigentlich viel zu müde für die Fahrt aus London heraus, aber der Abend war strahlend blau, und ich begann mich zu freuen, auf Barbara, den See, Kathy, das Gummi-boot, die Kleinen und den Grill. Gelegentlich hielt ich an und schlief für zehn Minuten, aber selbst in der kurzen Ruhezeit jagten dunkle Bilder durch meinen Kopf, so dass ich froh war, wenn das Auto wieder rollte.

Kathy war noch wach, im Frotteeschlafanzug, was für ein feines Mädchen. Kein Kind mehr. Ich nahm sie in die Arme, was sie sich gefallen ließ. Alte Gewohnheit. Ich brachte sie in die benachbarte Hütte, in der die Kleinen schon schliefen, stand neben ihrem Hochbett, und eine Weile lang sprachen wir leise. Es waren Seevögel zu hören vom Wasser her.

Daddy?, fragte sie.

Hm?

Hast du deine Krise überwunden?

Ich biss mir auf die Unterlippe, um nicht zu lachen. Ja, raunte ich in Richtung des hellen Flecks, der ihr Kopf sein musste. Ich glaube schon.

* * *

Lange, und das hätte ich dir irgendwann auch noch erzählt, Orlando, konnte ich mich nicht entscheiden, ob ich Volks- oder Betriebswirtschaft studieren sollte. In der Studienberatung traf ich auf einen älteren Professor, der mich reden ließ und schließlich mit Bedacht antwortete: Volkswirtschaftler sind die Erben der Nationalökonomen. Sie steuern das große Ganze, oder das denken sie. Tatsächlich ähneln sie Meteorologen, die auch nicht das Wetter machen, sondern nur vorhersagen. Der Betriebswirtschaftler ist wie jemand mit einer Yacht auf dem Ozean. Er hat alles dabei, ist allein verantwortlich, und wenn er mutig und geschickt ist, kommt er wahrscheinlich auf der anderen Seite an. Wenn nicht, ist das keine Katastrophe der Betriebs-, sondern eine der Volkswirtschaft. Der Meteorologie.

Ich saß auf der Terrasse des Hauses in Finsbury und versuchte mich noch einmal an Diagrammen. Eines davon galt dem Maßstab. Da war ein Kasten von zehn mal zehn Zentimetern ein ganzes Unternehmen, von fünf mal fünf Zentimetern ein Viertel davon. Aber was waren die Unternehmen wirklich wert? Und um wie viel wuchs denn der Verleih durch Sirius – wirklich um dreißig Prozent? Oder war das nur der Schlüssel, um Anteile zu beziffern, und der Zuwachs war deutlich größer? Und war dies der Grund für Stanley aufzuspringen, nach dem Motto: Die größere Marke ist immer die bessere Marke?

Ich sah zu, wie das Licht des Abends in das Mauerwerk kroch und langsam darin versank. Bis zur vollkommenen Dunkelheit hatte ich mir Abstinenz auferlegt; nun aber war die Stunde gekommen. Ich entschied mich für einen spanischen Roten aus Barbaras Kellerregal. Kaum spürte ich die Wirkung, war ich mir sicher, ich könne das Dilemma im Handumdrehen lösen. Hatte ich das Goldsteinkapital bisher als unverrückbare Größe betrachtet, schien es mir nun beweglich. Ich musste Orlando überreden, sein Kapital an Turnstyle Music komplett mit Finn – oder noch besser mit Finn und Sirius – zu tauschen. Er würde aber der Rechtekäufer bei Turnstyle Music bleiben. Und schon wäre das Argument von Jasons Anwalt vom Tisch, sogar rückblickend: Orlandos Position war unabhängig vom Geld seiner Mutter. So lethargisch konnte selbst ein alterndes Hippiemädchen nicht sein, dass man es nicht dazu kriegen konnte, so etwas zu unterschreiben.

Ich blieb noch die Woche im Büro, bezahlte Rechnungen, trieb ausstehende Gelder ein, zog Mehrfachkopien aller Filme aus dem Lager, die wir nicht mehr brauchen würden. Den Freitag verbrachte ich mit der Fertigstellung der Halbjahresbilanz für Finn, die ich ihm auf dem Schreibtisch hinterlegte mit der Notiz: Wenn ihr den Tausch von Anteilen immer noch wollt, brauchtes wir – brauchtest Du – eine

Bilanz über den gleichen Zeitraum von Turnstyle Music. Dies war der Grund, dass ich die Betriebswirtschaft gewählt hatte: Man konnte Dinge abschließen. Datum, Unterschrift, fertig.

Es stand eine leichte Brise über dem Windermere-See, die Wolken waren unterwegs wie Seelen freier Menschen. Gayles Kinder schienen ihre Mutter vergessen zu haben. Kathy brachte ihnen das Schwimmen bei und fotografierte sie fünfzigmal am Tag mit ihrer neuen Kamera, auf deren winzigem Bildschirm die Kleinen sich betrachten durften, bis ihnen das gleichgültig wurde.

Ich schaute ihnen zu, schwamm lange, verbrachte den frühen Abend am Grill und ließ mich am dritten Tag in Barbaras Arme fallen, unter dem spitzen Giebeldach, wo es wärmer war als unten. Was für eine wunderbare Frau sie war! Ich saß dann allein auf dem Bootssteg bei Nacht und freute mich am Glitzern des Wassers in einer Mondnacht.

Am vierten Tag überkam mich eine Unruhe. Hatte ich Fieber? Barbaras Handrücken an meiner Stirn: kein Fieber. Ich dachte, ich würde doch noch mit dem Angeln anfangen, und ließ mich im Ort beraten. Dann konnte ich mich für keines der vielen Modelle entscheiden und schob die Sache auf. Ich fand in der Hütte der Griffith *Paddy Clarke Ha Ha Ha*, mit einem ex libris von Gayle, und las das Buch in zwei Tagen. Was tat mir dieser Junge leid, dessen Eltern sich trennen! Danach fiel ich gänzlich in dunkle Stimmung. Daddy brütet, sagte Kathy zu ihrer Mutter, und die sagte es mir weiter, als Kathy draußen war.

Ich kündigte Barbara an, dass ich sofort mit dem Trinken aufhören würde. Sie: Wieso, du trinkst doch gar nicht. Ich: Nein, die Gewohnheit meine ich. Also trank ich nur noch Früchtetee und solche Sachen, langweilte mich vor Mitternacht, ging ins Bett, war vor sechs Uhr wach, müde, noch düsterer gestimmt, und als ich wieder ein Glas Wein zu mir nahm, hatte ich das Gefühl, es würde mich von innen verbrennen. Beim zweiten war es dann schon besser.

Was wird aus den Eintrittspreisen beim Kino, fragte Kathy, werden die gesenkt? Ich war völlig überrascht, wovon redete sie denn da? Dann fiel es mir wieder ein: Ich glaube nicht, Kathy. Wir erhöhen stattdessen dein Taschengeld. Sie starrte mich an: Versager. Verräter. Vom Holzofen aus konnte ich sehen, wie sie am Küchentisch ihren Tagebucheintrag verfasste, bisweilen stockend, mit Blicken in meine Richtung. Wahrscheinlich schrieb sie: Manchmal wünsche ich mir, dass Daddy tot ist.

Und ungefähr das dachte ihr Daddy von sich auch. Ich hatte jahrelang behauptet, die Jahrtausendwende werde sich als Problem des Rechnungswesens herausstellen, weil EDV-Programme nicht verstehen würden, was die Zahl 2000 heißen soll. Rückblickend erschien mir das Millennium wie ein Fluch, der die einen von den anderen getrennt hatte. Die, die in der Zukunft nichts Bedrohliches erblickten, waren den Gewinnern zugeschlagen worden, die anderen dem Untergang geweiht.

Das hättest du mal erleben sollen, Orlando! Nein, nicht den Windermere-See, den muss man nicht gesehen haben. Aber den neuen Lars von Trier (leider haben wir ihn nicht im Verleih, LMD hat ihn uns weggeschnappt): Die Erde ist dabei unterzugehen, und die Braut, die das zuerst spürt, lässt sich in totale Depression fallen. Das Desaster einer High-class-Hochzeit. Man hasst die Braut, während man ihr zusieht, wie sie alles zerstört – läppisch und gemein zugleich. Dann stellt sich heraus: Sie hat ganz einfach recht. Alle anderen haben sich eingelullt in ein falsches Bild vom Zustand der Welt. Aber jetzt wirklich *der Welt*, Orlando! Mit Musik von … Wagner zum Beispiel. Garantiert wagnerianisch. Das hätte dir gefallen. Die Rechte für den Soundtrack allerdings hat Stanley sich gesichert. Läuft ganz gut.

Ich also auf dem Steg bei Nacht. Ich vermisste Orlando bereits, obwohl er noch am Leben war. Hätte ich geahnt, was kommen würde, ich hätte ihn gerettet. Aber meine Ahnung war allgemein und betraf jeden; Tränen des Selbstmitleids, die ich vor Barbara zu verbergen versuchte. Irgendetwas war falsch in der Welt, dunkel und falsch. Ich hatte Ahnungen, gewiss, nur die richtige Ahnung hatte ich nicht. Wirklich nicht.

Anfang August musste ich noch einmal allein nach London zum Montagstreffen der großen Runde, beide Turnstyles mit Sirius. Ich fuhr am Sonntag früh und rief schon am Mittag Orlando an: Dies ist der Anrufbeantworter von Orlando Goldstein. Sie wissen, was zu tun ist! Und tatsächlich wusste ich plötzlich, was zu tun war. Ich holte noch das vergessene Wasserbrett aus dem Kofferraum des Autos – und ab nach Notting Hill.

Ich lief die fünf oder sechs Treppenstufen hoch zur rechten Eingangstür. Bei der East View geläutet – nichts. Zur linken Tür gewechselt, die West View probiert – Stille. Wieder zur rechten Tür, die Klingelschilder in üblem Zustand, manches unlesbar. Wie mochte jetzt die Sozialarbeiterin heißen, die Hausbesetzerin der ersten Stunde? Ich probierte die zweite Klingel von oben, Ferguson. Als ich oben ankam, stand die Lady im Rahmen ihrer Wohnungstür, freundlich und arglos. Das Treppenhauslicht war noch nicht repariert. Ich stellte mich noch einmal vor, obwohl das nicht nötig war, und sagte ihr, ich wolle mal bei Orlando nach dem Rechten sehen. Ich spürte wieder diese seltsame Zugluft im Treppenhaus. Sie nickte mir freundlich zu und schloss ihre Tür hinter sich.

Die prächtige, indische Tür schepperte in ihrem geschnitzten Rahmen. Ich stieß sie vorsichtig mit dem Fuß auf und rief: Orlando! Orlando? Vom quadratischen Foyer aus gesehen war alles so, wie wir es wieder eingerichtet hatten, allerdings ergänzt durch einige vorzügliche Möbelstücke. Ein berühmtes rotes Sofa. Den Dimmer tippte ich mit dem Ellbogen an. An der Decke wurde ein Kronleuchter hell, dessen Kristalle durch lauter weiße Papierschnipsel dargestellt waren – Hunderte von Briefen, die noch zu schreiben wären. Er schwankte leicht im Durchzug, und die Papierchen drehten sich.

Orlando fand ich dann im Schlafzimmer, auf einem neuen japanischen Bett. Die Tage waren jetzt wieder kürzer, aber auch vom Ostfenster her gab es noch einen Rest von Tageslicht. Er trug einen seidenen Schlafanzug, eine Sommerdecke war bis zum Bauch gezogen, das Gesicht abgewandt. Ich beugte mich über ihn. Er sah sehr friedlich aus, das Haar herausgewachsen, mädchenhaft fast. Wo das Herz sein musste, war Blut, im Schlafanzug, und jetzt, erst jetzt sah ich das, auf dem Futon, ein gewaltiger, tiefroter Kreis, im Restlicht schwarz werdend, der seinem Körper unterlegt war wie ein Teppich, der ihn davontrug, dorthin, wo kein Licht mehr ist. Kein Kino, nichts.

Ich schrie nicht und berührte ihn nicht, und ich machte auch nicht kehrt. Ich stand da und wartete; es kommt ja vor, dass man sich irrt. Sehr unwahrscheinlich, all das. Dann war mir plötzlich alles egal, kriminalistisch oder so, und ich kniete nieder und fasste in sein wuscheliges Haar. Er war kalt. Ich rief noch einmal seinen Namen und erschrak vor meiner bereits gebrochenen Stimme. Es war nun dunkel, fast, nur noch Schemen zu erkennen. Und dann weinte ich um dich. Um alles. Um das, war wir gehabt hatten, Orlando.

Später ging ich zurück ins große Zimmer, löschte den papiernen Lüster, ließ die Tür, wie sie war, und ging eine Etage abwärts. Eine ganze Weile stand ich vor Mrs. Fergusons Tür, im Dunkeln, neben mir der Rollator, und überlegte, was ich sagen sollte.

Epilog (Stummfilm)

Barbara hatte den Fernseher ohne Ton laufen lassen – Kathy wohnt schon einige Jahre nicht mehr bei uns und wird bald heiraten –, ich ließ mich ins Sofa fallen, tastete um mich herum, fand aber die Fernbedienung nicht. Auf dem Bildschirm war der Präsident der Vereinigten Staaten zu sehen, nicht am Amtssitz, sondern irgendwo auf dem Land und im kurzen Hemd. Ich sah ihm also zu, ohne ihn zu hören, diese entschiedene Art, den Kopf zurückzuneigen, dieses Lächeln, das über sein Gesicht huscht, immer noch unbefangen. Oder so sieht es aus. Eine Weile versuchte ich zu erraten, worüber er sprach, dann fand ich Gefallen an dem unfreiwilligen Stummfilm in Farbe. Die Farbe des Bildschirms war die seiner Haut. Er hat sich noch in seiner ersten Amtszeit zum Afroamerikaner stilisiert, warum auch immer. Vielleicht um dem Schicksal zu entgehen, anderen ein Rätsel zu sein.

Hinter mir lag ein Arbeitstag, draußen schwer regnerisch, aber egal, der beste seit langem. Wir hatten einen Zwanzigjährigen aus Bristol empfangen mit seinem Film. Keine Spulen mehr, nichts. Ein silbernes Scheibchen in der Jackentasche, eingelegt in den Computer, den er aber Rechner nennt, und los geht's. Wir haben jetzt einen größeren Vorführraum bei Turnstyle, wo zuvor das Lager war. Wir verleihen keine Filme auf Celluloid mehr, seit diesem Jahr. Es war der allererste Dokumentarfilm dieses jungen Mannes, 58 Minuten lang. Im Abspann wird mein Name genannt. Meine Rolle ist die eines Zeugen.

Das mache ich jetzt manchmal, dass ich mich auf das Sofa fallen lasse, wenn ich nach Hause komme. Barbara nennt das den service breakdown. Auf dem Bildschirm immer noch er, dieser feste, entschlossene Mann, der Amerika versucht hat herauszuführen aus der Verblendung. Und ich dachte, Orlando, ob es nicht doch ein Vorteil sein könnte, das Jahrzehnt des Hasses verpasst zu haben. Auch wenn so etwas zu denken Kitsch ist. Aber ich habe mich dem Gedanken hingegeben, während ich den Mann auf dem Bildschirm ohne Worte sprechen sah.

Vor einem Jahr kam der Anruf, einen Tag nach meinem zweiundfünfzigsten Geburtstag. Es war Anu, aber nicht um zu gratulieren. Sie kam gleich mit der Sache raus. Sie hatte Fördermittel aufgetrieben für ein Schülerprogramm, das der Erforschung von Lebensgeschichten gewidmet sein sollte. Eine enorme Herausforderung für Legastheniker. Sie hätten die originellsten alten Leute in Bristol aufgespürt und alle sogleich angefangen zu filmen. Nur ein sehr nachdenklicher Junge, Satyasheel, sei auf die Idee gekommen, einen Film zu machen über jemanden, der nicht mehr lebt. Der etwas Besonderes war, hatte er gesagt, aber den keiner kennt. So sei sie auf mich gekommen. Wie bitte, auf mich? Nein, das habe sie jetzt falsch ausgedrückt. Sie habe nämlich meinen toten Freund erwähnt, wie der jetzt noch mal heiße? Und Satyasheel habe gleich gesagt: Den will ich.

London, Orlando, würdest du kaum wiedererkennen. An jeder Straßenecke findet sich die Filiale eines Sandwichgeschäfts, alles angeblich biologisch und natürlich von Hand gemacht, und überall bekommt man italienischen Kaffee in weniger als einer Minute. Die Leute sitzen an den Tischen, drinnen oder auch vor der Tür, und reden mit sich selbst. Nicht wirklich. Sie haben kleine, fast unsichtbare Kopfhörer auf, und sie telefonieren. Die einen. Die anderen haben einen Bildschirm vor sich, den sie leicht angeschrägt halten wie eine Bibel, aus der sie vorlesen sollen. Aber sie lesen nicht vor, sondern sie fahren mit dem Daumen über die Fläche, in der sich immer etwas dreht, so wie die Erde sich dreht. Einer von diesen Leuten bin ich.

Würden wir noch einmal von Hackney Wick aus in Richtung Stratford starten: Du würdest es nicht glauben. Man kommt nicht mehr ohne weiteres durch. Es gibt richtige Wege und sogar Straßen, aber die Pfade nicht mehr. Der wilde Markt ist verschwunden. Und wenn wir noch einmal unterwegs wären in Richtung Osten, läge jetzt rechter Hand ein gigantisches Olympiastadion. Und dort, wo die Säuferbaracke stand, ist jetzt ein Shoppingcenter mit über zweihundert Geschäften. Ich sagte ja, du würdest es nicht glauben.

Unsere Wege. Das habe ich Satyasheel beschrieben, wie wir losgelaufen sind in Bloomsbury, die eine Nacht, und anderthalb Jahre später rausgekommen neben dem Schrottplatz in Stratford. Ich habe ihm das auf der Karte gezeigt. Später waren wir im Salmon & Ball, dann im Duke; das Vortex gibt es nicht mehr. Ich habe deine Geste nachgemacht, wenn du begonnen hast zu sprechen. Dann hat sich der junge Mann ein Herz gefasst und gesagt, dass ihn das nicht so sehr interessiere. Dieses Herumlaufen in einer Stadt, die er sich nicht mehr vorstellen könne. Und Anu war dabei. Sie hat mir aufgetragen, alles aufzuschreiben, was du erzählt hast. Mitzi, Rachel, Mike, Jason, Stanley. Dein ganzes, kurzes Leben.

Und Turnstyle? Wir haben ganz gut die Kurve gekriegt. Heute verschicken wir schwarze Boxen, in denen Computergehirne liegen. Die setzt man in eine Maschine und projiziert den Film. Man projiziert ohne Bild. Du hast es vorhergesagt. Du hast recht behalten.

Mit dem Geld übrigens auch. Es hat sich vermehrt. Langsam zwar; aber wir sind gut im Geschäft. Eure Firma steht bei weitem besser da als unsere. Von wegen eure – wir haben dann doch fusioniert. Ich bin schon lange der Finanzonkel für alles, nur noch am Schreibtisch. Sogar der Firmenwagen wurde abgeschafft. Einmal im Jahr treffe ich deine Mutter. Und ich glaube, nächstes Jahr wird Jason entlassen. Sie hat ihn nicht enterbt.

Ich will es versuchen, habe ich zu Anu gesagt. Barbara hat mir dafür Kathys Zimmer freiräumen wollen, aber ich habe gesagt, ich nehme es, wie es ist. Ein Mädchenzimmer ist immer gut für mich. Wenn es drauf ankommt. Dann habe ich jeden Abend geschrieben. Es ist mir eine Menge eingefallen. Eigentlich sogar alles. Alles auf einmal. Ich habe es, so gut es ging, aufgeschrieben, immer sofort ausgedruckt, ein ziemlicher Stapel Papier. Anu hat das für Satyasheel zusammengestrichen, Biopic Orlando. Zu mir hat sie gesagt: Wir hatten eine gute Zeit.

Weißt du, was ich beobachtet habe: Wenn es stark regnet und der Regen nachlässt, begeben sich die Menschen aus ihren Unterständen. Dann aber kommt der Regen noch einmal zurück, kurz und heftig. Das ist immer so, und alle werden sie nass. Dieses Prinzip der zweiten Welle ist nicht bekannt.

Das war es, was dich das Leben gekostet hat. Nicht wahr, Orlando, weil du dachtest, jetzt hat er alles kaputt gehauen. Der kommt nicht zurück. Du hast ihn zwar gefürchtet, den Bruder, aber dir den Hass nicht vorstellen können. Vielleicht, weil du selbst nicht gehasst hast. Nicht, dass ich wüsste.

Inhalt

Dank

Der Autor dankt für das Frankfurter Autorenstipendium und für die Förderung aus Darmstadt. Dank für frühe Lektüren des Typoskripts an Igrek und an Hansjörg Graf; für späte an G-M; für ein komplett begleitendes, inspiriertes Lektorat an Lars Claßen. Das Motto aus dem Rolandslied des Pfaffen Konrad entstammt der Übertragung von Dieter Kartschoke, München, 1971. Unverzichtbar waren folgende Bücher als Quellen: Herta Reik, *Mein Leben, Gruppenanalyse und jüdische Identität* (dt. 2006); Karin Orchard, *Annäherungen der Geschlechter, Androgynie in der Kunst des Cinquecento*, 1992; Sheila Page Bayne, *Tears and Weeping, An Aspect of Emotional Climate Reflected in Seventeenth-century French Literature*, 1981. Wichtig waren: der Kontakt mit Bernard Capp von der University of Warwick und sein Seminarpapier *»Jesus Wept«, but Did the Englishman? Masculinity and Display of Emotion in Early Modern England*; Details zur Geschichte des UCL History of Art Department von Frederic Schwartz; die Begegnung mit David Parr, dem Filmvorführer am Woolton Picture House bei Liverpool. Unabdingbar die Gastfreundschaft von Kristiene Clarke in Stoke Newington über lange Zeit. Dem Andenken der (zuletzt) Londoner Freundin, Billy Berger, ist dieses Buch gewidmet.